거울 그림자

거울 그림자

발행일	2019년 2월 27일			

지은이   박 종 삼
펴낸이   손 형 국
펴낸곳   (주)북랩

편집인	선일영	편집	오경진, 권혁신, 최예은, 최승헌, 김경무
디자인	이현수, 김민하, 한수희, 김윤주, 허지혜	제작	박기성, 황동현, 구성우, 정성배
마케팅	김회란, 박진관, 조하라		

출판등록   2004. 12. 1(제2012-000051호.)
주소   서울시 금천구 가산디지털 1로 168, 우림라이온스밸리 B동 B113, 114호
홈페이지   www.book.co.kr

전화번호	(02)2026-5777	팩스	(02)2026-5747

ISBN	979-11-6299-565-5 03810 (종이책)		979-11-6299-566-2 05810 (전자책)

이 도서의 국립중앙도서관 출판예정도서목록(CIP)은 서지정보유통지원시스템 홈페이지(http://seoji.nl.go.kr)와
국가자료공동목록시스템(http://www.nl.go.kr/kolisnet)에서 이용하실 수 있습니다.
(CIP제어번호: CIP2019006560)

거울 그림자

박 종 삼
장편소설

북랩 book Lab

차례

구로동 생산직원들 귀농결정 … 7

순탄치 않은 귀농 생활 … 35

고독과 외로움 탈출기 … 63

돌이킬 수 없는 진흙탕 로맨스 … 92

죽마고우에게서 아픈 상처 치유받기 … 122

순수하고 우직한 임철수 … 149

걷잡을 수 없이 정처 없는 로맨스 … 177

정치권력층 부인들의 탈선과 색욕 … 205

남편들에게 걸려 폭행당함 … 229

남자 노래 도우미 근절 특별법 발의 … 262

정치 지도자 및 권력층, 하늘의 벌을 받다 … 275

작가의 말 … 291

구로동 생산직원들 귀농결정

거울은 자기 자신의 모습을 숨김없이 그대로 보여주는 도구이다.

그런데 거울은 그대로인데 1년이 지날수록 사람의 모습은 조금씩 바뀌어나간다.

과거를 돌아볼 수 있는 거울은 존재하지 않는다. 단지 상상만 할 수 있을 뿐이다.

가장 복잡하고 번화가가 밀집되어 있는 서울에서 바라본 거울과 아주 한적한 시골에서 바라본 거울은 사뭇, 다르다는 것을 느끼곤 한다.

왜, 같은 거울인데도 어느 곳에서 보느냐에 따라 느껴지는 감정이 달라질까?

그것은 아마도 자기 자신의 심리가 아닐까?

여기서 그 심리를 알아보고 싶다.

위에 설명한 거울처럼 다른 것들도 그렇다. 크기도 똑같고 시설도 성능도 다 같은데 그것이 어느 위치에 있느냐에 따라서 사람들에게 그렇다, 아니다, 이렇게 두 가지로 판단하는 작용을 하게 한다. 그런데 이런 자기 자신만의 면을 돌아다 볼 수 있는 제대로 된 거울을 간직한 이는 거의 없다.

왜 이럴까? 이것이 바로 인간의 한계인 것 같다. 뭐든지 번쩍번쩍해야만 그곳을 바라보려는 본능을 갖고 있으니 말이다. 예를 들어 서울에서 살아야 사는 것 같고 반지하에 온갖 빚을 지고 궁핍하게 살더라도 그곳이 좋고 어깨에 힘이 들어가는 것이다. 구로동의 옷을 만드는 회사에 다니는 여섯 명의 남자직원들이 있었다.

그들은 처음엔 악착같이 회사생활을 하였으나 턱없이 부족한 월급으로 인하여 허탈감을 느끼고 다른 삶의 돌파구를 찾는 의미와 더불어 행복을 찾아 나선다. 그런 차원으로 반복된 빈곤감, 이것도 일종의 권태기를 느끼게 되었고 각자 다른 길을 걸어가려고 마음을 먹는다.

이 중, 다섯 명은 이곳에 사직서를 던지고 나왔고 한 명만이 남아서 계속 일을 하고 있었다. 나온 이들은 다른 일을 찾았지만, 마땅치 않아 고민을 거듭하다가 결국엔 각자의 고향으로 귀농을 결정하게 된다.

첫 번째로 김홍철은 강원도 홍천으로 떠났고, 두 번째로 이장순은 경남 고성으로 갔고, 세 번째 최영선은 전북 정읍으로 향했고, 네 번째 조완수는 충북 진천으로 갔으며, 마지막으로 다섯 번째로 임철수는 경기도 용인으로 발길을 움직였다.

이렇게 다섯 명이 각자의 고향으로 귀농 결정을 하였다.

아직은 이렇다 하게 정해진 것은 아니지만, 특수작물을 할 것인지, 아니면 무엇을 할 것인지 정해야 할 것이다.

한때, 같은 직장 동료였지만 지금은 흩어진 상태에서 홀로 구로동 회사에 남아 근무 중인 안하철은 월급이 만족스럽지 않게 나오더라도 절대 서울을 떠나선 안 된다는 관념을 가지고 있었다.

그의 고향은 이장순과 같은 경남 고성이다.

나름대로 고집이 센 편이라 서울 한양에서 살고 있다는 자부심 또한 하늘을 찌른다. 이들의 나이는 36살 같고 같은 마을에서 자란 친구이다.

2012년, 3월 초에 이 회사를 관두고 나간 친구인 장순에게 잘 지내는지 궁금하여 안부 전화를 건다.

'뚜르르르르' 신호가 가고 그가 받는다.

"아! 여보세요."

"그래 장순아, 고향에 내려갔는데 잘 지내고 있는지 궁금해서 전화했다."

"아! 난 잘 지내지! 그런데 지금은 무엇을 할까 고민 중이다."

"그렇지 뭐! 내가 다음에 전화할게."

"그래."

이들 사이에 형식적인 대화가 오가고 전화통화는 끝이 났다.

현재 장순은 여러 가지 일을 도모하고 있다. 고성군 북면 북효리에 정착한 그는 포도나, 복숭아 재배를 구상하는 데 나름의 노력이 필요할 것으로 보인다.

그런데 한 가지 문제는 이렇게 안정을 취해 가는 것은 나름대로 좋을 수도 있지만, 그의 부모는 아들 장순만 보면 걱정이 태산이다.

그 이유는 36살 나이가 점점 30대 후반으로 기울어져 가고 있는데 아직 장가를 못 가고 있기 때문이다.

그의 부모는 겉으론 말은 안 하지만 내심 속으론 그대로 서울에 그냥 있는 게 낫지 않았을까 하는 생각도 한다.

왜냐면 시골은 다소 안정은 될지는 모르겠지만, 여성을 만나기는 그리 쉽지가 않기 때문이다. 물론 서울에서 회사에 다닌다고 쉬운 일도 아니겠지만 조금은 수월할 수도 있지 않을까, 이렇게 생각하고 있으니…

사실 이 대목에서 남자든 여자든, 어느 지역에 살고 있느냐 직업이 뭐냐, 이런 부분이 이성을 만나는 핵심 결정 터는 아닌 것으로 본다.

타고난 선천적인 끼가 아닐까 싶다.

어쨌든 아들 장순이 귀농함으로써 인생의 다른 길을 걷게 되었고 이에 걸맞는 배우자를 만나야만 하는데 어떻게 될지 지켜볼 일이다.

그밖에 강원도 홍천으로 간 김홍철, 전북 정읍으로 간 최영선, 충북 진천으로 간 조완수, 경기도 용인 남사면으로 귀농을 한 임철수, 네 명도 장순이 겪고 있는 비슷한 어려움을 겪어야만 한다.

며칠이 지나 3월도 중순으로 치닫는다. 오늘은 12일이 토요일이다.

장순의 모친은 아들에게 내일 고성군 시내에 나가 맞선을 볼 여자를 알아 놓았다고 말을 건넨다. 이에 장순도 마음이 움직이고 있었다.

"장순아, 아까 내가 시장에 갔다 오는데 국밥집에 들러 무슨 말을 하다가 네 얘기가 나왔는데 너하고 알맞은 아가씨가 있더라고. 그 여잔 지금은 시내에서 사우나에서 안내원으로 일하고 있어. 일단은 만나봐!"

"그냥 만나볼게요. 어머니."

이윽고, 다음 날 일요일이 되어 장순은 어제 어머니가 알려준 번호로 버튼을 누른다. 컬러링 벨소리가 한참 울리더니 한 여인이 전화를 받는다.

"아 네, 여보세요."

"아! 안녕하세요. 청솔국밥집 아주머니 소개로 전화하는 저 이장순이라고 합니다. 통화 가능하시지요?"

"아 네, 말씀하세요."

"오늘 시간 되시면 만나는 게 어떨까요?"

"아예, 좋은 생각입니다."

"그럼, 오후 1시에 고성터미널 앞, 슬라이스카페에서 만나는 게 어떨까요?"

"아예, 알겠습니다."

장순은 오전에 이렇게 전화를 하여 오후에 시간을 정하였다.

장순은 부푼 가슴 그대로 간직한 채, 12시에 미리 가서 기다리고 있었다.

1시가 조금 넘자 맞선녀는 천천히 이 카페에 들어서고 있다.

여기저기 두리번거리자 장순이 벌떡 일어나 먼저 말을 건네며 인사를 한다.

"저 안녕하세요. 혹시 최상미 씨 되시지요?"

"오우! 맞습니다. 안녕하세요."

"이쪽 자리에 앉으세요."

"아 네."

맞선녀 최상미는 의자에 앉는다.

"이렇게 만나 뵙게 되어서 너무 반갑습니다."

"예에, 저도 그렇게 생각합니다."

"저 나이는 어떻게 되세요?"

"저 36살입니다."

"하하하하하. 저와 나이가 같군요. 서로에게 좋은 일이 있을 것 같습니다."

장순의 이 말에 상미는 침묵으로 일관하고 있다. 침묵이라는 것은 참으로 어려운 표현 중의 하나이다. 좋다는 표현과 싫다는 표현이 공존하기에….

사실은 지금 이 순간, 상미는 장순을 보고 별 마음이 생기지 않는다. 결론은 이상형이 아닌가 보다. 그러나 장순은 이것을 눈치를 못 채고 계속 고무되어 있다.

그러다가 한 시간쯤 되자 상미는 서서히 자리에서 일어나기 시작한다.

"저 그만 가 볼 때가 있어서 일어나겠습니다."

"아아아 조금 더… 너무 아쉽군요. 그럼 다음에 제가 또 전화를 드리지요."

최상미는 냉정히 자리에서 일어나 밖으로 나가 버린다.

이장순은 뒤따라 나갔지만, 그녀는 재빨리 다른 곳으로 방향을 틀어 버린다.

장순은 자신의 집에 도착하여 그녀에게 전화하였으나 받지 않는다.

그녀가 자신을 마음에 안 들어 한다는 것을 알게 되는 순간을 맞이하는 것이었다.

하지만 그는 여기서 물러서고 싶진 않았다.

그래서 그녀가 근무하고 있는 고성 시내에 있는 사우나의 위치를 알아내어 계속 찾아가 공략하겠다는 결의를 하게 된다.

그렇지만 오늘은 그냥 넘긴다는 생각을 한다. 조금은 점잖은 모습을 보여주리라!

이윽고 날이 밝아 14일 월요일이 되자 장순은 중매인으로부터 상미가 근무하는 사우나의 위치를 알아내어 찾아가기로 마음을 먹는다.

고성 시내 문발동 우체국 주변에 있는 덕비사우나였다. 그는 두근거리는 가슴을 쓸어 담으며 사우나 1층 카운터로 들어선다. 이때 시간이 오후 2시경이었다.

그 순간 그녀와 두 눈이 마주쳤다.

"아! 안녕하세요. 상미 씨 여기에 계시군요."

"어어어, 아니 어떻게 알고 찾아오셨나요?"

"뭘 어떻게 알고 찾아옵니까? 제가 어제 상미 씨와 맞선을 보고 난 후, 만나게 해달라고 하늘에 빌고 빌었더니 날이 밝거든 이곳으로 가 보라고 알려 주시더군요. 하하하."

"예에, 하늘이…."

"그럼요."

상미는 귀찮은 표정을 지으며 고개를 딴 곳으로 돌려 버린다. 그러자 장순은 얼른 밖에 있는 카페로 달려가 아메리카노 두 잔을 사서 들고 들어온다.

"자! 상미 씨 우리 오붓하게 아메리카노를 한 잔씩 합시다."

"저! 별로 먹고 싶지 않은데요."

"아니 성의를 봐서라도 드십시오. 제 사랑이 이 커피 안에 들어있습니다."

장순의 이 말에 상미는 아무렇지도 않은 반응을 보인다.

"커피 맛이 너무 좋지요?"

"아니 별로요. 마시고 싶지 않아요."

상미는 이렇게 말을 하며 그 커피를 다른 곳으로 밀어 버린다. 이런 모습을 보고 있는 장순은 괴로운 표정을 지으며 괴로운 한숨을 크게 내쉰다.

"아니, 드시지!"

"아니, 아닙니다. 앞으론 이곳에 오지 마세요. 누가 알려주었는지 모르지만…"

"아! 저를 마음에 안 들어 하시는군요. 으으흑."

"그렇습니다. 그렇게 아세요."

"그래도 기회를…"

"무슨 마음에 안 드는데 기회입니까?"

"아! 그럼 이곳에 왔으니 사우나나 하고 가겠습니다."

장순은 여의치 않자 얼른 사우나 입장권을 구입하여 안으로 들어간다.

"상미 씨, 그럼 다음에 만나기로 하고 오늘은 그만 표나 한 장 주세요."

상미가 사우나 카운터에서 표 한 장을 건네자 받아 들어간다.

장순은 안에서 이런저런 궁리에 궁리를 거듭한다. 어떻게 내 스타일인 상미를 나에게로 오게 할 수 있을까! 이것이 화두이다.

장순이 오후 3시가 조금 넘어 사우나를 마치고 나올 때는 카운터에는 그녀가 없었고 어떤 남자가 서 있었다. 그는 나올 때도 그녀를 한 번 더 보고 싶은 마음을 지니고 있었지만, 그의 마음대로 안 되는 순간을 맞이한다.

그 어떤 남자는 장순을 노려본다.

개의치 않고 지나쳐 버린다. 그 남자는 상미가 황급히 전화해 오게 한 덕비사우나 사장이다.

상미는 장순이 이곳에서 나오면서 또 귀찮게 접근해 올까 봐 미리 피해 버린 것이었다. 그런다고 끈질긴 성격의 소유자인 장순이 여기서 물러설 리는 없을 것 같다.

아닌 게 아니라 다음 날 화요일이 되자 그는 또 그 시간에 사우나에 들어온다.

"안녕하세요. 상미 씨, 하루 지나는 게 5만 년이 지나는 것 같네요."

그녀는 이 말을 듣자 고개를 다른 곳으로 돌려 버린다.

"아니 이봐요. 목욕하러 왔으면 얼른 하고 가세요. 딴소리는 하지 말고…"

"하하하, 그렇게 퉁명스럽게 말하는 모습도 너무 예쁘시군요."

"아니 정말 어휴! 짜증 나 으으흑, 안 되겠어. 사장님을 불러야지!"

그녀는 핸드폰을 눌러 사우나 사장을 부른다. 그 후, 약 5분이 지나자 사장이 카운터로 걸어오고 있었다.

"무슨 일이에요. 상미 씨."

"아니 이 사람 때문에 그래요. 어제도 그렇고 오늘도 그렇고 너무 귀찮게 해서…"

"아니 이봐요. 도대체 뭡니까? 왜 그래요."

"아아! 이곳에 사장님이세요. 아! 다른 게 아니라 엊그제 상미 씨와 시내에서 맞선을 보았는데 너무너무 마음에 들어 어제도 오늘도 오게 되었습니다. 하하하…."

사장은 장순의 얼굴을 빤히 바라보다가 말을 이어간다.

"아! 글쎄 그건 그렇고 이 아가씨가 싫다고 하는 것 같은데 그럼 알아서 가야지 왜 자꾸 귀찮게 합니까?

나는 이곳 사우나의 사장이기 때문에 종업원을 보호해야 할 의무가 있소. 그러니 내 말에 다른 오해는 하지 말고 이곳에 왔으니 목욕만 하고 가든가, 아니면 그냥 가든가, 선택하세요."

"아! 그렇습니까? 그렇다면 너무 죄송합니다. 사우나 입장권만 주십시오."

"상미 씨 이분에게 표를 드려요."

"아 네, 사장님."

장순은 입장권을 받고 환하게 웃으며 고개를 숙인다.

"하하하 시끄럽게 해서 송구스럽습니다. 들어갑니다."

이렇게 말하고 살며시 사우나 유리문을 열고 안으로 들어간다. 그러자 사장과 상미는 얼굴이 일그러지면서 불쾌한 표정을 짓는다.

"야! 상미야 이게 무슨 일이냐? 저건 뭐야?"

"아니, 사장님 엊그제 일요일에 맞선을 본 남자인데 어제도 이곳을 어떻게 알아내었는지 찾아왔었는데 오늘 또 귀찮게 오는군요. 아이 왕짜증 으흑흑…."

"야! 그렇게 짜증만 내지 말고 확실하게 싫다고 의사표시를 하라고. 자꾸 그러면 경찰을 부르겠다고 해 버려! 미온적으로 대처하지 말고, 너 자꾸 이렇게 부드럽게 나오면 저 인간 계속 달라붙을 게 뻔하다고. 안 그래? 상미야…!"

"정말 그래야겠어요."

덕비사우나 김황도 사장은 무엇인가 골똘히 생각하더니 앞으로 시간이 흐르고 방금 전, 들어간 남자가 나오게 되면 또다시 상미에게 접근할 게 불 보듯, 뻔한데 피하는 게 좋겠다고 생각하고 얼른 자신의 부인에게 전화를 건다.

"아! 그래 이봐, 나 잠깐 어디 갈 때가 있으니 여기 사우나에 와서 카운터 좀 봐줘."

"어! 그래 전화 끊어…."

김황도가 그의 부인에게 전화하자 부인은 집에서 나와 이곳 사우나로 왔다. 그사이에 김황도와 최상미는 어디론가 쏜살같이 나가 버린다.

황도는 상미의 손을 잡고 자신의 차 안으로 들어가 차를 몰고 인근에 있는 문강변의 시민공원으로 향한다.

이들은 그곳의 벤치에 앉아 얘기를 나누기 시작한다.

한편, 장순은 사우나를 마치고 오후 5시가 다 되어 카운터로 향하는데 상미는 보이지 않고 나이가 꽤 들은 아줌마가 앉아 있는 것이었다. 장순은 아무 생각 없이 밖으로 나가고 있다.

혹시나 한 번 더 그녀의 모습을 보고 싶었지만 마음대로 안 되는

속 쓰린 순간을 맞이하는 것이기도 했다. 그는 조금은 답답한 마음에 바람도 쐴 겸, 문강변 쪽으로 드라이브를 하기 위해 핸들을 돌린다.

이윽고 그는 그곳에 도착했고 차를 세워 두고 강변 쪽을 걸으며 온통 머릿속은 엊그제 맞선을 보았던 그녀, 최상미의 모습이 아른거릴 뿐, 다른 공간은 뇌로 들어올 수 없었다. 상사병이 걸려 버린 상태이다.

그런데 이게 무슨 일일까! 강변 벤치에 상미 씨와 아까 그 사우나의 사장이 다정하게 앉아 데이트를 하고 있는 것이 아닌가!

덕비사우나 김황도 사장은 나이가 63세이다. 최상미는 36세이다. 사실 이 나이가 중요한 게 아니다. 지금 이 순간이 중요한 것이다. 장순은 문강의 흐르는 물들이 새까만 흑색으로 보였다.

그만큼 눈앞이 캄캄하다는 이야기이다.

그런데 이 캄캄한 물들을 더욱 검은 피멍으로 변하게 하는 시점으로 전환됐다.

그것은 바로 그들은 서로가 서로의 입술을 상대의 입술에 갖다 대고 '꾹' 누르는 것이었다.

나름대로 우발적인 성격인 이장순은 고래고래 소리를 지르며 그곳으로 달려가고 있다. 백 미터 전력질주하듯이 그렇게 말이다.

"야! XX 뭐하는 짓이야 어떻게 이럴 수가 있냐고 당신은 딸 같은 여자와 입술을 그렇게 부딪칠 수 있는 거야! 이런 못 배운 인간아…. 에잇!"

장순은 이렇게 고함을 지르며 달려가 그 둘을 떼어 놓는다. 너무 놀란 그들은 얼굴이 마치 한겨울 빙판이 된 것처럼 딱딱하게 굳어져 있었다.

"아니 이건 뭐야! 어떻게 여기를 알고 왔지!"

"뭘 어떻게 알고 와 알고 오기는 바람 쐬러 나왔다가 본 거지."

장순은 이렇게 말을 하며 크게 소리를 지른다. 그러자 황도는 어이가 없다는 표정을 지으며 그를 노려본다. 상미는 태연히 먼 하늘만 바라볼 뿐이었다.

"아니 당신이 뭔 자격으로 소리를 지르고 난리야! 네가 남편이라고 돼? 이런 시건방진 놈을 봤나! 에이 재수 없어, 달콤한 무드를 깼으니 말이야!"

황도가 이렇게 맞받아치자 장순은 격분을 감추지 못하고 그쪽으로 달려가 그들을 갈라놓고 옆으로 세게 밀어 버린다. 그러자 상미도 화가 나서 그에게 소리를 지른다.

"이봐요. 이게 뭐하는 짓입니까? 여기까지 따라와서 행패를 부리고…"

"아니 상미 씨, 어떻게 이럴 수가 있어요. 그래요, 난 사실 그대에게 이래라저래라 할 처지는 아니에요. 그렇지만 이건 너무 말도 안 되잖아요.

난 엊그제 그대와 맞선 본 것밖에 없지만 난 그래도 젊고 상미 씨를 행복하게 해 줄 준비가 되어있고 뭐 사실이지! 내 외모는 뛰어난 건 아니지만 그래도 남자로서 중간은 된다고 생각하는데 이건, 정말 해도해도 너무 하는 것 아닙니까?

이런 늙은 사람과 이곳에 몰래 와서 데이트를 즐긴다니 도대체 왜 그러는 거예요? 아니 상미 씨, 제가 이 나이 많이 먹은 사람만도 못한가요? 도대체 뭐야?"

옆에서 이 말을 듣고 있던 황도는 자신의 나이를 들먹인 것에 대해
몹시 불쾌하게 생각하여 분노가 치밀어 올라 느닷없이 그의 멱살을
세게 잡고 위로 추켜올린다.

"아니 이런 놈 봐라, 왜 하필 내 나이를 들먹이는 거야! 이런 건방
진 놈⋯."

연이어 황도가 욕설을 퍼붓자 장순도 더 이상 참을 수 없다는 듯
맞대응을 하기 시작한다.

"이봐요! 내 웬만하면 참는 편인데 또 당신은 고령자이고 그래서
조금 껄끄러운데, 딸자식 같은 여자를 데리고 이곳에 와서 서로 입
술이나 부딪히고 있고 이게 할 짓이오? 사실 이 세상이 당신처럼 다
썩어있긴 하지만 당신만이라도 제대로 살면 안 되겠냐고⋯."

"어어 보자 보자 하니까 이게 덤비기까지. 야, 이놈아 넌 아비 어미
도 없냐! 이놈아. 새파랗게 젊은 놈이⋯ 이런 건달 같은 스토커 주제
에 말이야!"

"뭐야! 건달 같은 스토커⋯."

지금 고성의 문강변 시민공원에서 두 남자 간의 벌어지는 형국은
한마디로 웃기는 일이다.

한 남자는 사우나사장으로 나이 63세이고, 다른 한 남자는 옆에
있는 여자와 엊그제 고성터미널 주변에서 맞선을 보았으나 거부를
당한 상황인데 서로 그 36살인 최상미란 여인을 사이에 두고 실랑이
가 벌어지고 있는데 여기서 한 가지 유념할 부분은 이것이다.

이 세상에서 어떤 그 누구든지 언쟁이 벌어질 수 있고 심지어 난투극으로 이어질 수도 있는데 서로 맞서는 상대방이 자신보다 나이 차이가 크게 나게 되면 무척 까다로운 게 현실이다.

괜히 나이가 어린 사람은 몹쓸 인간이 되어버리는 이상한 분위기가 되어 버린다.

특히 한국사회가 이런 부분이 많이 나타나는 것 같아 보인다.

그렇다고 노령인 연장자를 홀대해도 된다는 뜻은 아니다. 이분들께는 정중히 예의를 지켜 드리는 것이 당연하다. 하지만 어떤 피치 못할 분쟁이 벌어졌을 때 다툼이 벌어지면 정확한 내막을 잘 모르는 제3자는 연소자를 향해 손가락질해 버린다.

지금 이 순간, 그 공원을 지나가는 행인들이 있었는데 이런 말들이 오간다.

"어휴, 저게 뭐야, 도대체, 나이도 새파랗게 어린놈이 눈을 부릅뜨고 저렇게 나이 든 어른한테 대드는 걸 봐, 저게 사람이야, 에잇, 호래자식."

"맞아요. 저게 뭐예요. 저런 못 배운 놈들은 날벼락 맞아 죽어야 돼요. 퉤퉤."

더 어이없는 일은 설사 내막을 안다고 하더라도 마찬가지가 되는 경우도 무척 많다. 왜냐면 자기 일이 아니기 때문이다.

원래 인간들은 자신이 닥친 일이나 신경이 쓰이고 스트레스를 받지 남이 당하는 일엔 그다지 관심 없고 겉으로 보이는 상황, 즉 위의 예처럼 그 상황이 되면 연소자를 비난해 버린다. 안타까울 뿐이다.

공적인 일이든, 사적인 일이든, 분쟁이 벌어지면 연령을 따지지 말고 누구의 잘못이 더 심각한 일인지 분석하여 비난하더라도 했으면

하는 바람이다.

본인들이 그 상황의 이해당사자라고 생각하는 관념을 조금이라도 갖춰나가길 바란다.

어쨌든 지금 장순의 행동 또한 그리 바람직스럽지 않은 것은 마찬가지이다.

맞선 봐서 거부당했으면 그걸로 끝이지, 여성의 직장에 찾아와 난동을 부리면 모욕죄, 폭행범죄가 되는 것이다.

이들이 이렇게 심하게 언쟁하며 격돌을 하자 옆에서 이것을 지켜보던 상미는 둘 사이로 끼어들며 소리를 지른다.

"그만하세요. 아니 안 되겠어요. 사장님 우리 얼른 여기서 떠나자고요. 이런 사람과는 더 상대하지 않는 게 현명한 거예요. 자, 가요."

"그래 그래야겠어! 내가 이런 어린놈하고 상대하면 나만 더 추해지지…"

황도와 상미는 이 자리를 피하려고 얼른 움직이기 시작한다. 그러자 장순이 이들을 가로막으려 하자 그를 세게 밀어붙이고 둘은 빠르게 달려간다.

공원 모퉁이에 주차한 차가 있는 방향으로 달려간 이들이 차에 오르려 하자 필사적으로 뒤따라간 장순은 못 가게 막고 늘어졌다. 이에 이들은 그를 세게 밀어 버린다. 그래서 그는 뒤로 넘어지고 말았다. 그 틈에 그들은 재빨리 차 시동을 걸고 번개같이 도망쳤다. 장순의 역부족이자 한계였다.

이때 시간이 저녁 6시가 되어 가고 있었고 그는 그 자리에 주저앉아 먼 산과 정처 없이 흘러가는 물살만을 넋을 잃고 바라보고 있었다.

여기서 장순의 불만사항은 엊그제 상미와 맞선을 본 후, 그녀가 자신을 거부하는 것은 그렇다 치고 어떻게 저렇게 나이가 많은 남자와 애인으로 지내는 것인지 이것이고 다음으로 그러면서 자신과 선을 보겠다고 나온 것도 그렇고 어쨌든 불쾌한 감정을 지울 수 없었다.

장순의 성격상 여기서 호락호락 물러설 가능성은 없어 보인다. 모든 역사는 성격으로 이루어지는 것이 아닌가? 그는 마트로 천천히 걸어가 소주 두 병과 안주를 사서 다시 공원 벤치로 왔다.

그 후, 홀짝홀짝 마시며 전열을 가다듬는다.

그가 이렇게 쓰디쓴 소주를 마시며 가슴 속으로 결의에 결의를 거듭한 것은 첫눈에 반해 버린 그녀 최상미를 절대 포기하지 않겠다는 첫 번째 철옹성 맹세였고 그리고 방금 전, 상미를 데리고 차를 타고 떠나 버린 그 남자에 대한 것인데, 아까 덕비사우나에서 나올 때 카운터에 있었던 그 아줌마가 그 남자의 부인으로 보이는데 이 사실을 절묘하게 알려 그가 그녀와 갈라서게 하는 것이 최종적인 계획이다.

소주 두 병이 다 비어 가고 있다. 해가 점점 기울어 가고 있다.

내일을 위해 일단 집으로 돌아가리라! 그런데 소주를 두 병이나 마셨기에 운전을 할 수 없다. 그래서 대리를 불러 북면 북효리로 갔다.

그는 오늘 밤 아무 생각 없이 잠을 자기로 마음먹는다. 그래서 그냥 눕는다.

눈 감고 잠시 있었는데 날이 밝아 버렸다.

어제 문강변 공원에서 했던 결의 그대로 오늘 오후엔 덕비사우나에 가서 사장 부인으로 보이는 그에게 우회로 어제 그 사실에 대해 서슴없이 알리리라!

그래서 아침을 먹자마자 그곳 덕비사우나로 달려간다. 그곳에 도착한 후, 카운터에 어제 나올 때, 그 아줌마가 있는지 없는지부터 확인한다. 운 좋게도 있었다.

들어가 말을 꺼낸다.

"안녕하세요."

"아아, 네."

카운터의 아줌마가 입욕권을 한 장 그에게 주려고 하자 그는 "아니요."라고 말을 한다.

"아! 저, 사우나에 온 게 아니라 굉장히 중요한 일이 있어서 오게 되었습니다."

"어! 중요한 일이라니요. 그게 무슨 일인가요?"

이때, 장순은 머릿속으로 궁리에 궁리를 거듭한다. 어떤 식으로 절묘하게 얘기를 해서 그들의 사이를 와해시킬 수 있을 것인가이다.

만약, 어제 문강변공원에서 있었던 그대로 말을 하면 내가 염탐했다는 꼴이 되어 버리지 않겠는가!

다른 수단 방법을 써야 할 것 같다. 그렇다면 어떤, 아! 이것이다.

다른 이들을 허구로 끌어들이는 방법이다. 물론, 그 전에 이 아줌마의 신분을 알아야 할 필요도 있으리라!

"아네, 그런데 어제 계셨던 그 사장님과는 어떻게 되십니까?"

"그건 왜요?"

"아니 그냥 중요한 거라서…."

"음, 우리 남편이에요. 그건 왜 묻죠?"

장순은 이 말을 듣자 잘 걸렸다는 표정을 지으며 회심의 의표를 찌른다.

　"아! 그러시군요. 저는 뭐 다름이 아니라 앞에 계신 사모님을 위해서 말씀드리는 것이니 어떤 오해는 없기를 바랍니다."

　"아네, 그게 무엇입니까?"

　"아! 그럼 제 친구들이 밤에 이곳에 사우나 하러 많이 왔는데 올 때마다 이상하게도 이곳 현관문을 들어오다가 카운터에서 그 남편되시는 사장님과 옆에서 함께 일하는 여직원이 계속 입을 맞추고 있어서 들어오기가 무척 민망한 적이 한두 번이 아니었다고 하던데요. 근데 더 골치 아픈 일은 이 동네에 그 여자를 아는 사람들이 너무 많아요. 아니 뭐! 다름이 아니라 이곳 사우나를 애용하는 한 사람으로서 나름대로 걱정돼서 알려드리는 겁니다."

　이 말을 다 전해들은 황도의 부인은 몹시 당황스러운 표정을 지으며 얼굴이 굳어진다.

　"아! 그래요. 여기 카운터에서 그런 일이 벌어진단 말이에요? 아니, 이럴 수가 여기 들어오는 손님들이 얼마나 비웃었을까! 으으흑…."

　"사장님 표 한 장 주세요. 들어가서 사우나를 해야겠어요. 그리고 이건 '쉿' 비밀입니다."

　"아아! 네, 알겠습니다."

　장순은 입욕권을 구입하고 속으로 흐뭇한 마음과 환호성을 터뜨리며 안으로 유유히 들어갔다. 그는 안으로 들어가 마치, 야구경기에서 3대 0으로 리드당하다가 9회 말에 역전 만루 홈런을 터뜨린 기분을 만끽하며 크게 소리를 지르며 냉탕으로 뛰어들어간다.

"야호! 나이스 스윙! 와아아아아아…"

글쎄, 인생이란 뭐든지 너무 좋아하면 안 된다. 왜냐면, 오늘 짜릿한 역전 만루 홈런으로 이겼지만, 내일은 15대 0으로 대패를 당할 수도 있는 것이 야구이자 인생이기도 하기 때문이다.

늘, 마음을 비우고 트릭 쓰지 말길 바란다.

늘, 상대방의 입장과 처한 상황과 심정을 생각하라!

지금 상황은 그가 홀로 짝사랑하는 상미의 행동도 비뚤어져 있지만, 그녀의 의사, 즉 당신을 '별로라고' 생각하는 그 마음을 헤아릴 줄도 알아야 한다.

왜냐면 이 세상 가장 큰 기쁨, 행복은 만인으로부터 정신적, 육체적 구속, 간섭을 받지 않는 것이기에, 타인에게 그렇게 하지 않으려고 늘 노력하는 삶을 살아가길 기원하겠다. 그것이 당신의 기쁨, 행복이기도 하기 때문에…

그런데 여기서 의아한 일은 남녀 간의 애정 문제는 마음에 달려있는데 이런 그의 계략으로 얼마나 실효를 거둘지 궁금하다는 것이다.

설사, 황도와 상미를 떼어 놓는다고 하더라도 그녀가 자신의 곁으로 올 가능성은 희박하기에 그렇다.

어쨌든, 이날 장순은 그녀를 차지하기 위한 일보전진을 하고 그곳에서 나와 자신의 집으로 돌아갔다. 그리고 덕비사우나 사장인 김황도의 부인인, 이 홍자는 이날 종일 일이 손에 잡히질 않고 안절부절못하였다. 심장이 벌렁거리기도….

그러다가 이를 악물기 시작한다.

'내 이 인간을 그냥 두지 않으리라! 어떻게 이곳 사우나카운터에서 그런 짓을 일삼는단 말인가!

　아는 사람들 눈에라도 띄기라도 한다면 무슨 망신인가!

　이것은 또 날 완전히 무시한 처사가 아닌가!'

　홍자는 이렇게 가슴속에 깊이 새기고 새긴다. 사우나 근무 교대할 시간인 오후 3시가 다가왔다. 남편인 황도는 웃으면서 현관문을 들어온다.

　"하하하. 고생 많았어! 우리 사랑스러운 마누라님"

　"오호호호, 그래 당신을 기다렸지! 당신에게서 뜨거운 사랑 좀 받아 보려고…"

　홍자는 이렇게 말하며 황도를 노려본다. 그는 그녀가 왜 그러는지 조금 당황해한다.

　"우리 님, 이젠 집에 들어가서서 '푹' 쉬시지요."

　"키킥킥킥, 그래야지요."

　"아니! 오늘따라 왜 이리 마냥 웃는지?"

　"우리 서방님을 보니 엄청 좋아서 하하하하하…"

　황도는 얼굴이 놀라서 굳는다. 왜냐면 부인인 홍자가 평소에 하지 않던 행동을 하기 때문이다. 이러는 중에 여직원인 상미가 출근하기 위해 현관문으로 들어온다.

　"안녕하세요. 날씨가 너무 좋아요."

　상미는 이들에게 인사를 하며 카운터로 들어온다.

　"아! 이젠 내 근무시간은 끝났으니 난 집에 가서 우리 서방님을 위해서 맛있는 음식도 만들고 또 집 안 청소도 아주 깨끗이 '빡빡' 쓸고 닦고 해 놓아야겠네!"

"음! 그래 힘들 테니 그만 들어가 봐!"

홍자는 일단 문발동에 있는 자신의 집인 현강 아파트로 간 후, 절친인 현자에게 전화를 걸어 잠시 승용차를 빌려 달라고 부탁한다.

그 이유는 자신의 차는 남편인 황도가 알기에 전혀 모르는 차를 타고 다시 이곳 사우나로 와서, 차를 세워두고 내부 카운터를 주시해 보겠다는 복안이었다.

그 구상 그대로 현자의 차를 빌려 타고 이곳 주차장에 도착하여 차를 세워 놓고 예의주시를 한다. 이 차는 선팅이 진하게 되어 있어서 유리했다.

예상이 빗나가지 않았다.

그들은 오후 4시 20분쯤 되어 잠시 손님이 뜸한 틈을 타서 서로 입술을 부딪치며 얼굴이 홍당무가 되어가고 있었다.

그 장면을 차 안에서 목격은 했지만, 그녀는 마음속으로 침착해지려고 다짐한다.

이곳은 자신의 영업장이기도 했기에 격돌하는 모습을 타인들이 보면 여러 가지로 안 좋게 비칠 수 있기에 그렇다.

홍자는 대대적인 융단폭격을 준비하기 위한 숨 고르기 차원에서 그냥 핸들 돌려 집으로 향한다.

그녀는 문발동 현강 아파트에 들어가 깊은 상념에 젖는다.

그러다가 거울 쪽으로 힘없이 천천히 걸어가 그것에 반사되는 자신의 모습을 바라보며 그림자를 찾아본다.

즉, 거울 그림자 말이다.

그녀 자신의 인생에 새겨진 조금은 어두운 그림자일 수도 있는 거울 그림자….

주름이며 피부색을 점검해 보는 아픈 그림자….

결혼이라는 것은 요식행위에 불과하다. 난, 그를 위해 모든 걸 다했지만, 그는 왜, 날 위해서 내 마음처럼 못하는 것인가!

그가 유난히 본능이 강해서일까!

아님, 날 무시해서일까!

이것도 저것도 다일까!

날 사랑하고 존경한다면 유난히 강한 본능도 참아낼 수 있을 거야!

하지만, 그렇지 않기에 저렇게 막 나가는 것 아니겠어! 이럴 땐 눈 감아주는 게 상책일까! 아님, 한번 엎어주는 게 최선일까!

이렇게 내버려둔다면 더 날뛸 게 아니겠는가! 그렇다면 조금 눌러주어야겠다.

내 힘으로 역부족일 것이다.

그렇다면 내가 손을 뻗칠 수 있는 외부세력을 끌어들이겠다. 나의 영원한 우군, 나의 친남동생인 올해 58세인, 이홍선에게 도움을 요청하겠다.

나와 2살 차이면서 나를 위해 격돌해 줄 수 있는 영원한 보디가드….

그래도 내 동생은 지금은 나이가 좀 들어 예전만 못하지만, 왕년에 아마추어 복싱 선수도 했고 한때는 세계 제패를 목표로 피나는 훈련을 했던 위인이 아닌가!

일단 답답하니 전화나 걸어 보자! 그리고 만나서 소주라도 한잔하면서 대책을 논의해 보는 게 낫겠다. 그래서 그녀는 일단 전화를 걸고 있다.

뚜르르르르르 신호가 가자 친동생인 홍선이 받는다.

"어! 누나 오랜만이야! 잘 지내지?"

"그래 그냥 잘 지내는지 궁금해서 전화했지! 조카들은 잘 있지?"

"그럼 누나 덕분에 그렇지…."

"어! 내가 만나서 할 말이 있으니 한 번 이곳으로 올 수 있니?"

"아니 전화상으로 말하면 안 되나?"

"아니야. 직접 만나서 말하는 게 낫겠어!"

"그럼 그렇게 하지 뭐."

"내가 다음에 다시 전화할 게…."

"응…."

지금, 이홍자와 전화통화를 한, 친동생인 이홍선은 창원시 마산합포구 중앙동에서 훌륭한 복싱선수들을 배출하기 위해 체육관을 운영하고 있는 중이다.

홍자는 며칠간 명상을 하며 생각에 잠겨본다.

그렇게… 그러다가 결국 내린 결정은 동생에게 이 상황을 자세히 설명하리라는 것이었다. 그래서 결국엔 20일 일요일 오후 2시에 전화를 건다.

"어! 그래, 며칠 전, 내가 전화했던 내용을 말하려고…."

"아! 그래, 누나…. 뭔지 모르지만 꽤 궁금한데…."

"내일 내가 그곳 창원으로 갈게…. 오후 2시쯤이 될 거야! 중앙동

네가 있는 그 체육관 근처에 도착하면 전화할게.”

“그럼 그렇게 해! 누나….”

홍자는 지금 이 시간도 우왕좌왕, 안절부절 못 하고 있다. 그래서 대낮부터 쓰디쓴 소주를 마신다. 소주가 신경안정제인가 보다.

홀짝홀짝 마신 술로 인해 취했다. 마음의 상처를 잠시 잠깐 잊는 것은 뭐니 뭐니 해도 소주가 제일인가! 모르겠다.

그렇게 밤을 지새우고 그와 약속된 시간인 다음 날 오후 2시에 중앙동 근처에 다다르기 위해 그곳으로 달려간다. 마산 합포구 중앙동 아파트 근처에 있는 홍선의 체육관 조금 못 미쳐, 홍자는 버튼을 누른다.

“어! 나야 이곳에 왔어, 여기 한채 카페라고 있는데 올 수 있어?”

“알았어! 누나, 잠시 기다려….”

홍선은 체육관에서 샌드백 치기를 하다가 전화를 받고 그냥 체육복 차림으로 나온다. 한채 카페에 들어선 홍선….

“어! 여기야 홍선아….”

“아아! 그래….”

가끔 마주하는 남매 사이지만 볼 때마다 마음은 새롭다. 동생 홍선이 자리에 앉자마자, 홍자는 눈물을 흘리기 시작한다.

“으윽흑… 다 도둑놈들이야!”

“아니! 누나 도대체 무슨 일인데 그래?”

“말이야! 매형이 사우나의 여직원과 글쎄… 그렇고 그런… 윽 흑흑 흑”

"아니! 누나 그렇고 그런이라니…"

"글쎄, 바람이 나버린 거야! 그래서 날 멀리했던 것 같아! 어떻게 하지?"

"아아아… 그 그런 일이…"

"더 심각한 일은 우리 덕비사우나 카운터에서 대놓고 입술을 부딪치기도 하고… 근데 더 큰 문제는 만약에 그런 장면을 우리 아들, 딸들이 보게 되면 어쩌지…"

이 말을 들은 홍선은 순간, 심각한 표정을 지으며 입을 열기 시작한다.

"아! 그렇게 되면 정말 큰일인데 골치 아픈 일이지! 우리 조카들 눈에 띄면 정신건강에 안 좋겠지! 나 참! 쯧쯧…"

"그래 이 일을 어떻게 하면 좋을까? 이것을 막을 좋은 방법은 무얼까?"

"나 참…! 까다로운 일이 아닐 수 없네!"

홍선은 남의 일이 아니라 무척 괴로웠다. 그래서 이런저런 상념에 사로잡힌다.

그러다 문득 좋은 생각이 떠올랐는지 말을 한다.

"누나, 내가 매형과 그 여직원이 일하는 시간에 맞춰 사우나로 들어가다가 그런 장면을 보게 되면 한마디 경고를 하는 방법이 어떨까? 뭐! 사실 특별한 방법은 없어 보이는데…"

"글쎄, 그런다고 조금 주춤할까, 일단 그렇게라도 해봐! 정말 골치 아픈 일이다."

홍자 입장에선 오죽 답답했으면 친동생을 찾아갔겠지만 이런 상황이 일어나면 이 세상 어떤 수단과 방법을 동원해도 근본적 해결책이 되진 않는다.

법이니 제도가 있다 하지만 마음의 깊은 상처는 그대로이다. 운명적 멍에로 남을 뿐이다. 이래서 그 무엇보다 윤리와 철학이 더욱더 중요하고 우선시되는 것이다.

그런데 문제는 인간이라서 이 문제가 정리가 안 된다.

어쨌든, 지금으로선 동생 홍선의 최선책은 이것인가 보다.

홍선은 바로 다음 날, 오후 4시쯤, 고성군 문발동 덕비사우나로 간다.

어제 누나가 말한 대로 그대로일까! 밖에서 잠시 차를 세워두고 안쪽을 주시한다.

그대로였다. 홍선은 주저하지 않았다. 아무리 매형 처남 사이라지만, 인생 바로 세우기는 이루어져야 한다는 굳은 각오였다. 명분은 가정의 평화와 행복을 기원하는 것.

그는 차에서 뛰어내려 덕비사우나 현관문을 세게 밀고 들어간다.

그러면서 아주 크게 고함을 친다.

"아니! 매형 지금 뭐하는 겁니까? 밖에서 들어오다가 다 보았는데… 다른 손님들이 들어오다가 보면 어쩌려고…"

처남이 갑자기 들어오며 이렇게 소리를 치자, 매형인 황도는 몹시 놀라 얼굴과 온몸이 얼린 동태처럼 굳어져 버린다. 그와 함께 입을 부딪치고 있던 상미도 마찬가지였다.

"어! 처남이 온단 말도 없이 이곳에 어떻게…"

김황도 사장은 이렇게 말을 하며 속으론 어느 정도 짐작은 하고 있었다. 부인이 알렸을 것이라는 추측 말이다. 이때 상미는 어쩔 줄을 몰라 하며 어디론가 숨으려고 움직이기 시작했는데 홍선은 그녀를 다른 데로 가지 못하도록 막아 버린다.

　"아니! 어디를 가려고 합니까?

　내 분명히 경고하겠소. 둘 다 잘 들으시오. 가정이 있는 사람이 그래서 되겠습니까? 매형, 저 여직원을 이곳에서 일하지 못하도록 내보내세요. 지금으로선 그게 최선인 것 같습니다. 어떻게 생각합니까?"

　"아니 그, 그… 처남이 너무 심한 것 같은데 조금 예의도 없고 말이야!"

　"무슨 소리입니까? 예의가 없다니… 당신 때문에 우리 누나가 받은 상처에 비하면 아무것도 아니란 말이야! 날 혈압 오르게 하지 말고 지금 당장 저 여잘 내보내란 말이야!"

　매형인 황도는 몹시 당황한 나머지 어쩔 줄을 몰라 했다. 그러면서 상미의 얼굴을 쳐다본다. 상미도 쫓기는 고양이 같은 모습이었다.

　"야! 상미야, 골치 아프다. 넌 빨리빨리 일단 그만 집으로 들어가 알겠니?"

　"아 네! 사장님 알겠어요."

순탄치 않은 귀농 생활

상미는 이 시간에 황급히 덕비사우나를 빠져나가 다른 곳으로 도 망쳤다. 그런데 여기서 한 가지 특이한 일은 그렇게 황급히 달아나는 그녀의 모습을 바라보는 홍선은 조금 야릇한 표정을 자아내고 있었 던 것이었다.

왜일까! 매형의 불륜 문제를 강력히 항의하러 온 처남이 오히려 이 문제의 상대방이 뛰어 달아나는 그녀의 모습을 보고 무슨 이유로 그 런 표정을 짓고 있단 말인가? 뭐, 이유는 있겠지!

원래 그냥은 없으니까! 그녀가 달아난 후, 한동안 소강상태가 되더 니 홍선이 먼저 말하기 시작한다.

"매형, 왜 인생을 그렇게 살아갑니까? 올바르고 점잖게 살아가세 요. 우리 누나와 조카 아이들을 조금이라도 생각한다면 그렇게 해야 겠지요? 안 그래요. 내 이번은 매형, 처남이란 관계를 봐서 참겠지만, 또 이런 일이 발생하면 나도 한계가 있겠지요. 난 가정의 평화와 조 카들 가정교육을 위해 내 한 몸 집어던지겠소."

처남인 홍선의 이 말에 매형인 황도는 아무 말 없이 천장만을 바라 보며 한숨을 푹 쉰다. 그 뒤, 침묵을 지킨다.

황도 입장에선 괜히 이 상황에서 더 말해봐야 득 될 것이 없다고 판단했기 때문이다.

홍선은 황도에게 겁을 주기 위해, 왕년에 아마추어복싱챔피언의 위력이 이런 것이다라는 것을 보여주기 위해서 느닷없이 오른손 주먹으로 덕비사우나 카운터 탁자를 아주 세게 '꽝' 내리치며 고함을 지른다.

이에 매형인 황도는 순간 깜짝 놀란다.

"알았지요? 특별히 생각해 준 거야…! 예에… 앞으로 엉뚱한 짓 하면 내 손에 박살날 줄 알아…."

"아아아…, 그래그래 알았어. 알았다고…. 휴우우 흠흠…."

홍선은 어느 정도 경고가 되었다고 판단하고 고개 돌려 이곳을 유유히 빠져나간다. 이때 시간이 오후 5시쯤이었다. 그가 나간 후, 김황도 사장에게는 그 누구인가에 대해 불만과 원망하는 마음이 물밀듯이 밀려오고 있었다.

남매에 대한 증오의 신호탄이….

하지만 우선 지금 상황을 빨리 빠져나가고 싶은 생각에 잠겨 한 시간 전에 황급히 도망간 상미에게 걱정의 전화를 건다.

"그래 상미야, 너무 신경 쓰지 마라…. 시간이 조금 지나면 수그러들겠지! 오늘은 그냥, 집에 들어가 편히 쉬어."

"아아! 그래요. 여기 카페 앞에 와있는데 아메리카노나 한잔 하고 들어갈게요."

"그래, 그래. 좋은 생각이다. 이따가 내가 또 전화할게."

황도는 이 와중에서도 애인인 상미에게 전화를 걸어 심적 안정을 넣어준다.

방금 전, 덕비사우나를 빠져나간 홍선은 차를 몰고 창원 마산합포구로 향하려고 고성군을 벗어날 지점에 있는 카페에 들려 커피를 테이크아웃하여 마시고 갈 생각에 차를 세우고 그곳으로 들어간다.

그런데 엄청난 공교로운 일이 발생하였다. 한 시간 전에 사우나를 빠져나간 상미가 혼자 커피를 마시고 있었던 것이었다.

이 세상 모든 일은 이렇게 공교로움 속에 또 다른 일이 발생하는 경우가 많다. 좋은 운명이든, 안 좋은 운명이든 말이다.

그런데 상식적으로라면 홍선은 상미에게 화를 내며 무엇인가 아까 매형한테 큰소리로 경고성 멘트를 날리듯 해야겠지만 기이하게도 그녀에게 미소를 보내는 것이 아닌가! 이건 또 무엇인가! 왜 그럴까!

그는 그녀에게 다가간다. 그러자 상미는 몹시 당황한다.

자신에게 공격할 것이라는 위기감이 머릿속을 지배한다. 그래서 순간 온몸이 굳어진다. 딱딱한 돌처럼….

그러나 그 남자는 공격하는 게 아니라 그녀가 앉아있는 앞자리에 슬며시 앉는다.

그 후, 그녀를 향해 눈웃음을 친다.

이에 상미는 더욱더 당황하며 도망칠 궁리를 한다. 그래서 서서히 일어나려고 할 때 홍선이 먼저 말을 한다.

"하하하 아까 덕비사우나에게 너무 무례하게 행동해서 죄송합니다. 제가 너무 거칠었지요. 그런데 어떻게 또 여기에서 보게 되는군요. 하하하하."

이 말에 대해 상미는 무슨 공격이 올까 전전긍긍할 따름이다. 그래서 고개를 숙인다.

"아니 잠깐 앉으세요. 너무 불안해하지 마시고요. 아까는 제가 너무 경솔했던 것 같아요. 이렇게 얼굴도 너무 예쁜 여자 분에게… 하하하하 기분 나쁘셨다면 사과드립니다."

그러자 그녀는 매우 놀란 표정을 지으며 의아한 생각에 사로잡힌다. 사실 의아할 것도 없는 것인데 말이다.

원래 대부분의 남자들의 본성 아니겠는가! 이에 그도 예외가 아닐 뿐이지. 뭐, 특별한 것도 아닌 것 같다.

그가 이렇게 나오자 그녀도 조금은 긴장이 풀렸는지 서서히 입을 열기 시작한다.

그 전에 아메리카노 한 모금을 마신다. 그리고 머리를 뒤로 한번 젖힌다.

그녀는 무척 떨리는 목소리로 말한다.

"여긴 어떻게 알고 왔어요?"

"난 집이 창원인데 가는 길에 카페에 들려 커피나 한잔 마시고 가려고 왔는데 어떻게 이렇게 또 부딪치게 될 줄은 몰랐지요. 다시 말하지만 아까 너무 소란을 떨어서 미안합니다. 저의 누나가 너무 불쌍하다는 생각이 들어 나도 모르게 화가 났던 것 같아요."

그러자 그녀는 무척 당황한 표정을 지으며 서서히 입을 열기 시작한다.

"아니, 아니지요. 미안하기는 제가 미안합니다. 솔직히 전 아무런 마음도 없는데 저희 사우나 사장님이 저를 너무 괴로울 정도로 치근거려요. 지독한 갑을 관계여서 제 몸까지 허락하게 된 겁니다. 때론 정말 덕비사우나를 관두고 나가 버리고 싶을 때가 한두 번이 아니에요. 어휴 진짜 짜증 나…!"

"아니, 뭐라고요. 그런 일이 있었단 말이에요?"

상미는 지금 이 순간이 위기라고 판단하여 사실은 자신도 김황도 사장과 손뼉을 맞추었으면서도 오히려 그가 자신을 강제로 괴롭혔다고 발뺌을 시도하고 있다.

이 말을 들은 홍선은 표정이 밝아지면서 결국은 그녀에게 은근한 관심을 표시하며 명함을 한 장 꺼내어 건넨다.

"아아! 그러셨군요. 제가 느끼기에도 안타깝네요. 저희 매형이지만 정말 못됐군요.

제가 단단히 조치를 취하겠습니다. 이렇게 아름다운 세상에서 이런 일이 벌어질 수 있다는 것이 말이나 됩니까? 그럴 바엔 차라리 그곳에서 관둬버리세요. 절대 있을 수 없는 일이지요."

"어어! 복싱, 무에타이, 킥복싱 아카데미를 운영하고 계시네요. 어머머, 너무 능력이 좋으신 것 같아요. 이 명함 정말 고마워요."

"아닙니다. 고마워하실 거 없어요. 이렇게 예쁜 젊은 아가씨가 제 명함을 받아 주시는 것만으로도 전 너무너무 즐겁고 행복합니다."

"그런데 전, 명함 같은 건 없어요. 대신 제 폰 번호를 알려 드리지요."

이 카페에 들어와 홍선이 반복적으로 상미에게 '예쁜 아가씨'라고 표현하며 그녀의 비유를 맞춰주자 상미는 어느새 마음을 열어주는 의미로 번호를 찍어주는 데까지 이르렀다.

원래 남녀 간은 나이가 많든 적든 무슨 얘기를 할 수 있는 계기가 이뤄지면 서로 가슴을 활짝 열어 놓으려고 한다.

사실은 이런 게 그리 좋을 것도 없다. 좋을 것 같아도 무거운 짐이 되는 경우가 더 많다. 그렇다면 그 짐을 한번 내려놓는 것은 어떨까? 물론 그 과정에 엄청난 아픔이 있겠다. 그럴 땐, 흐르는 물을 바라보아라!

아무튼, 이렇듯 욕정으로 가득 찬 이들은 이런 소소한 계기를 잡아 한번 불씨를 당겨 보려고 노력하고 있다.

여기서 무척 중요한 일은 친누나의 아픔을 해결하겠다고 해결사로 등장했다는 놈이 우선 그녀에게 매형을 맹비난을 가해 놓고 순간, 그 후, 상미 입장에선 위기를 넘기려고 틈을 여는 시간을 최대한 활용하여 자신이 그 공간으로 들어가려 하고 있으니 말이다.

그럼 너도 똑같은 사람이 되는 것이다. 그래도 욕정에 눈이 멀면 똑같든, 다르든 가리지 않는다. 이래서 이성 관계가 호랑이보다 더 무섭다고 하는 것 아니겠는가!

또 그것이 노루보다 약할 때도 종종 있다.

"저, 이젠 그만 가야 할 것 같네요."

"아, 그럴까요. 그래야겠지요."

이렇게 대화를 마치고 카페 밖으로 나온 이들은 잠시 멈칫거리고 있을 때 홍선이 먼저 자신의 차로 그녀의 '집에까지 바래다주겠다'고 제의한다.

"아! 가시는 방향이 어느 곳입니까? 제 차로 가시지요."

"어! 그리 멀진 않지만 그래 주신다면 고맙지요. 하하하…"

"근데 집이 어디입니까?"

"아 네, 동발동 청구 1차아파트예요."

"뭐! 별로 멀진 않네요. 알았습니다."

홍선은 자신의 차에 상미를 태우고 그녀가 말한 대로 동발동, 그곳으로 가는 척하더니 느닷없이 핸들을 다른 곳으로 돌려 창원 마산합포구를 향하여 번개같이 달려간다.

이에 상미는 너무 놀라 어리둥절해 하고 있다. 그가 뭔가 착각했을까 이런 생각도 해 본다.

"아니 저, 동발동이라고 했는데 창원 방향으로 핸들을 돌리면 어떻게 해요."

"하하하하 제가 운영하는 복싱 아카데미를 구경시켜드리고 싶어서요. 그리고 술도 한잔 하시고요. 그런 게, 삶의 재미 아니겠어요."

"아니 그, 그… 시간이 가능할지 모르겠네요."

"뭐, 다 그런 시간들인 거지요. 뭐! 하하하하…."

홍선은 이게 그녀를 자신의 애인으로 만들 수 있는 기회다 싶어 지금 핸들을 쥐고 있는 시간이 너무너무 행복하기만 하다.

원래, 남자든 여자든 결혼을 했든, 안 했든, 새로운 애인이 생길 것 같은 느낌이 들면 행복의 환호성을 터뜨리는 것은 똑같다.

그가 몰고 달린 차가 그가 운영하는 창원시 마산합포구 중앙동 복싱 아카데미에 도착했을 땐, 저녁 7시가 조금 넘어 있었다.

그는 지금 이 시간이 체육관 수련생들이 한참 운동을 하는 시간이라서 들어가진 않고 이게 자신의 체육관이라는 것만 차 안에서 그녀에게 보여주고 핸들을 돌려 숯불갈비 집으로 향한다.

불과 얼마 떨어지지 않은 곳에 있는 식당으로 들어간 후, 자리에 앉는다.

"아! 이름이 상미 씨라고 했지요. 상미 씨 무엇을 좋아하십니까?"

"호호호호… 전 아무거나 좋아합니다."

"어! 아무거나라는 고기도 있나요? 예에 그럼 그 아무거나 삼겹살이나 먹어 볼까요. 아무거나 갈비도 있고 하하하하…"

"그래요. 그런 아무거나 고기를 먹기로 해요."

이들은 처음 만난 날부터 무척 화기애애하였고 소주와 삼겹살까지 먹었다.

"어! 상미 씨, 이 집 삼겹살 맛이 좋지요?"

"오우! 바로바로 이 맛이에요."

"아니 너무 예쁘고 아름다운 아가씨와 같이 앉아 술을 먹으니 정신이 번쩍번쩍 나서 하나도 취하지도 않는데요. 이 집에 있는 소주를 다 먹어도 안 취할 것 같아요. 안주도 없어도 되고. 낄낄낄낄…"

"어 어어… 오늘 그 예쁘다는 말을 너무 많이 들어서 가슴이 막 울렁거려요."

"자! 건배 우리의 뜻깊은 만남을 위하여…"

이들이 이렇게 소주를 몇 잔씩 들이마셔서 취기가 달아오르기 시작하고 있을 때 상미에게로 전화가 왔다.

폰을 보니 덕비사우나 김황도 사장이었다. 김 사장 입장에선 아까 오후에 황급히 달아난 상미가 무척이나 걱정됐을 것으로 보인다.

받지 않는다. 그랬더니 또 걸려온다.

또 받지 않았다.

"아니 상미 씨 어디에서 걸려오는 전화인데 받지 않아요. 괜찮아요. 받아 봐요."

이러자 상미는 자신의 고결함과 아까 오후 4시경에 있었던 그 일이 자신은 마음이 없는데 김 사장이 치근거렸다는 점을 그의 처남에게 확인시켜줄 수 있는 절호의 기회로 여기고 폰을 홍선에게 곧바로 보여준다.

"이거 봐요. 이렇다니까요. 이젠 아셨죠. 정말 지긋지긋한 일입니다. 어떤 땐 정말 죽고 싶기도 해!"

"아니 이런 우리 매형이 정말 정신이 나갔군! 이거 또라이 아니야, 정말 그 번호잖아! 나 참 어이가 없네! 가정이 있는 분이 이게 도대체 뭐냐고? 진짜 누나하고 조카들이 너무 불쌍해!"

"에이, 왕짜증 소주나 한 잔 더 따라줘요. 오빠… 그 노인네 또 라이가 맞아!"

황도에게서 걸려오는 전화를 받지 않고 그의 처남인 홍선과 계속 술을 마시는 상미는 조금씩, 조금씩 취하는 강도가 높아만 가고 있었던 것이었다.

어느새 시간은 흘러 저녁 8시가 다 되어가고 있었는데 이번엔 홍선의 부인인 숙희에게서 전화가 오고 있었는데 그는 받지 않는다.

"이젠 그만 일어나기로 해요. 상미 씨 나가서 커피나 한 잔 마시지요."

"그래요."

홍선은 쏜살같이 카운터로 달려가 계산을 한다. 그리고 그녀의 신발까지 집어 들고 가지런히 바닥에 놓아주는 과잉친절을 베풀기까지 한다.

식당 밖으로 나온 이들은 다시 차 안으로 들어간다. 이런 상황을 그는 노렸을 것이다.

그 후, 아메리카노를 "테이크아웃하여 오겠다."고 말을 한다.

몇 분이 흐르고 그 커피를 사서 들고 차 안으로 들어온다.

"상미 씨, 소주와 고기를 먹었으면 커피를 마시는 것은 수순이잖아요! 하하하하…."

"오우! 너무 고마워요. 잘 마시겠습니다."

"뜨거우니까 천천히 마셔요. 상미 씨."

"아네, 이거 다 마시고 저는 고성으로 가겠습니다."

"아니 제가 태워다 드릴 수도 있는데…."

"아니 술을 드셔서 안 되잖아요."

"뭐! 대리도 있으니까…!"

이들은 차 안에서 아메리카노를 한 모금씩 홀짝홀짝 마시더니 어느새 종이컵은 다 비워져만 가고 있다. 홍선은 느닷없이 자신의 입술을 그녀의 입술에 대고 아주 세게 '꾹' 누른다. 그러자 그녀는 깜짝 놀란다.

"아니 이게 뭐예요. 이럴 줄은 몰랐어요. 엄청나게 실망스럽습니다. 오빠…."

"아아아! 뭐! 인생이 다 그렇고 그런 거지 뭐! 원래 좋으면 다 이런 겁니다."

"아니 뭘 좋아합니까? 좋아하기는 저는 원래 순수한 여자입니다. 그런 것은 안 돼요. 충격입니다."

홍선이 지금 상미의 이 말을 액면 그대로 믿으면 곰 중의 곰이 되는 것이겠지!

그는 있는 용기, 없는 용기를 다 내어 승합차 안에서 그녀를 지금

이 순간 몸을 빼앗고 말았다. 차 안엔 금세 빨간색 장미꽃이 검은색 장미꽃으로 변해가는 광경이 연출되고 있었다.

그녀의 내숭이 여실히 드러나는 대목은 그 시간이 지나자 티슈를 꺼내어 그의 이마에 흐르는 땀을 닦아주는 지극정성인 애교까지 떨고 있었다는 것이다.

그 후, 홍선은 차 안의 거울에 비치는 그림자인 거울 그림자를 바라보고 있었고, 상미도 덩달아 그것에 반사되는 그림자인 거울 그림자를 넋을 잃고 바라본다.

이렇듯, 거울은 인간의 아름다운 면과 어두운 면을 동시에 비춰주며 그림자를 만든다.

지금 이들의 그것은 후자가 될 것이다. 그러나 넋을 잃으면 전자라고 착각하기도 한다. 인간의 한계일까! 그 한계는 언제까지 지속될 것인가!

홍선은 늦은 시간이 되어 상미와 헤어지게 되었는데 그녀가 가야 할 고성군 동발동으로 가는 택시를 잡아 주고, 자신의 집인 중앙동 화성아파트로 들어간다.

아까, 이들이 소주를 먹을 때, 김황도 사장은 상미에게 전화를 건 후, 지금 이 시간까지 문자를 무려 30통이나 했을 정도로 그는 그녀에 대해 무척 궁금해 하고 있는 것이다.

그녀는 고성으로 내달리는 택시 안에서 핸드폰을 바라보니 이 사실을 보고 깜짝 놀란다. 그래서 황도에게 전화를 걸고 있다.

"아아! 사장님 어떻게 전화도 했고 문자를 그렇게 많이 했어요?"

"야아! 내가 왜 그랬겠어? 아까 네가 너무 놀라 다급하게 달아나서 걱정되어 전화했지!

아까 그 처남이라는 놈이 우리 사우나에 와서 난리 친 거, 뭐, 너무 신경 쓰지 말아라! 뭐, 솔직히 뭘 모르는 조금 못 배운 놈이니까 말이야! 애가 좀 모자라 알겠니?"

"아이 그럼요. 난 그런 거 신경 쓰지 않아요. 아무렇지도 않아요."

"그래 그럼 다행이다. 편히 쉬고 내일 출근해라. 하하하하…."

"네에…."

상미는 고성에 도착하여 집으로 들어갔다. 순간적인 쾌락에 몸이 넘어갔다.

사람이 사는 인생길에서 가장 중요하면서 동시에 고달프기도 하고 희비가 교차하는 영역이 바로 이것일 것이다.

어떤 답을 내렸다 하더라도 그게 정답이 아니라고 반기를 들어버린다면 아무것도 아닌 것이 되어버린다. 이렇듯, 힘들고 힘든 인생이다.

어쨌든, 그녀는 내일 덕비사우나에 출근을 한다.

그리고 불 보듯, 뻔한, 일이겠지만 오늘 빨간 장미꽃을 검정 장미꽃으로 검붉게 물들인 달콤한 기억이 있는 김황도 사장의 처남인 이홍선으로부터 그녀를 향한 집중 전화나 문자가 오는 것은 현실이 되어 버렸다. 원래, 한번 너무 좋은 추억과 기억은 잊지 못하는 것이지!

그 짜릿한 순간은 '논 30마지기하고도 안 바꾼다고도' 하지 않았던가! 옛말에….

날이 밝자 그녀는 아랑곳하지 않고 덕비사우나에 출근했고 들어서자마자 김 사장은 그녀를 위로한다.

"어제 너무 짜증 났지? 너무 고통스러웠을 거야! 뭐 인생이라는 게 그렇게 황당한 경우도 있으니 그냥 이해해…."

"아니 그럼요. 피곤한 일도 많지요."

이 둘은 아무 일도 없었던 것처럼 다시 일은 하기 시작한다. 이들은 나름대로 평온해졌지만, 홍자는 날카롭다. 동생 홍선이 얼마나 적절히 이 문제를 해결했는지 대책을 세웠는지 몹시 궁금하기도 하다. 그래서 전화를 건다.

"나, 누나야 어떻게 됐어?"

"어! 누나 내가 어제 사우나에 가서 매형이 알아들을 수 있게 말을 했으니 나아질 거야!"

"아! 그래 너무 수고했다. 그런데 그런다고 해결이 될까?"

"그래도 미흡하면 누나가 그 여자를 내보내는 것은 어떨까?"

"난, 그러고 싶지만 그래도 사장은 매형이잖아…!"

"아아… 누나 일단은 내가 궁리를 해 볼 테니 그렇게 알고 너무 걱정하지 말고 있어…."

"그래 알았다. 너무 고맙다."

홍선은 전화를 끊고 난 후, 깊은 생각에 잠긴다.

왜냐면 어떻게든 상미를 그 덕비사우나에서 일을 관두고 나오게 하는 것이 자신에게 좋은 일이기에 그렇다. 이젠 애인이 됐으니 말이다.

그래야만 그녀가 사장이자 매형인 황도에게서 벗어날 수 있기 때문이다. 그렇게 된다면 상미를 자신이 독차지할 수 있는 야심 찬 행보가 될 수 있기에 달콤한 아이디어와 계략은 끊지 않고 있다. 이런 마음의 연장선으로 어제 그 짜릿한 기억을 회상하며 그녀의 폰 번호로 손가락이 움직인다.

바로 이 순간, 상미는 자신의 폰으로 홍선에게서 전화가 걸려온다는 것을 알고 있지만, 일부러 받지 않는다. 왜냐면 옆에 김 사장이 있기 때문이고 얼른 다른 데로 피해서 받을 수도 있겠지만, 그 또한 김 사장에게 묘한 오해를 일으킬 수 있기에 그냥 안 받는다. 홍선은 이에 대해 카톡 문자를 보내고 있다.

* 지금 이 순간 상미가 받지 않자 홍선이 보내는 카톡 문자 내용 *
하하하 상미 씨. 바쁜가 봐요. 어제는 잘 들어가셨지요. 어제 그 아름다운 기억들이 내 마음과 내 가슴을 더욱더 벅차게 만들고 있군요. 다음에 또 만나는 날을 기대하며 그대를 향해 사랑의 불씨가 싹트게 된 사나이 홍선 오라버니는 물러갑니다.

이런 내용의 문자였다.
홍선은 이 문자를 보내고 너무 흥분되어 회심의 밀크커피를 한잔 마신다. 그렇다면 그는 어떤 식으로 그녀를 차지하려고 전략을 구사할 것인가!
지금으로선 그 덕비사우나에서 일을 하는 중이라 계속되는 매형인 김 사장의 손아귀 안에 있는 현실을 피해갈 순 없지 않을까! 결국은 최대한 그녀를 그곳에서 나오게 하는 수를 쓸 것으로 보인다.

다른 한편, 이즈음, 이 모든 일의 시초와 원인을 제공하고 뒤에서 관망 중인 장순은 지금쯤, 무슨 생각에 잠겨 있을까! 저번 주 수요일 덕비사우나에 들러 김 사장의 부인에게 정면으로 폭로를 강행했던 그의 하루하루 온통 머릿속은 상미가 그의 늪에서 벗어날 수 있기를 오매불망 기다리고 있다.

그렇게 된다면 자신이 그녀에게 다가설 수 있는 유리한 상황이 올 것이라고 굳게 믿고 있다.

하지만 장순 입장에서 강행한 그 수가 어이없게도 다른 제3의 남자에게 호재를 안겨주고야 말았다.

그것은 바로 홍선과 상미가 애인이 되어 버리는 또 다른 복잡함만을 낳고 말았는데 이런 어려운 과정을 뚫고 과연 장순의 최종목표를 이루어 낼 수 있을지 사뭇, 궁금하기만 하다.

그런데 이런 구조를 떠나서 상미는 애당초 처음 맞선을 보았을 때, 장순에게 별 관심이 없었다는 것이 핵심인데 이것도 그가 풀어나갈 수 있겠느냐는 것이다. 어쨌든 장순은 일주일간, 상미를 향한 자신의 구애전략을 나름대로 강구한 후, 오늘은 사우나도 할 겸, 물론 가장 머릿속을 강하게 지배하는 것은 상미 때문이지만, 겸사겸사해서 그님이 계신 곳, 덕비사우나로 달려간다.

오후 4시가 조금 넘었다.

장순은 그곳에 들어서고 있었다. 그러자 그들은 깜짝 놀란다. 일주일간 잠잠했기에 포기하고 더 안 올 줄 알았는데 오늘 또 오니까 말이다. 장순은 그냥 무덤덤한 표정을 지으며 천천히 걸어와 말을 한다.

"안녕하세요. 표 한 장 주세요."

그러자 김 사장은 얼굴을 붉히며 그를 노려본다.

"아! 미안하지만 당신에게 표를 줄 수 없어요. 그러니 그냥 가세요."

"아니, 뭐하는 거예요. 손님한테 그러면 돼요. 얼른 목욕하러 들어가게 표를 달라고… 내 말이 말로 안 들려…"

"야! 이 뻔뻔한 놈아… 저번에 문강변에서 우리와 그렇게 다투고 어떻게 또 이곳에 오냐고… 정신 나간 놈이구나! 어휴 이걸 그냥 확…"

"그냥 확 어떻게 하려고 그래 날 때리고 싶어? 치고 싶으면 쳐봐 쳐보라고…"

사우나 입장권 판매를 거부당한 장순은 매우 거칠게 저항했다.

그러자 김황도 사장은 얼른 경찰에 신고를 해 버린다. 몇 분후, 경찰차가 왔다. 두 명의 경찰은 이들을 붙들고 차에 신고 파출소로 연행해 간다. 그곳에 끌려간 장순은 조사과정에서 경미한 우발적 고함이라고 결정이 났고 주의를 받는 정도로 그치고 풀려나게 되었다.

장순은 이날 돌아가 홀로 문강변을 걸으며 또 무엇인가 궁리를 하고 또 한다. 너무 매력적인 상미를 내 것으로 만들어야 한다는 결의와 각오를 다지고 또 다진다.

이렇듯, 서울에서 고성으로 귀농한 장순에게 이런 일이 있을 때, 서울에 계속 있어야 한다는 마음가짐으로 그의 고향친구 안하철은 지금 이 시간 굳게 수도 서울을 지키며 자기발전을 위해 달려나가고 있다.

사실, 장순으로선 자신이 지금 현재 겪고 있는 고민거리를 나름대로 털어놓을 수 있는 대상은 오직 한 사람, 바로 서울 구로동에 있는 안하철이다.

그래서 그는 이번 주 시간을 내어 서울에 있는 하철에게 찾아가 소주를 먹어 가며 최근 벌어진 일들을 토로해 보리라! 마음먹는다.

그 마음과 몸을 싣고 서울 구로동을 향해 내달린다. 이번에 몰고 올라가는 차는 짐을 싣는 화물차였다.

하지만 고속도로에 함께 달리는 다른 여러 종류의 차들을 다 제치고 앞지르며 달릴 수 있었다.

그 원동력은 24시간 심장을 강타해 들어오는 내 영혼의 구심점, 최상미를 차지할 수 있다는 야망 때문이다. 그 덕분에 번개같이 그곳에 오후 4시에 도착했다.

이달 초, 4일 날 사직서를 던지고 내려왔는데 벌써, 20일이나 지났다.

장순은 오랜만에 옛 추억의 직장 주변에서 그 건물을 바라본다.

주식회사 센영슈트.

봉제공장에서의 기억이 하나하나 떠오른다. 그러다가 폰을 꺼내어 하철에게 전화를 건다.

"어! 장순, 너무 오랜만이야! 어떻게 지냈어?"

"하하하하… 나 여기 네 회사 주변에 와 있어…."

"뭐야! 여기 회사에 온단 말도 없이 어떻게 왔지? 하하하 어쨌든 너무 반갑다."

"6시에 끝나니까, 내가 여기 회사 앞, 라인카페에 있을게. 이곳으로 오라고…."

"알았어, 장순아…."

하철은 한참 근무 중에 이 전화를 받고 깜짝 놀랐지만, 무척 반갑기 그지없었다.

이윽고 센영슈트 봉제공장 회사의 퇴근 시간이 되었고 하철은 정문 앞 라인카페로 들어간다.

"여기야! 하철아 여기…."

"그래! 장순이 와아! 너무 반갑다."

이들은 얼굴 표정이 무척 밝았다. 하철은 카페 의자에 앉는다.

"아니! 야, 오늘이 25일 우리 회사 월급날이라는 거, 알고 왔지? 나보고 한턱 쏘라고 하려고 말이야! 하하하하…."

"하하하… 그건 아니고 그냥 네가 잘 있는지 궁금했고 바람 쐴 겸, 온 거야!"

"그래! 잘 왔어, 커피 먹고 나가서 소주를 먹으러 가자고…."

30분가량, 앉아서 대화를 주고받던 이들은 자리에서 일어나 숯불 갈비 집을 찾아 들어간다. 한 잔, 한 잔 소주가 몸속에 스며들자, 장순은 회사 관두고 고성으로 내려가서 있었던 일들을 하나하나 꺼내기 시작한다.

그래도 믿을 수 있는 존재는 하철뿐이라고 생각했기 때문인 것 같다. 장순의 상황 설명이 다 끝나자 하철은 잠시 무엇인가 생각에 잠긴다. 지금 그는 무슨 생각에 잠긴 걸까! 이 상황을 전해들은 친구 입장에서 뭐라고 말해주는 것이 최선일까, 이것이다. 그런 의미의 소주 한 잔 더 얼른 '확' 마신다.

"크크큭 으윽… 카 카 캭… 글쎄 그 맞선 본 여자가 그리도 좋아? 근데 조금 그렇다."

"어어! 조금 그런 게 뭔데 하철아…."

"네, 그 말을 다 들어보니… 조신하지 못한, 엄청 헤픈 성격인 것 같구나! 그런 여자는 만나지 않는 것이 낫지 않을까?"

"아아! 그래도 난 그 여자에게 완전히 '푹' 빠져 버린 상태인데…."

이러자 하철은 다시 또 생각에 잠기며 한잔 더 '확확' 마신다.

"뭐! 내가 말하는 게, 정답이 될 수는 없어, 원래 뭐든지 최종결정은 자신의 몫이니까! 정말 그렇다면 죽기 살기 식으로 매달려 보라고…."

"하하하… 나도 그 정도는 각오하고 있어, 그런데 어떻게 죽기 살기 식으로…?"

장순의 이 말에 하철은 '느닷없이' 한 손으로 소주병을 통째로 들고 막 마신다.

"야! 바로 이게 죽기살기식이라는 거야! 내가 지금 소주병을 들고 들이붓듯이 그렇게 말이야! 막 마셔 버리라고… 막 먹어 버리라고…."

"하하하하하… 그래 막 마시고, 막 먹고… 좋다. 좋아… 오케이…."

이들이 이렇게 술에 취해 있던 시간은 흐르고 흘러 어느새 8시가 넘어 9시를 향해 꺾이고 있었다. 이곳에서 나와 그 주변에 있는 노래방으로 들어간다.

"사장님 도우미 두 명만 불러 주세요."

"아 네! 조금만 기다리세요."

"아니! 하철아, 너무 무리하는 거 아냐? 그냥 우리끼리 노래만 불러도 되는데…."

"아아아… 이 정도는 되어야지! 원래 다 이런 거야! 자, 들어가자…."

5번 방으로 들어간 이들은 술에 만취해 비틀대며 노래를 부르기 시작한다.

그 후, 불과 5분쯤, 지났을까! 문을 열고 도우미 두 명이 들어와 앉는다.

하철은 신났지만, 장순은 그저 그렇다. 그 이유는 머릿속은 온통, 고성에 있는 그 님 최상미로 꽉 찼기 때문이다. 이날은 소주와 맥주, 노래가 오가는 시간으로 가득 채워진, 3월 25일 서울 구로동 센영슈트 직원인 안하철의 월급날이었다.

장순은 그의 집에서 하루 묵고 다음 날 다시 발길 돌려 고성으로 화물차를 몰고 내려간다. 전열을 가다듬은 그의 앞으로의 행보가 사뭇, 궁금하다.

더욱 전투적으로 나올 것으로 짐작된다. 그날 하철과 소주를 먹을 때, 그가 했던 그 말처럼 그렇게…

그가 그 회사를 관두고 나와 이런 일이 있을 때, 함께 그곳에서 나왔던 김홍철, 최영선, 조완수, 임철수, 이렇게 네 명은 지금 어떤 생활을 이어갈 것인지…

먼저, 강원도 홍천으로 내려간 홍철은 인삼 옥수수 재배를 시작하며 미래를 설계하고 있었는데 그는 오늘 26일 토요일을 맞이하여 따분하던 차에 홍천 시내에 나와 친구들과 소주를 먹으며 회포를 풀다가 늦은 시간이 되자 각자 집으로 향했다. 홍철은 혼자서 pc방에 들러 게임을 하다가 다시 밖으로 나왔다. 서석면 집으로 향하려다가 한잔 더 하고 싶은 충동에 사로잡혀 주위를 둘러보다가 불 켜진 호프집이 있어 무작정 들어간다.

이곳에서 맥주를 몇 병 더 마신 후, 너무 취해 비틀대기 시작했다. 너무 취해서 차는 그대로 두고 택시를 잡아타고 가려고 걸어갔지만, 한참을 서 있었어도 나타나지 않아서 이리저리 비틀대는 몸을 가누지 못하고 그냥 아무 데나 들어간다는 것이 이름 모를 다방이었다.

정신을 차리고 집중하고 이름을 보니 녹색빛 다방이었다.

한 여인이 다가온다.

다방종업원이다. 석수를 한 잔 탁자 위에 놓으며 말을 한다.

"아아아! 너무 술을 많이 드셨나 보네요?"

"으으으흑… 그런가요. 다 그런 거지요. 하하하하하…."

"무엇을 드릴까요?"

"커피를 주세요."

"네에."

종업원은 얼마 후, 커피를 가지고 온다. 그 후, 앉아서 타준다.

"아니, 아가씨도 한잔 하세요."

"하하하… 그래요. 너무 기분이 좋아요."

홍철은 만취된 상태에서 깨어나려고 계속 석수를 들이붓는다. 그러다가 조금 정신을 차렸는지 앞을 자세히 바라본다. 그런데 그 아가씨는 외국인이었다.

"어! 어디에서 왔어요?"

"호호호… 전 베트남에서 왔지요."

"아니, 그래도 한국말을 꽤 잘하는군요."

"아아! 온 지 2년 정도 되니 그냥 조금 하는 거지요, 키킥킥…."

홍철은 지금 마음속으로 조금은 싱숭생숭해진다. 그 이유는 외국인이라 해도 보기 드문 빼어난 미인이기에 그렇다.

그러던 중, 그녀는 일어나 자신이 마실 커피를 가져오기 위해 주방 쪽으로 걸어간다. 그 뒷모습을 바라보는 홍철은 순간 무엇인가에 한방 세게 얻어맞은 충격적인 느낌이었다. 국내에서도 보기 어려울 정도의 상상을 초월한 몸매 때문이다. 어디 외국잡지에서나 볼 수 있는 초특급 모델의 수준….

멍하니 앉아 있는데 그녀가 커피를 들고 걸어온다.

"아니 왜 이리 저를 바라보시나요?"

"아아아… 아닙니다. 앉으세요."

"하하하… 커피 맛은 좋지요?"

"아네, 그런데 나이가 어떻게 됩니까?"

그러자 그 녹색빛 다방 종업원은 커피 잔을 내려놓으며 말을 이어간다.

"제 나이는 27살입니다. 이름은 우엔티늉이고요."

"아, 그래요. 이름이 너무 예쁘시군요. 우엔티늉 씨, 미모만큼이나 그렇게 똑같이! … 나이도 그렇고 하하하… 나는 홍철이라고 합니다. 34살이고요."

"…"

"우리 친구로 지낼까요? 우엔티늉 씨…?"

"오호! 너무 좋아요. 친구가 된다니…."

"목소리도 미모를 꼭 닮았군요. 하하하…."

이들은 이렇게 이 시간 밤 10시가 넘어간 지금에 화기애애한 분위기를 자아내면서 서로가 관심을 나타내고 있었다.

홍철은 시곗바늘이 11시를 가리키자 자리에서 일어나 밖에 나와 택시를 잡아타고 서석면 어론리 집으로 돌아갔다.

어론리 산기슭에 있는 그의 집, 홍철은 방에 들어가자마자 퍽 쓰러졌는데 순간 잠이 들어버렸다. 어느 정도 시간이 흐르자 꿈을 꾸게 되었는데 바로 아까 그 녹색빛 다방에서 본 우엔티늉의 꿈이었다.

그녀는 홍철에게 다가와 수건으로 눈을 가리더니 느닷없이 자신의 입술을 그의 입술에 대고 '꾹' 누르는 것이었다. 홍철은 너무 놀랐지만 다른 가슴 한구석에는 황홀함과 짜릿함이 물밀 듯 밀려오는 것이었다.

아니 그냥 이대로 서로가 선 채로 굳어져 버렸으면 더 좋겠다는 희망 사항이 들 정도였다. 그런 기쁨도 잠시 그가 잠든 방 밖에 마루 위로 '고양이 한 마리가 뛰어 올라와 요란을 떠는 바람에' 잠에서 깨어나게 되어 그는 그 달콤한 꿈을 날려버리는 아픔을 겪고야 만다.

그래서 한참 동안 잠을 이루지 못하고 우두커니 앉아 있었다.

그러다가 석수를 한잔 하고 TV를 켠다. 지금 시간은 새벽 4시를 가리킨다.

채널을 이리저리 돌려보아도 꿈속의 그녀만 한 미모를 지닌 여인은 잡히지 않는다. 아무튼 단단히 빠졌구나!

이렇게 가만히 앉아있던 시간도 잠시 어느새 새벽은 지나가고 아침이 오고 있었다.

그는 일어나 밖에 나가 주변 밭을 여기저기 돌아다닌다.

오늘 할 일들에 대한 계획의 일환이다.

인삼을 유심히 바라보며 돌다가 한우들이 앉아있는 외양간으로 걸어가 천천히 소밥을 주고 있다. 몸은 이렇게 움직이고 있지만, 그는 우엔티늉의 모습이 자꾸만 떠올라 가슴 속 심장은 굳어져만 간다.

이런 시간이 지속된다면 오늘 또 그곳에 갈 확률은 100%가 될 게 정해져있다. 왜냐면 사람은 여행 갔을 때, 너무 좋았던 기억들이 있으면 또 그곳에 가고 싶어 하는 심리가 생기는 것과 같다. 이와 같이 어떤 사람을 그리워하게 되면 또 그 사람이 있는 장소에 가려고 하는 본능이 있다.

그래서 그는 분명 오늘 또 그곳에 갈 것 같다.

이 예상 그대로 그는 아침을 먹자마자 택시를 부른다.

그 후, 홍천 시내로 향한다. 제일 먼저 어젯밤 좋았던 추억의 그곳으로 달려들어 간다. 녹색빛 다방으로…

그러나 홍철이 부풀어 올라왔던 그 마음만큼이나 그 분위기는 그것에 미칠 수 없었다.

그럴 수밖에 없지만 그래도 마음이 좋을 순 없다. 인지상정일까! 아닐까! 그것 비슷한 걸까! 그녀 곁에는 다른 나이 많은 남자들이 셋이서 앉아서 대화를 나누고 있었고 그 중, 한 남자는 그녀에게 짓궂은 장난을 치는 이도 있었다.

홍철은 생각한다. 어쩔 수 없다.

그러나 내가 우엔티늉을 정말로 좋아한다면 이 일을 하지 못하도록 해야 할 것이다. 그녀가 이곳에서 계속 일을 한다면 지금 이 상황은 앞으로도 벌어질 것이기에 그렇다. 잠시 이런 생각 중, 그는 그녀와 두 눈이 마주친다. 그녀는 다소 놀라는 표정이다. 오늘 또 그가 오리라고는 생각하지 않기 때문이다. 홍철은 구석 쪽에 있는 자리로 가서 앉는다.

그러자 우엔티늉은 일어나 그에게로 온다. 그녀는 걸어오며 살짝 미소를 짓는다.

"어! 또 오셨군요? 히 히히히… 오늘도 커피인가요?"

"아네, 두 잔을 가져오세요."

"예에…"

홍철은 이미 마음속으로 모든 계획은 끝났다. 우엔티늉을 자신의 것으로 만들겠다는 생각을 굳혔다. 물론 어젯밤에 간접적인 의사표시는 했다고 하더라도 그녀가 그 말을 그냥 장난삼아 던진 농담으로 여길 가능성도 크다. 왜냐면 어제는 내 모습은 만취된 상태였고 또 이곳은 분위기상 그런 말이 진정성이 느껴지기엔 어려움도 있다. 하지만 그는 이 순간 그녀를 향한 자기 생각을 진술하게 전하리라 마음먹는다. 드디어 그녀가 커피 두 잔을 들고 다가와 자리에 앉는다.

"어떻게 오늘 또 왔네요."

"하하하… 그럼요. 또 올 수밖에 없지요. 보고 싶으니까요."

"어! 날 보고 싶었단 말이에요?"

"오늘은 내가 하고픈 말이 있지요."

"…"

우엔티늉은 홍철이 무슨 말을 하려는지 눈을 크게 뜨며 집중한다.

"그 하고픈 말이 무엇인가요? 홍철 씨…"

"아네, 바로 이것입니다. 나는 어제 우엔티늉 씨를 보고 완전히 반해 버렸습니다. 내 여자가 되어 주십시오. 정식으로… 그래 줄 수 있나요?"

"아이! 어떻게 그런 농담을 막 하세요. 저는 보잘것없어요. 호호호…"

"아닙니다. 미모가 너무 완벽하십니다. 내게로 오세요."

"여기서 이런 일을 하는데…. 그리고 저는 이 나라 한국 사람이 아니잖아요. 그래도 제가 그렇게 좋으세요?"

"우엔티늉 씨, 그런 건 아무런 이유가 되지 않습니다. 그리고 내게로 온다면 오늘부로 이 일은 청산하세요. 그럴 수 있게 내가 도와드리겠습니다."

"어머머… 그렇게까지 얼마나 날 좋아하면 키키키킥…."

홍철은 지금 우엔티늉이 겪고 있는 "금전적인 문제를 해결해 주겠다."라고 약속을 하고 그녀를 데리고 밖으로 나간다. 그 후, 자신이 어제 차를 세워뒀던 장소로 간다.

그 차에 그녀를 태우고 서면 한치골 길 방향으로 내달린다.

팔봉산 관광지에 가려고 마음먹는다. 운치 있는 곳으로 가서 그녀와 더 많은 데이트를 하기 위해서이다.

그 마음처럼 번개같이 그곳에 다다랐다. 팔봉산 맛집에 들려 맛있는 음식을 함께 먹는다. 서로는 화기애애한 행복한 표정을 계속 이어간다.

식사를 마친 이들은 밖에 나와 등산로 이곳저곳을 돌아다니며 애정을 쌓아가는 데 열중하였다.

옆으로 흐르는 너무 멋진 계곡도 있어 이들의 마음을 더 들뜨게 하기에 부족함이 없었다. 잠시 그곳에 걸터앉는다. 어느새 가까워졌다는 증표인지 서로는 손을 잡기도 한다.

내국인이든 외국인이든 무슨 일을 하든, 않든 서로가 눈이 맞아 번쩍번쩍하면 어쩔 수 없는 것인 것 같다.

"우엔티늉 씨 오늘 이 시간부터는 그곳에 가서 일하지 마세요. 그리고 우리 집이 있는 서석면에다 새롭게 멋진 전원주택을 짓고 우리 결혼해서 함께 살기로 해요. 어떻게 생각하세요."

"아니, 홍철 씨 아무리 그래도 그렇지 너무 빠르게 그런 말을 하는 것 아닙니까?"

"아니지요. 그만큼 우엔티늉 씨를 좋아하게 됐고 사랑의 감정이 끌어 오르기 때문이지요. 내 사랑을 받아주세요."

"그래요. 그 사랑을 받아주겠어요. 호호호…"

우엔티늉은 홍철의 구애를 받아주겠다는 의사표시를 하더니 느닷없이 자신의 입술을 그의 입술에 대고 '꾹' 누른다.

그러자 홍철은 깜짝 놀라며 눈이 휘둥그레진다.

그가 이렇게 놀라버린 이유는 바로 어젯밤 꿈에 그녀가 자기 곁으로 다가와 수건으로 눈을 가린 후, 느닷없이 지금처럼 그랬었기 때문이다. 어떻게 꿈과 생시가 똑같이 이어지는 것인가! 너무 신기할 따름이었다.

그래도 마냥 좋기만 하다.

이들은 이길 저길 돌아다니다 보니 어느새 시간은 저녁 시간으로 기울고 있었다. 아까, 점심 때 식사를 했었던 그 맛집으로 또 들어가 오리고기를 먹는다.

"우엔티늉 씨 뭐니 뭐니 해도 고기는 오리고기가 최고로 맛이 좋아요."

"네에, 그런 것 같아요."

이들은 저녁식사를 마치고 난 후, 밖으로 나온다. 그 후, 차를 타고 홍천 시내로 향한다. 그곳에 도착한다. 그리고 호프로 들어간다. 생 맥주 500을 시켜서 마시기 시작하는데 그녀에게로 녹색빛 다방주인 으로부터 전화가 걸려온다.

"어! 우리 사장님의 전화에요. 일 안 하고 어디에 갔느냐고 묻기 위 해 전화가 오는 것 같아요."

"아! 그 전화 받아서 일 안 한다고 말하고 나를 바꿔 주세요. 내가 다 말하게…"

그녀는 그가 말한 대로 그렇게 했다.

"아! 사장님 저, 제가 우엔티늉 씨 보호자 되는 사람입니다. 그곳에 서 더 일하지 말라고 했습니다. 그러니 그렇게 아세요."

"아아아… 그렇습니까? 그럼 오늘까지 일한 거, 날짜 계산해서 월 급을 줘야 하니까, 한번 들르라고 하세요."

"네에, 알겠습니다."

일요일 늦은 밤까지 이 둘은 홍천 시내 이곳저곳을 돌아다닌다. 그 러다가 홍철은 우엔티늉을 데리고 모텔로 들어가 더 강도 높은 애정 표현을 강행하려고 허리를 잡아당긴다. 그러자 그녀도 마지막 자존 심이 작용했을까! 피하려고 애를 쓴다.

이것에 아랑곳하지 않고 그는 더욱 거세게 그녀를 잡아당기며 모 텔로 들어가는데 이르렀다. 그곳으로 들어간 이들은 빨간색 장미꽃 을 검은색 장미꽃으로 검붉게 물들여 수를 놓았다.

고독과 외로움 탈출기

그 후, 그녀는 식은땀을 흘리고 있는 그의 이마를 물수건으로 닦아주는 애교까지 떨고 있었다.

그날 밤은 이들에겐 너무 황홀한 시간들로 가득 채워졌다. 다음날 월요일 아침이 되어 그곳에서 나오게 되었다.

이날은 우엔티늉은 마지막 월급계산 문제로 녹색빛 다방으로 갔고, 홍철은 차를 타고 서석면 어론리로 향했다. 집에 들어간 시간은 정오 12시쯤 되어서였다.

그의 모친은 어젯밤에 안 들어온 것에 대해 묻는다.

"애, 홍철아 어제는 어디에서 잤니? 친구들하고 또 놀다가 어디에서 자고 온 거야?"

"아니에요. 내게도 이젠 애인이 생겼어요."

"뭐야! 애인이 생겼단 말이야! 이런 경사가 어디 있냐? 그래 잘해 봐! 네 나이도 빨리 결혼을 해야 하는 나인데… 어쨌든 너무 반가운 소식이구나! 하 하하하하…"

"…"

모친이 너무 기뻐하고 있지만, 아들인 홍철은 조금은 신경이 쓰이는 건, 사실이다.

왜냐면 지금 이 상황을 어떻게 생각할지 모르기 때문이다.

"그래 누구냐! 어떻게 알게 됐는데…"

이렇게 묻자, 홍철은 조금 망설이더니 결국엔 베트남 아가씨인 우엔티늉에 대해 말을 꺼낸다. 이 말을 전해들은 그의 모친은 매우 놀라는 표정을 짓는다.

"아니, 야 어떻게 하다가… 왜 하필 베트남 여자를 만나게 된 거니? 한국 여자도 많은데…"

"그렇게 됐어요. 내 마음에 쏙 들고 너무너무 예쁘게 생긴 여자예요. 결혼을 계획하고 있어요. 이미 그러겠다고 서로 약속이 되어 있어요. 어머니…"

"야, 관둬라! 관둬…. 네가 어디가 어떻다고…! 그렇게 할 게 뭐 있냐?"

"아니에요. 난 그 아가씨와 잘 맞아요. 서로가 좋으면 그것으로 끝이에요. 국적이 중요한 게 아니라 마음씨가 착한 게 더 중요하고 서로 간에 느낌이 와야 하니까!"

"…"

그의 모친은 이 말을 듣고 상당히 실망스러운 표정과 심정으로 아무 말 없이 밖으로 나가더니 밭으로 힘없이 걸어간다.

밭에 한구석에 앉아 괴로움의 한숨을 크게 내쉰다. 그러면서 마음속으로 생각한다. 이 동네 어론리에 아들 또래의 친구들이 결혼을 잘했다는 소식과 소문 같은 것을 한번 떠올려 보기도 한다.

그러면서 왠지 비애와 열등감 같은 것을 느끼기도 한다. 앞으로 홍철이 그 베트남 아가씨인 우엔티늉을 만나는 과정이 적잖은 마찰과 잡음이 있을 것으로 예상된다.

원래 인생은 홀로인데 복잡한 관계가 얽히면 그 홀로 된 외로움이 더 가중되는 아픔이 되어 버리고 좋든 싫든 부딪히는 시간에 직면할 수밖에 없다.

누구나 이와 비슷한 경우를 경험한다.

그래서 학이 부러울 때도 있다.

글쎄, 그 세계로 들어가 보지 않았으니 정확한 것은 모르겠다. 홍철이 잠시 우두커니 마루에 앉아 상념에 젖어 있을 때, 화가 나서 밭으로 갔었던 그의 모친은 다시 집으로 돌아오며 자신의 분을 이기지 못해서일까! 내리사랑이 하늘을 찔러서일까!

느닷없이 들고 온 호미 자루를 마당 한가운데에 아주 세게 집어 던진다.

뒹구는 호미는 요란한 소리를 내며 돌부리에 '턱' 걸친다. 그 후, 소리를 지르며 말을 한다.

"야, 너 그 베트남 여자와 사귀려면 이 집을 나가버려! 그리고 들어오지 마라! 난 네가 그렇게 되는 건, 도저히 더 볼 수 없다. 이 꼴 저 꼴 보기 싫으니 나가 버려, 이 xx야…"

"아니, 어머니 외국인이면 어떻고 아니면 어때요? 사람의 외면보단 내면, 마음씨가 중요한 거 아닐까요?"

"그래, 너 말 잘했다. 내면이라고… 좋아! 그럼 그 여자가 내면이 착하다는 걸 어떻게 알아? 원래, 옛말에 열 길 물속은 알아도 한 길 사람 속은 모른다고 하지 않았냐고…?"

"…"

홍철이 침묵을 지키자 그의 모친은 재차 소리를 지르려다가 그만 평소에 높았던 혈압이 갑자기 올라 마당에 '퍽' 하고 쓰러지고 만다.

"으으으 윽윽흑…"

"아니, 아아아…. 어머니, 어머니…"

홍철은 황급히 모친을 차에 태우고 홍천 시내에 있는 한빛건강병원으로 달려간다. 그곳에 도착하자마자 응급실로 갔다. 검진결과, 안정됐고 신경안정제를 처방받아 복용하게 되었다. 이날, 집으로 돌아온 홍철은 답답하기만 하다.

이미 어젯밤 홍천 시내 모텔에서 우엔티늉과 그야말로 뜨거운 밤을 보냈던 황홀함, 짜릿함, 잊지 못할 애정 탑을 높게 쌓았는데…. 이것을 어쩌란 말이냐? 이런 구조를 말이다.

그저 모친을 설득하는 수밖에 없으리라! 마음먹는다.

저녁 늦은 시간, 갑갑함, 억누르지 못하고 이달 초, 사직서를 내기 전까지 서울 구로동 센영슈트 봉제 공장에서 함께 근무했었던 나이는 한 살 더 먹은 최영선에게 전화를 걸고 있다.

"어! 홍철이 오랜만이야! 어떻게 내게 전화를 할 생각을 다 했어?"

"하하하… 최 형, 어떻게 일은 손에 잡혀?"

"뭐! 다 그렇지 뭐, 하다 보면 잡히겠지! 그런데 무슨 일로…"

"아니, 그냥 형이 궁금하니까 전화했지 뭐, 언제 시간 되면 소주나 한잔 합시다."

"그러지 뭐!…"

홍철은 이날 저녁 8시가 넘어 착잡한 심정으로 영선에게 전화하여 "언제 만나 소주라도 한잔 하자"는 말을 건네고 끊는다.

그런데 너무 공교롭게도 이 같은 시기에 최영선도 현재 김홍철이 겪고 있는 일을 겪고 있는 것이었다.

전북 정읍으로 내려갔던 영선도 여성을 만나는 길이 마땅치 않자, 방황하던 중, 바람 쐬러 정읍 시내에 나가 돌아다니던 어느 날, 푸른 색 간판에 국제결혼상담이라는 글귀를 보게 되어 들어가게 되었는데 이런저런 고민 끝에 캄보디아 여성인 팽소피어아를 소개받아 만나게 되어 교제하기에 이른다.

하지만, 그는 홍철과는 다르게 집안에서 그리 반대는 하지 않는다.

영선은 이점에선 무척 홀가분할 것으로 보인다. 다른 한편, 충북 진천으로 내려갔던 조완수, 경기도 용인으로 내려갔던 임철수, 이들 또한 똑같은 일이 벌어지고 있으니 너무 공교롭기도 하고 또 그만큼 서울에서 시골로 귀농하면 결혼하기가 무척 어려운 것이 현실인 것 같다.

물론, 귀농했다고 모두 다 이런 일이 벌어지는 것은 아닐 것이다. 타고난 천부적인 끼가 많으면 귀농을 했든, 하지 않았든, 수많은 여성을 애인으로 만드는 경우도 비일비재하다는 내용은 앞에서도 적었었다.

이들의 공통점은 그런 끼가 없다.

그래서 이렇게 우회로 돌아가고 있는 것 같다.

조완수는 진천 시내에 있는 어느 식당에 갔는데 그곳의 종업원이었던 흑룡강에서 온, 진일화를 보게 되어 이런저런 얘기를 하다가 만

남이 이루어졌고, 임철수는 용인 시내에 갔는데 바로 그날은 김량장
동에 있는 용인중앙시장에서 용인민속 오일장 맛깔 축제 및 노래자
랑이 열리는 날이었다.

이때, 그 노래자랑에 필리핀이 고향인 이라니가 참가했다.

철수는 노래를 그리 좋아하진 않지만, 무료한 시간이라 그냥 보고
있었다. 이라니가 노래를 할 차례가 되었고 그녀가 부르는 것을 본
많은 용인시민으로부터 감탄사가 절로 쏟아지기 시작하였다. 철수도
마찬가지였다.

왜냐면 국내 정상급 트로트 가수들 못지않은 빼어난 가창력과 풍
부한 감정 때문이었다. 이라니가 대상을 받는 것은 기정사실이나 다
름없었다. 예상은 그대로였다. 그녀는 대상 상금 50만 원과 푸짐한
선물꾸러미를 받자. 너무 기뻐 대상 소감을 묻는 사회자의 질문에
답변을 생략한 채, 자신의 주특기 춤인 살사댄스를 선보이는 것으로
답례했다.

이라니는 하늘을 날아갈 듯한 기분이었다. 그녀는 노래와 춤을 격
렬하게 해서인지 몸에 힘이 다 빠져 있었다. 그래서 아는 필리핀 친
구들과 기분을 낸다고 그 주변에 있는 탈출호프에 들어간다. 이들
모두 네 명은 노래자랑 대상수상의 기쁨을 함께하며 소주와 맥주를
들이마신다. 우연의 일치일까! 아님, 필연일까!

임철수가 그곳 김량장동에 살고 있는 친구인 차강철과 맥주를 먹
기 위해 들어오는 것이었다.

이 둘은 그 필리핀 일행들이 앉은 바로 옆 테이블에 앉게 되었는
데 이라니는 철수를 빤히 바라본다. 그녀는 왜, 그를 그렇게 바라보

왔을까!

아까, 무대 위에서 노래를 할 때 관객석 맨 앞줄에 서 있었던 그를 기억하고 있고, 아마 인상 깊게 느꼈기 때문인 것 같다.

이라니는 너무 들뜬 기분에 막 들이마신 술에 취했는지, 아님, 용기를 내는 것인지!

모르겠지만 철수에게 말을 걸고 있다.

"저! 아저씨 아까, 제가 노래할 때 바로 맨 앞줄에 서 있었지요? 아니 그냥 너무 인상이 좋았던 것 같아서 말하는 겁니다."

이라니가 이렇게 말을 하자 철수는 조금 당황한다. 그녀는 병맥주를 따서 그에게 한잔 따라 준다.

"아! 시원하게 한잔 하세요."

"아아아… 아니… 아 네, 그럼 감사합니다."

철수는 사양하고 싶었지만, 그녀의 성의를 봐서 그냥 술을 받고 있다. 이때 이라니는 철수의 얼굴을 뚫어지게 바라보고 있었다.

"아! 오늘 보니까 대상을 받으셨더군요."

"하하하… 아저씨 덕분에 그렇게 됐어요."

철수와 이라니의 만남은 이렇게 호프집에서 맥주를 마시며 이루어졌는데 이때 그녀는 들떴는지, 용기인지는 알 수 없으나 아마 이 두 가지 심리가 다 작용한 것 같다.

철수에게 좋아하게 된 감정표시를 했고 이런 의사에 대해 나름대로 호응을 해 주면서 이들은 급격히 친해져갔다.

이라니는 철수에게 자신의 전화번호를 알려 주었다. 3월 31일 마지막 날 이들의 만남이 앞으로 어떤 결과로 이어질지 사뭇, 궁금하기도 하다.

3월 4일 서울 구로동 센영슈트 주식회사에서 사직서를 내고 일제히 귀농을 강행했던 5명 중에 장순만을 제외하고 나머지 4명은 이렇게 외국인 여성들과 만남이 이뤄지는 운명을 맞이하고 있었던 것이었다.

철수도 그날 김량장동 호프집에서 이라니를 만난 후, 홍철이 그랬던 것처럼 남사면 진목리 집에 들어와 부모님에게 이 사실을 말하였다. 그러자 그의 부모는 펄쩍 뛰었다. 홍철의 어머니와 같았다.

이 4명 중, 홍철, 철수의 부모는 반대가 심한 편이고, 영선, 완수의 부모는 반대하지 않는 분위기이다. 이렇듯, 같은 상황에서도 다 제각각 반응은 달리 나오고 있다.

그렇다면 홍철과 철수가 이 난관을 어떻게 뚫고 나갈 것인지 지켜볼 일이다.

한편, 상대적으로 마음이 홀가분한 최영선은 나름대로 싱그러운 4월을 맞이하고 있었다.

자신보다 12살이나 어린 연하의 여성이자 얼굴과 몸매가 글래머인 팽소피어아와 며칠 전 만나게 되어 데이트를 즐길 정도가 되었으니 말이다.

영선은 갑자기 며칠 전, 홍철에게서 전화가 걸려왔던 일이 조금은 궁금해지기도 해서 그에게 전화를 걸어본다.

"아! 여보세요. 최 형, 먼저 전화를 했네. 내가 먼저 하려고 했었는데…."

"아니 네가 며칠 전에 전화를 했잖아! 궁금하더라고…."

"아아! 그냥 전화했지! 아니 형, 언제 시간 가능해?"

"음, 그렇지 내가 오늘 바람을 쐴 겸해서 수원을 가려고 하는데 만날 수 있을까?"

"알겠어. 형, 어디에서 몇 시가 좋을까?"

"난 열차를 타고 갈 거야! 수원역에서 저녁 7시에 만나자고…."

"알겠어. 기다리고 있을게…."

사실, 영선은 구로동에서 회사를 다닐 때도 다른 이들보다는 홍철과 더 가까이 지냈었다. 그랬기에 그에게서 며칠 전 전화가 오니 이렇게 시간을 내어 만나러 갈 정도가 되는 것이었다. 홍철도 강원도 홍천에서 오는 그를 만나기 위해 수원역으로 가려면 시간에 맞춰 준비해야 한다. 영선은 정읍에서 수원으로 향하는 열차에 몸을 싣고 올라온다.

그리고 홍철은 홍천에서 K5 승용차를 타고 수원역으로 달려간다. 이윽고 이들의 만남 시간인 저녁 7시가 되었고 홍철이 먼저 도착하여 수원역 대합실에서 기다리고 있었다. 그 후, 불과 몇 분이 지났을까!

용산행 호남선 열차는 수원역에 다다랐고 영선은 내려서 통로를 빠져나오고 있었다.

"오우! 영선이 형, 나 여기 너무 오랜만이야! 와아… 너무 반갑네! 하하하…."

"아! 그래 홍철아, 그래 반가워 잘 지냈지? 하하하…."

이들은 서로 악수를 하며 한때 같은 회사를 다녔던 끈끈한 정을
나누는 장면을 연출하기도 했다. 그리고 홍철의 차를 타고 팔달문
쪽으로 향한다.

그곳에 가서 식사도 하고 소주를 먹기 위해서이다. 그곳에 도착한
이들은 그냥 눈에 보이는 숯불갈비 집으로 들어간다.

"자! 최 형, 한잔 받아…"

"아아! 그래 하하하… 음 크크큭… 소주 맛이 너무 좋아…!"

"아아! 이젠 동생이 받아야지! 홍철아 한잔 시원하게 받아라!"

"오호 하하하하하…."

이 둘은 무척 화기애애했다. 원래 먹을 땐, 먹는 것에 집중해야겠
지만 다 끝나고 나면 무슨 말이든지 막 늘어놓을 것으로 보인다. 이
들은 술을 많이 먹고 밖으로 나간다. 이때 시간은 9시쯤 되었다. 팔
달문에서 화성행궁 쪽으로 걸어간다.

한참 걷다가 벤치가 있어 앉는다.

홍철은 그간 자신이 답답했던 이야기를 그에게 들려주기 시작한
다. 영선은 이 말을 다 듣자 다소 신기하다는 듯한 표정을 짓는다.

그 이유는 자신도 며칠 전 정읍 시내에 있는 국제결혼상담소에서
소개받아 캄보디아 여성인 팽소피어아를 만나게 되었기 때문이다.

똑같은 일이 생겼기에 조금은 겸연쩍은 느낌이 드는가 보다.

"하하하… 그랬어? 근데 어머니의 반대가 그리 심하니 큰일이다.
사실 서로 마음에 들면 그것으로 끝인 것을… 그런데 나도 그와 같
은 일이 있었는데…"

"아니 형, 형도 나하고 같은 일이라니 그게 무슨 일인데?"

"나는 결혼상담소에서 만난 건데, 우리 부모님은 반대는 안 하셔…"

"하하하… 형도 그런 일이 있었구나! 아무튼 잘됐으면 좋겠는데… 그래도 반대를 안 하신다니 내 입장에선 엄청 부럽네! 근데 어디 여자인데?…"

"음, 캄보디아 여자야…"

"그래."

서울 구로동 센영슈트에서 함께 회사생활을 했었던 영선을 만나 소주를 마시며 회포도 풀고 최근에 벌어진 베트남 여성인 우엔티늉과 있었던 사연을 말을 하니 답답한 속은 순간 조금 풀어지는 듯했지만, 홍철에게 돌아오는 위로의 말은 '용기를 잃지 말고 밀어붙이라는' 것이었다.

그것도 위로일 수 있겠다. 아니면 그저 그런 형식적인 덕담일 수도 있겠지. 그렇다면 최종적인 인생의 키는 어떻게 누가 열어야만 하는가? 이미 답은 나와 있지 않은가? 외롭다는 것을 직시해야 할 것 같다.

그냥 오랜만에 만난 옛 직장 동료 사이의 회포풀기용이라고 하면 의미는 충분히 부여될 수도 있을 것이다. 이들은 주변에 보이는 노래방으로 들어가 노래를 부르는 것으로 그날의 추억을 정리한다. 그리고 나와 화성행궁 주변에 있는 모텔로 들어가 잠을 잔다. 다음 날 아침에 영선은 정읍으로 향했고 홍철은 자신의 K5 승용차를 타고 홍천으로 향했다.

이렇게 외국인 여성과 알게 된 4명 중에 좀 더 구체적으로 설명이 안 된 인물인 조완수는 최영선과 같이 집안의 반대는 없다.

조완수는 오늘 토요일을 맞이하여 며칠 전에 알게 된 흑룡강성이 고향인 진일화와 멋진 드라이브 여행을 떠나려고 계획하고 있다.

그래서 일화 씨가 일을 하는 식당으로 자신의 승용차인 SM5를 몰고 달려간다. 진천 시내 그녀가 일하는 예솔갈비집 앞, 그곳에 차를 세우고 들어간다.

"안녕하세요. 일화 씨…. 오늘은 일화 씨하고 드라이브하며 데이트를 하고 싶습니다. 시간이 가능할까요?"

"아니, 어쩌지요. 오늘은 점심 때 오는 손님들이 많아서 어려울 것 같아요."

"아아아… 아쉽군요. 오늘 이 시간을 고대했건만…."

"다음으로 미루어야지 어떻게 하겠어요?"

이들이 이런 얘기가 오고갈 때, 이 예솔갈비집 사장이 이 말을 들으며 천천히 걸어오면서 한마디 거든다.

"아아… 일화 씨 오늘 일은 너무 걱정하지 말고 저 총각하고 멋진 데이트하고 오세요. 내가 오늘은 아는 아줌마 오라고 해서 하루 일당 주고 해결할 테니까!"

"아니, 아니에요. 사장님 그냥 일하겠어요. 뭐 데이트가 중요한가요?"

"아아아… 인심 쓸 때 얼른 갔다 와요. 마음 바뀌기 전에…."

"아니, 그래도 그게…."

진일화는 사양하려 했으나 갈비집 사장의 후덕한 배려 덕에 결국엔 조완수를 따라가 멋진 드라이브 여행을 할 수 있게 되었다.

일화 씨를 태운 SM5는 거침없이 진천을 벗어나 충주호를 향해 달려간다. 완수는 그곳에 가서 일화와 유람선을 타고 뜨거운 시간을 보내려고 마음먹고 있다.

그 마음을 그대로 대변하듯, 승용차는 정말 번개같이 그곳에 도착하였고 이 두 사람은 그렇게 데이트를 즐겼다.

점심때가 되어 이들은 이곳에서 식사했다.

그 후, 이 둘은 충주호유람선에 몸을 싣는다. 유람선은 유유히 뱃길을 가로 지른다.

이처럼 아름다운 경치와 운치가 돋보이는 곳이 이 세상에 있을까! 너무 아름다웠다.

중간쯤 가고 있었을 때, 완수는 이 충주호 경치와 운치에 빠져서인지 아니면 일화에게 빠져서인지 아니면 둘 다에 빠져서인지 황홀한 마음이 온몸을 뒤덮어 자신도 모르게 그만 자신의 입술을 그녀의 입술에 대고 '꾹' 누르고 더 세게 누른다.

일화는 순간 깜짝 놀란다. 왜냐면 예상하지 못했기 때문이다. 그래서 양손으로 확 밀어버린다. 얼굴이 홍당무가 되어버린 지금의 마음은 속으론 흥분의 도가니, 하지만 겉으론 화를 내며 노려본다.

여자의 자존심을 유지하고 싶어서인 것 같다.

"아니, 조완수 씨 이게 뭐예요? 왜 내 입술을 훔쳐갑니까? 허락도 없이…"

"하하하… 아! 도둑질해서 미안합니다. 일화 씨 용서하세요."

"…"

이들 사이에 이런 대화가 오고갈 때 그 배에 함께 타고 유람을 즐기는 많은 관광객들은 축하의 함성을 지르며 둘의 사랑을 응원하는 파이팅을 외친다.

"와우! 너무 멋져요. 너무 잘 어울려요. 영원하고 뜨거운 사랑을 위하여 파이팅…."

그러자 둘은 더욱 부끄럽고 쑥스러워하는 표정을 짓는다. 그래서 답례로 가볍게 고개를 숙인다. 그러는 사이에 유람선은 멋진 풍경들을 등에 지고 어느새 반환 지점을 돌아 다시 선착장 쪽으로 향하고 있었다.

완수는 끼는 없는데 이런 상황에선 그런 용기 같은 것은 나오는가 보다. 자연스러운 본능일 수도 있겠지!

입술까지 부딪치는 데 성공했으니 다음 절차는 안 봐도 훤히 보인다. 그런 마음 듬뿍 담은 채, 완수는 배에서 내려 일화와 승용차에 올라탄다.

그는 지금 이 시간, 순간에도 조금 전 유람선에서 그 애정표현을 한 여파로 인해 심장이 계속 '쿵쿵'거리고 식을 줄을 모른다.

그 연장선 차원에서 제어되지 않아 차를 운전하면서 혹시 어디 숙박시설이 있는지 두리번거린다. 그에겐 행운일까 한 곳이 눈에 들어온다.

그곳으로 핸들을 세게 돌리고 있는 불타는 영혼의 그림자….

차는 그 모텔 앞에 선다. 그리고 그는 그녀에게 떨리는 소리로 말을 한다.

"일화 씨, 아까 유람선에서 그렇게 한 후, 계속 심장이 벌렁거려 힘들 것 같습니다. 어서 저와 함께 저곳으로 들어가 더 많은 강도 높은 애정 탑을 쌓아나가도록 합시다. 그러는 게 어떨까요?"

일화는 이 말을 듣자 조금은 당황스러워하고 있다. 왜냐면 원래 성격이 그렇기 때문이다. 그래서 오늘은 피하고 싶은 마음에 거절하는 의사를 표시하고 있다.

"아아… 안 됩니다. 지금은 안 됩니다. 다음에, 다음 기회에…"

"아닙니다. 다음 기회는 안 됩니다. 지금 서로의 사랑 탑을 쌓기에 딱 좋은 시간입니다."

"아니, 안 된다니까요."

그녀는 갑자기 크게 소리를 지른다. 자신이 예상하지 않은 행동을 완수가 강행하려 들기 때문이다. 그러나 완수는 완강하게 자신의 의지를 굽힐 줄 모르고 밀어붙인다.

그는 그녀를 강제로 차에서 내리게 한 후, 그 모텔로 끌고 들어가 일을 냈다.

이렇게 빨간색 장미꽃을 검은색 장미꽃으로 검붉게 물들인 완수는 꽤 흡족해 했고 일화는 아까는 피했지만 지금 이 순간, 무척 행복한 표정을 지으며 그를 빤히 바라본다.

이젠 오히려 식은땀을 흘리는 완수의 이마를 물수건으로 닦아 주기도 한다.

이들의 이날 데이트는 무척 진보된 상황을 맞이하고 있었던 것이었다.

이로써 4월 2일 오늘까지 외국인 여성을 만나게 된 귀농 4인들 중, 저번 달 27일에 김홍철이 첫 번째로 장미꽃을 검붉게 물들였고 바로 오늘 조완수가 그렇게 똑같이 하면서 진한 애정 사랑 탑을 하늘 높이 쌓았다.

이제 남은 건 나머지 두 사람, 최영선과 임철수만이 거기까지 미치진 못했지만 머지않아 곧바로 그런 높은 탑을 쌓을 것이란 것은 안 봐도 알 수 있을 것 같다.

한편, 최영선은 23살 여성 글래머 미인인 팽소피어아를 저번 달 29일 화요일에 만나게 되어 서로 전화는 계속 주고받았으나 만남은 이루어지지 않았는데 내일 3일 일요일에 데이트하려고 생각하고 있다.

그런데 이날은 날씨가 너무 좋아 용인 남사면에 살고 있는 철수도 이라니와 데이트를 계획하고 있었던 것이었다.

그날 비슷한 시간 때에 영선은 전북 정읍에서 철수는 경기도 용인에서 자신들의 하트 역사를 위해 내달렸다.

서로 그러겠다고 약속한 것은 아니지만 마치 그런 것처럼 위의 두 사람, 홍철과 완수가 이미 그랬던 그 높은 수준의 애정 사랑 탑을 그들도 드높게 세웠다.

그래서 오늘 4월 3일부로 이들 4명 다 무척 진일보된 사랑을 할 수 있는 발판을 만드는 데 성공했기에 앞으로의 시간들이 매우 기대됐다.

이렇게 귀농 5인 중, 장순만을 제외하고 나머지 4인은 외국인 여성을 만나게 되면서 나름대로 자신들의 사랑을 확인해 가는 시간들이었다.

하지만 장순이 상미를 좋아하는 일편단심은 변함이 없으나 그녀의 마음이 계속 열리지 않고 굳게 닫혀 있었다.

거기다 더해 덕비사우나 사장인 김황도의 부인인 이홍자가 남편과 상미 사이의 불륜을 끊어 놓겠다고 강수를 던진 것이 되려 장순 입장에선 더 힘들어지는 상황으로 몰리고 있었다.

그 상황은 홍자의 친동생인 홍선이 개입함으로써 그가 상미를 보게 되었고 그 과정에 그녀를 좋아하는 마음이 싹터 버려 급기야 애인이 되어 버렸기에 장순의 사랑의 길이 점점 막히는 외통수가 되는 형국이다.

그로선 일이 잘 풀리지 않자 저번 달 25일 고향 친구인 하철이 있는 구로동에 갔다 왔지만, 그냥 소주만 잔뜩 마시고 오는 것으로 그쳤다.

원래 대화라는 게 다 그렇다.

물론 그 대화라는 게 큰 용기를 얻게 되면 엄청난 위력을 나타내기도 하지만 결국엔 자기 자신의 냉정한 결단이 더 주효하는 것이 인생의 나침판인 것이다. 어쨌든, 귀농한 이들 중에 장순만이 한국인을 좋아하고 있는데 이 어려운 과정을 슬기롭게 헤쳐 나갈 수 있을까! 한동안 잠잠했던 그는 다시 전열을 가다듬고 새롭게 시작하는 한 주인 월요일을 맞이하여 덕비사우나에 가려고 생각한다.

그렇다면 최상미를 절대 포기하지 않겠다는 것인데 그렇게 되어 자연스럽게 말 그대로 사각관계가 형성되어 버렸다.

일각은 덕비사우나 사장 김황도 63세, 이각은 김 사장의 처남인 이홍선 58세, 삼각은 맞선남이었던 바로 이 남자 이장순 36세, 일각과 이각들은 이미 그녀를 애인으로 만들어버린 상태이다.

그리고 각들의 차이점은 일, 이각은 그냥 심심풀이 차원의 세컨드 정도로 생각하고 있는 것이고 삼각만이 애달픈 순애보를 펼치고 있는 것이었다.

　오후 4시쯤에 가면 있을 거로 생각하고 불굴의 투지로 달려가는 고달픈 영혼의 거울 그림자 한 점, 내 가슴에 시원찮은 그림자 하나 드리워져 있지만 나는 그 그림자를 밟아가며 닦아가며 걸어가며 그 님이 서있을 것 같은 그 그림자 찾아 그 점으로 간다. 덕비사우나 현관문을 열고 들어선다.

　오늘도 어김없이 그 자리에 김 사장과 상미가 앉아 있었다.

　그 둘은 들어오는 장순을 바라보며 깜짝 놀란다.

　그가 한참 동안 보이지 않아 이젠 완전히 오지 않을 거라고 생각했는데 이렇게 또 나타났다는 것에 대해 괴롭다는 표정을 짓는다.

　장순은 아랑곳하지 않고 그들이 있는 카운터 쪽으로 걸어간다.

　"오랜만이죠? 표나 한 장 주세요."

　이 말에 김황도는 한심하다는 표정을 지으며 계속 노려본다. 최상미도 같았다.

　"당신 저번처럼 경찰에 끌려가고 싶지 않으면 그냥 돌아가라고 …. 긴말은 하지 않겠어."

　"그래, 좋다. 나도 당신은 신고하겠다고… 사우나 입장하려고 하는 손님에게 표를 주지 않고 거부했다고 말이야! … 어디 누가 이기는지 해 보자고 이런 xx."

　그러자 김황도 사장은 순간 격분을 이겨내지 못하고 저번처럼 또 그렇게 경찰에 신고해버린다. 김 사장이 경찰에 신고하려고 핸드폰을 만지작거리는 틈을 타, 장순은 상미에게로 달려가 느닷없이 강제로 자신의 입술을 그녀의 입술에 대고 '꾹' 누르고 더 세게 누른다.

그야말로 이판사판식이었다.

상미는 피하려고 했지만, 순식간에 벌어진 일이라 그럴 수 없었고 몹시 당황해하며 충격적인 상황을 맞이하고 만다.

이 장면을 옆에서 전화 도중이라 제재를 하지 못한 황도는 너무 놀라 눈을 휘둥그레 뜨며 화가 나서 겹쳐있는 그들의 입술을 떼어 놓는 데 안간힘을 다 쓰고 있었다.

"뭐야! 어디서 이런 짓을⋯ 강제로 입술을 부딪치는 거야? 떨어져. 떨어지란 말이야!"

황도가 이렇게 크게 소리를 질러도 장순은 더 강하게 상미의 입술을 뺏고 있었다.

그녀는 벗어나려고 몸부림을 쳤지만, 그의 완력은 하늘을 찌를 만큼 초강력 그 자체였다. 황도가 온 힘을 다해 둘 사이를 떼어 놓으며 장순을 거칠게 밀자, 그는 강하게 멱살을 잡고 치켜 올린다. 이렇게 공방전이 벌어지는 사이에 경찰은 도착하였다.

경찰이 들어오자 김 사장은 이 상황을 설명한다.

"저번 달에 이곳에 와서 행패를 부렸던 놈인데 오늘 또 와서 그러는 겁니다. 그리고 오늘은 이 아가씨에게 성추행까지 했습니다. 이 사람 도저히 안 되겠어요. 빨리 잡아가세요."

이러자 장순도 항변을 하고 있었다.

"아니, 이거 봐요. 사우나 하려고 온 손님에게 입욕권을 안 주는데 그럼 어떻게 합니까? 이쪽에서 먼저 잘못을 했다고요."

그가 이렇게 말하자 지켜보던 상미가 나서기 시작했다.

"저 사람이 이곳에 들어오려고 하는 이유는 사우나 하려고 그러는 게 아니라, 예전에 저와 맞선을 본 적이 있었는데 싫다고 하니까, 이렇게 계속 찾아오는 거예요. 저번처럼 주의 정도로 그치면 안 돼요. 그럼 또 그럴 게 뻔해요. 그리고 오늘은 내 입술을 강제로 빼앗아 버렸어요. 난 성추행을 당했으니 이 사람을 고소하려고 합니다."

상미가 이렇게 상황을 설명하자 경찰은 가해자 피해자 두 사람과 김 사장까지 차에 싣고 파출소로 간다. 인근 파출소에 가게 된 세 사람.

장순은 이곳에 가서 상미에게 용서해 달라고 싹싹 빌기 시작한다.

"상미 씨, 어쩔 수 없었지만 어쨌든 제 잘못입니다. 용서하세요."

"그래요. 불쾌하지만 이번만은 봐주겠어요. 앞으로는 절대 사우나에 오지 말아요. 그땐, 더 봐주지 않겠어요."

"예예, 알겠습니다."

장순은 파출소로 연행되었지만 극적으로 그녀의 용서가 이루어져 풀려나게 되었다. 그곳에서 나오게 된 후, 김 사장과 상미는 차를 타고 덕비사우나로 향했고 장순은 자신의 화물차를 타고 그때처럼 홀로 문강변으로 간다.

더 치밀한 계획을 세우기 위함이었다.

저번 달, 15일 장순 혼자서 그곳에서 괴로운 시간을 보낼 때 우연의 일치로 눈엣가시인 김 사장을 보게 됐던 그 장소에 오늘 다시 가게 된다.

그때와 비교하면 사뭇, 다른 심정이다. 왜일까! 그것은 바로 그때보다 더 몇천, 몇만 배가 될 수도 있는 그만의 비장한 각오와 결의가 그의 심장에 돌직구로 박혔기 때문에. 그것은 완전하진 않지만 그래도 진일보한 그만의 강한 애정 행동으로 상미의 입술을 2분 넘게 빼앗아 그래도 장미꽃이 피어날 수 있는 가는 꽃비가 그와 장순을 적셨기 때문에…

장순은 그것으로 용기와 패기와 힘을 얻었다. '나는 그대를 절대 놓칠 수 없다는 것을 내 손에 약속도장을 찍을 것이기에…. 파이팅…!'

지금, 이장순이 문강변을 바라보며 결의를 하는 자신의 올인 사랑의 대상인 최상미는 그를 조금도 바라보지 않고 먼 산만을 바라보고 있다.

그것도 그녀가 만나선 안 되는 대상들을 좋아하고 있으니 앞으로 어떻게 될까!

장순은 강변 인근에 있는 마트로 달려가 소주와 안주를 사서 들고 오더니 막 들이마신다. 그래야 마음이 한결 가벼워지는가 보다.

그런 다음 그 빈 병을 바닥에 세게 집어던진다. 꽉꽉 쨍그랑 병이 깨지는 소리가 요란스럽게 울린다. 그는 그 소리와 함께 고함을 지른다.

'내 인생 후회는 없다.

왜냐, 내가 사랑하는 상미를 내 것으로 만들고야 말 테니까! 하하하하하…' 그는 이렇게 정신 나간 사람처럼 혼자 고래고래 소리를 지른다. 그렇다면 이것은 무엇을 의미하는 것인가! 아마 오늘의 그 애정 행동보다 더 세고 더 강한 행동이 기다리고 있다는 발로인 것 같아 보인다.

지금 시각은 저녁 8시쯤 됐을 것으로 예상된다. 그는 시간에 관심은 없다. 오로지 그녀를 향한 관심인데 그것도 옆에 있었던 덕비사우나 김 사장의 품에 안겨있다는 자체는 그에겐 비참한 시곗바늘이자 지옥 같은 시간들일 뿐이었다.

이렇게 정신없이 소주를 마신 것은 이런 높은 장벽을 허물어뜨리기 위한 정신무장차원이 아니겠는가! 이럴 때 문득 얼마 전, 그러니까 저번 달 25일 서울 구로동에 가서 하철을 만났을 때 그가 내게 했던 그 말이 머릿속을 스쳐 지나간다.

'막 마셔 버리라고… 막 먹어 버리라고…' 바로 이 말 말이다. 아아아… 그 말이….

장순은 지금 술에 만취된 상태로 화물차를 몰고 다시 덕비사우나 쪽으로 달려간다.

심각한 음주운전이 아닐 수 없다.

하지만 다행히 무슨 사고는 없었다. 경찰에 걸렸다면 심각한 상황을 맞이했겠지. 그런데 운이 좋아서 그렇게 안 됐다.

덕비사우나 밖에서 차를 세우고 안을 바라본다. 아니 이게 또 무슨 날벼락이란 말인가! 김 사장은 상미와 끌어안고 입술을 부딪치고 있는 게 아닌가!

물론, 지금 이 장면을 보고 그리 놀랄 일도 아닌지도 모르겠다. 이미 예상하고 있었고 저번 문강 변에서 같은 장면을 목격했기에 둘의 사이가 어떨 것이라는 건, 짐작은 든다. 그래도 내 눈에 그런 모습이 보이니 충격은 배가 되는구나!

오늘은 그때처럼 고함을 지르며 달려가 저 둘을 떼어 놓으며 난장판을 만들진 않겠다. 그런다고 나의 사랑 전선에 도움이 되지 않는다.

그 대신 다른 방법을 택하리라!

그냥 침착함을 유지하며 핸드폰 시간을 바라본다. 9시가 되어간다.

상미가 몇 시까지 일하는지는 모른다.

그래도 끝나는 시간은 있겠지! 잠시 생각에 잠긴 사이에 그녀는 일이 끝났는지 김 사장에게 인사를 하고 나오고 있었다.

장순은 지금 이 시간을 기다리고 기다렸지만, 막상 이 순간이 되니 심장이 덜컹거리기 시작하면서 떨리기도 한다.

하지만 내가 도대체 저 나이 먹은 김 사장보다 못한 게 뭐야! 저런 인간하고도 저렇게 입술을 부딪치며 난리를 치는데 나는 그것에 비하면 훨씬 낫다고 생각하는데 왜, 난 변방이란 말인가!

오늘은 확실히 내가 무엇인가 보여 주겠다. 나라는 남자의 힘과 자존심을 말이다. 그렇게 파이팅….

그녀는 자신의 집, 동발동으로 가기 위해 버스정류장 쪽으로 향하고 있었다.

장순은 차에서 내려 뒤를 따라간다. 상미가 버스를 오르려는 순간 장순은 이를 가로막는다. 그녀는 너무 놀라 얼굴이 겁에 질린 표정이 되어버린다.

"아니… 아아아… 이게 무슨 일이에요?"

"상미 씨 무슨 일일 것도 없습니다. 저와 같이 가요. 소주나 한잔 하게…"

"무슨 소주입니까? 저리 가세요. 아까 경찰에 끌려갔으면서 아직도 정신을 못 차린단 말이에요?"

"다 필요 없습니다. 이젠 사생결단입니다. 가요. 소주가 기다리고 있어요. 에잇…"

"아아아… 안 되겠어요. 또 경찰을 불러야지!"

상미가 경찰을 부르려고 핸드폰을 꺼내자 장순은 재빨리 그것을 빼앗아 버린다. 그리고 강제로 그녀의 허리를 잡고 자신의 화물차가 있는 쪽으로 끌고 간다.

그녀가 끌려가지 않으려고 몸부림을 쳤지만, 그의 강한 완력을 이겨낼 순 없었다. 장순은 상미를 강제로 그 차에 밀어 넣고 핸들 돌려 문강변으로 내 달린다. 번개같이 달려온 그곳 공터에 차를 세워 놓고 그는 그녀의 의사를 무시한 채, 강압으로 꺾어선 안 되는 빨간 장미꽃을 그렇게 꺾고 말았다.

"상미 씨, 너무 죄송합니다. 용서하세요. 그럴 수밖에 없었어요. 진정한 나의 사랑이라고 생각하세요."

"이게 뭐하는 짓입니까? 어휴! 난 이 일을 가만두지 않겠어요. 신고해야지!"

"상미 씨, 너무 미안합니다. 사랑합니다. 어쩔 수 없었지요. 아름다운 나의 사랑이라고 여겨주세요."

"이게 무슨 사랑입니까? 안 돼, 신고해야 돼!"

그녀는 자신이 강제로 빨간 장미꽃이 꺾인 것이 너무 분한 나머지 핸드폰을 들고 경찰에 신고하려고 번호를 누르려는 순간, 장순은 울기 시작한다.

"상미 씨, 내 오늘은 이런 화물차 안에서 사랑을 나눌 수밖에 없었지만, 다음엔 그대께서 내 마음을 허락하신다면 최고급 호텔로 모시겠습니다."

"이봐요. 지금 화물차냐 고급 호텔이냐가 중요한 게 아니고 내가 불쾌하다는 게 문제라고. 이 XX야."

이럴 때 파출소에서 전화를 받는 듯했다. 그러자 장순은 얼른 그 핸드폰을 빼앗아 끊어버린다. 그리고 그는 또 울고 계속 운다. 동정심을 끌어내겠다는 것 같다.

"아니 왜 전화를 뺏고 그래? 얼른 내놓으란 말이야! 신고하게…."

"너무 사랑하다 보니 이렇게 됐군요. 으윽흑…. 자 이거 드릴 테니 그냥 신고하세요. 얼른 하세요."

장순은 그 상미의 핸드폰을 돌려주며 이렇게 말하면서 그녀를 살며시 끌어안으며 또 울면서 귓속말로 잔잔히 물결 타며 말을 이어간다.

"난 그대를 위해 모든 걸 바칠 준비가 되어 있습니다. 이 지구만큼 당신을 사랑하고 또 사랑합니다."

"…."

이때, 그의 눈가에 맺힌 눈물이 한 방울 '뚝' 떨어져 그녀의 볼에 '주르륵' 흐른다.

그러자 상미는 그 느낌에 순간 마음이 약해져 쥐고 있던 핸드폰을 놓아버린다.

그녀가 약해진 이유는 바로 남자의 눈물이었다. 여자는 원래 남자의 눈물에 약한 것일까? 아님, 무슨 다른 감동 비슷한 것을 느껴서일까! 모르겠지만 그녀가 약해진 것은 확실해졌다.

"날 그렇게도 좋아했단 말인가요? 이장순 씨."

"그렇습니다. 지금 제가 흘리고 있는 눈물을 보면 모르겠어요?"

"아아… 그랬군요. 얼마나 날 으윽… 그래요. 그럴 수도 있었을 거야!"

사실, 장순은 상미를 무척 좋아하기에 눈물을 흘린 것도 있지만 조금은 쇼를 한 측면도 없진 않다. 어떻게든 그녀의 마음을 흔들겠다는 노림수도 있다.

이 세상에 이런 연애과정 말고도 이와 같은 눈물로서 이런 이미지를 타인들에게 보여줌으로써 측은지심을 일으켜 반사이익을 보려는 개인이든 집단이든 너무 많다.

어쨌든, 지금 상황은 상미는 한 남자의 눈물에 넘어가고 있는 중이다.

그런데 여기서 한 가지 생각해 볼 일은 반대로 여자가 남자 앞에 나타나 내 사랑을 받아달라고 울면 대부분의 남자들은 여자가 울든 말든 잘 넘어가지 않는다. 여자들은 상미 같은 경우가 대부분인 것 같다.

까닭은 조금 단순해서 그런 것이 아닐까 싶다.

이 세상에 여성들이 상미처럼 단순해지지 않고 냉철하고 현명한 판단을 내릴 수 있는 사회가 되기를 진심으로 바라는 마음이다.

아무튼 지금의 상황은 상미도 눈시울이 조금은 뜨거워지면서 마음의 동요를 꽤 일으키고 있다. 그것의 반증일까!

이제는 그녀가 그의 눈물을 손으로 닦아주는 것이었다. 거기에다가 아이를 안아주는 것같이 살며시 끌어안기도 한다.

이때, 장순은 갑자기 우는 것을 멈추고 회심의 짜릿한 미소를 짓고 있었다.

이렇게 되어 이 시간, 2012년 4월 4일 늦은 밤 11시에 이들의 새로운 하트 역사가 시작되고 있었던 것이었다.

이런 연장선 차원에서 이젠 장순은 화물차에서 상미와 나와서 다정하게 걸어간다. 인근에 있는 호프집을 찾아서 들어간다. 이렇게까지 호응해주는 것으로 볼 때, 앞으로 사귀는 게 기정사실이 되어가는 것 같아 보인다.

함께 맥주도 먹고 순식간에 너무 다정한 애인이 되어 버렸다. 자정이 넘어 밤 1시까지 그곳에 있다가 나와서 그는 그녀와 택시를 잡아타고 동발동 청구 1차아파트에 바래다주고 자신은 북면 북효리로 갔다. 상미는 동발동 집에 들어가 장순이 아까 화물차 안에서 자신을 위해 눈물을 흘렸던 그 모습을 다시 한 번 떠올리며 베개를 그라고 생각하며 살며시 끌어안으며 고요히 꿈나라로 접어든다.

한편, 장순은 이 시간 집에 들어갔는데도 너무 흥분되고 감격스러워 잠을 제대로 이루지 못하고 마냥 들떠 있다.

그도 그러다가 베개를 상미라고 생각하고 '꽉' 끌어안고 살며시 깊은 꿈나라여행을 떠난다. 이 둘이 공교롭게도 똑같이 베개를 서로서로 떠올리며 잠을 이룬다는 것은 더 깊은 사이로 발전할 수 있음을 암시한다.

날이 밝아 아침이 오니 장순의 아침은 정신적으로나 육체적으로나 에너지가 솟구쳐 오르고 있다. 이날부터 평소 때보다 한 시간 일찍 일어나기 시작한다. 상미와 몸을 하나로 합친 것이 이렇게 초강력이 될 수 있다는 것은 사랑의 힘인가 보다.

더 열심히 더 힘차게 포도, 복숭아재배를 할 수 있으리라.

여기까진 좋은데 이젠 상미를 덕비사우나로 출근을 하지 못하게 하는 것이 그로선 과제 중의 큰 과제로 남을 것 같다. 왜냐면 그녀가 계속 그곳에서 일을 하면 김 사장에게 무방비 공습을 허용하는 것은 안 봐도 뻔한 일이 아니겠는가!

이 부분이 장순의 머리를 무척 아프게 하고 있는 것이었다. 그래서 그는 아침 일찍 일어나 뒷산에 올라가 이것에 대해 집중적으로 궁리에 궁리를 거듭한다.

상미는 오늘도 오후가 되니 덕비사우나로 출근길에 오르고 있었다. 그녀는 어제 출근길과는 사뭇 다른 마음이 가슴속 깊이 드리워지고 있다.

그럴 수밖에 없겠지!

어젯밤에 몸과 마음이 흔들렸는데 당연한 것 아니겠는가! 오후 3시가 되어 일터에 현관문을 열고 들어선다. 미리 와 있던 김 사장은 환하게 웃어가며 손을 흔든다.

"어이, 안녕 상미 어서 와, 하하하… 어제 그 자식 말이야, 파출소로 끌려갔다 왔으니 이젠 좀 얌전해질 거야! 참, 건방진 놈이지…"

"…"

예전 같으면 김 사장의 이 말에 호응해 줄 상미였지만 오늘은 바뀌었다. 이렇게 아무런 말이 없자 황도는 약간 의아하다는 표정을 짓는다. 그러다가 늘 그랬던 것처럼 오늘도 어김없이 그는 그녀의 입술을 향하고 있었다. 그러자 '확' 피해 버린다.

　황도는 깜짝 놀란다. 매일같이 뜨겁게 호응해 주던 그녀가 왜일까! 무슨 일일까!

　"아니, 상미야 왜 그래? 어디 어디가 아픈가? 그리 아파 보이진 않는데…"

　"…"

돌이킬 수 없는 진흙탕 로맨스

상미는 계속 말이 없다. 어제 있었던 장순과의 그 로맨스가 역시 강하긴 강했나 보다. 특히 장순이라는 한 남자의 눈물이 한 여자의 심장을 강타했으니 말이다. 쇼였지만….

그런데 오늘은 너무 공교롭게도 저번 달 22일에 김 사장과 상미의 사이를 떼어 놓겠다고 이곳으로 달려왔다가 오히려 그날 그녀와 몸을 하나로 섞어 버리며 애인이 되어버리는 기염을 토해냈던 김 사장의 처남인 홍선이 잠잠한 시간의 벽을 깨고 전화가 걸려온다.

그러나 상미는 홍선의 전화를 받지 않는다. 그녀가 전화를 받지 않자 그는 바로 카톡 문자를 넣고 있었다.

그는 기회가 주어지면 만나려고 하였으나 마땅치 않았기에 가만히 있다가 다시 만남의 계기를 만들려고 생각하고 있다.

* 이 시간 상미가 전화를 안 받자 홍선이 보낸 카톡 문자 내용 *

상미 씨 안녕하세요. 한동안 조금 바빠서 연락을 드리지 못했네요. 좋은 날씨인데 잘 지내시지요? 보고 싶어서 전화드렸는데 받지 않아 문자를 새깁니다.

이런 내용이었다. 상미는 저번 달 22일 그때 그 기분이라면 황홀해서 날뛰겠지만, 지금은 경우가 다르다. 그녀는 무덤덤하기만 하다. 아까 김 사장의 입술 공세를 피하더니 이번엔 홍선의 전화와 카톡에 대해 반응을 보이지 않는 심경변화란 어제 장순의 무차별적 로맨스가 파괴력이 엄청났다는 반증임에 틀림없다.

　이렇게 아무런 반응을 보이지 않자 애가 닳도록 그녀를 보고 싶어하는 홍선은 재차 전화를 넣는다. 그래도 또 받지 않는다. 그런다고 가만히 있을 그가 아니었다.

　이번엔 간단하게 한 줄 보낸다. 그 한 줄은 바로 이것이다.

【바쁜가 봅니다. 내가 오늘 영천에 갈 일이 있는데 그곳에 도착하면 전화를 넣겠습니다.】

　이런 내용이었다. 이렇게 문자를 넣고 홍선은 고성군 덕비사우나로 차를 몰고 달려간다.

　그 마음을 그대로 닮은 승용차는 쏜살같이 그곳에 도착한다.

　홍선은 그곳에 그냥 갈 일이 있다고 해 놓고 갔다. 가기 위한 명분이다. 덕비사우나 앞, 주차장에 차를 세우고 현관문을 주시한다. 얼른 들어가고 싶어도 그렇게 못하는 이유는 안에 매형인 김황도가 있기 때문이다.

　그는 매형하고도 저번에 심하게 다투지 않았던가! 그래서 마땅히 이곳에 들어갈 명분이 없다. 하는 수 없이 차 안에서 전화를 건다. 안 받는다. 그래서 문자를 넣는다.

* 홍선이 덕비사우나 앞에 도착하여 상미가 전화를 받지 않자 보

　사랑하는 상미 씨, 오늘은 어떻게 계속 전화를 받지 않나요? 걱정됩니다. 나는 지금 여기 덕비사우나 앞, 주차장에 와 있습니다. 얼른 들어가고 싶지만, 저번에 매형과 안 좋은 일이 있었기 때문에 좀 그렇군요. 상미 씨가 잠깐 나오는 게 어떨까요?

　이런 내용을 사우나주차장에서 전송버튼을 누른다.

　그랬는데도 그녀는 끔쩍도 하지 않는다.

　홍선은 이상하다고 느끼기 시작한다. 왜, 도대체 상미가 움직이지 않는 것일까! 보고 싶어 죽을 지경이다.

　그녀는 지금 이 순간 초조한 표정 감추지 못하고 있다. 김 사장의 처남인 홍선이 밖에 와있기 때문이다. 계속 불안해하자 김 사장은 그녀를 걱정스럽게 바라본다.

　"아니, 상미야 아까부터 왜 이리 말도 안 하고 심란한 일이라도 있는 거니? 왜 그래? 내게 고민거리가 있으면 말을 해! 난 네 영원한 애인이자 보호자잖아! 답답한 일 있으면 속 시원히 털어놔! 내가 다 들어줄게. 음…."

　"…."

　"정말 무슨 일이 있긴 있구나! 그렇지 않고 이렇게 계속 가만히 있을 리가…."

　지금 시간은 오후 4시가 다 되어간다. 지금 이 순간 그녀로선 그야말로 첩첩산중이나 다름없었다. 바로 옆에는 김 사장이 이것저것 물어보며 압박을 하고 있고, 이 사우나건물 밖 주차장엔 그의 처남인 홍선이 찾아와서 계속 전화에 이은 문자가 오고 있고, 빠져나갈 구멍 하나 없이 꽉 막힌 상황을 맞이해 버렸다.

그러니까, 평소에 정도를 걷는 삶을 살았어야 했는데 그렇지 않다 보니 즉, 무분별하게 남자가 좋다고 손을 내미는 것에 대해 마치, 뿌리도 없는 갈대처럼 막 넘어져 버렸으니 이제 와서 이런 환란에 대해 그 누구를 원망하겠는가? 자기 자신을 원망해야지!

이때, 상미는 나름의 머리를 쓰고 있다.

그것은 몸이 너무 아파서 근무를 못 하겠다고 김 사장에게 말하고 밖으로 나가서 지금 주차장에서 기다리고 있는 홍선의 눈에 안 뜨이게 다른 곳으로 도망치는 것이었다.

"저, 사장님 오늘은 몸이 너무 아파서 일을 할 수 없을 것 같아요. 그러니 오늘만 들어가서 쉬어야 할 것 같아요. 어떻게 하죠?"

"야, 상미야, 그럼 진작에 말했어야지! 무슨 그런 거 가지고 말없이 끙끙 앓아. 너와 내가 그렇게 형식적인 사이냐? 넌 내 부인이나 다름 없고 내가 이 세상에서 가장 사랑하는 존재란 말이야! 그래, 얼른 들어가 푹 쉬어라! 아니 집으로 가서 쉴 게 뭐 있냐? 여기가 사우나인데 어서 찜질방에 가서 푹 쉬어… 그리고 이따가 밤 9시쯤 되면 내가 들어가 깨울 테니, 그때 같이 나가서 감자탕이나 한 그릇 하자고…"

"아니 아니에요. 그냥 집으로 들어가서 쉬는 게 낫겠어요."

"아아… 그럼 그렇게 해라!"

"네에, 알겠어요."

상미는 얼른 이 자리를 피하고자 이렇게 말하고 현관문이 아닌 후문으로 나간다. 그런데 문제는 홍선이 차에서 내려 후문 쪽에 있는 화장실을 가기 위해 걸어오고 있는 것이었다. 나가자마자 정면으로 제대로 부딪치고 말았다.

"아니, 상미 씨, 어떻게 여기에… 내가 방금 전에 전화하고 문자 넣은 것 못 봤어요?"

"아아아… 그게…."

"아니, 상미 씨, 왜 그렇게 놀라요. 난 너무 보고 싶어서 왔는데…."

"저! 지금 급히 갈 때가 있어서요. 다음에, 다음에 만나기로 해요."

"아니, 그렇다면 내가 태워다 그럴게요."

"아니, 아니에요. 저 그냥 갑니다."

상미는 어떻게든 이 장소를 빠져나가려고 말을 돌린다. 그러자 홍선은 그녀를 가로막는다. 그녀는 옆으로 피해서 가려고 했으나 쉽지 않았다. 홍선이 상미의 어깨를 잡아가며 소리를 지른다.

"상미 씨, 그대가 그렇게 보고 싶어 왔는데 어디로 간다면 어딘지 말은 해야 할 거 아니에요? 정말 이대로 돼요?"

그가 이렇게 지른 소리가 그만, 후문이 열려 있는 바람에 사우나 안에 카운터에 있는 김황도 사장의 귀에 들리고 만다. 김 사장은 깜짝 놀라서 그쪽으로 오고 있다.

후문 밖에서 실랑이가 벌어지는 상미와 처남인 홍선을 유리창을 통해 보게 된다. 순간, 황도는 너무 놀라 어쩔 줄을 몰라 한다. 어떻게 저 둘이서 저렇게 됐지!

밖에서 그들이 볼까 봐 얼른 몸을 낮추고 더 집중하여 듣는다.

"상미 씨, 난 그날 그대와 있었던 달콤한 로맨스를 잊지 못한답니다. 지금 무슨 일이 있는지 모르지만 잠시 잠깐 대화를 나눌 시간을 주세요."

"아닙니다. 저 지금 몸이 안 좋아서 집으로 들어가는 겁니다. 다음에…"

"아니, 그럼 내가 그곳까지 태워다 드리면 되지 않겠어요? 저기 내 차를 타세요."

"아아아… 아니에요."

이렇게 이들이 옥신각신거리고 있는 소리를 황도는 건물 안에서 다 듣게 되었다.

그는 점점 더 이런 소리에 충격을 받는다. 그러면서 고개를 갸웃거리기도 한다.

얼른 밖으로 뛰어나가 이들을 갈라놓고 싶지만 여러 가지 입장과 체면, 위신 같은 문제들이 있어 그렇게는 하지 못한다.

그러는 사이에 홍선은 상미를 강제로 차에 태우려고 붙잡는다. 그러자 그녀는 "안 돼요."라고 크게 소리를 지른다.

안에 있던 황도는 긴장한다.

혹시 강제로 끌고 가서 성폭행하려는 것이 아닐까!

김황도 사장의 입장에선 이젠 체면이고 위신이고 뭐고 다 필요 없게 되었다. 내 사랑 상미를 강제로 끌고 가려고 하는 상대방을 그냥 둘 순 없다.

그래서 벼락같은 움직임과 함께 아주 큰 고함을 지르며 후문 밖으로 뛰어나간다.

"이게 뭐하는 거야! 어떻게 된 일이야! 어떻게 처남이 여기서 우리 직원하고 말다툼을 하는 거야? 난 왜, 우리 직원이 대낮에 소리를 지르나 했네! 왜 그러는 거야?"

"아아아…"

홍선은 매형인 황도가 뛰어나와 제재하자 몹시 당황해한다. 왜냐면 자신이 저번 달 이곳에 와서 매형의 품행, 즉 황도가 가정에 충실하지 못하고 여직원인 상미에게 한눈을 팔았다며 처남으로서 누나를 위한다는 명분과 가정의 평화와 조카들의 교육문제 등을 거론하며 대대적인 공격을 가했기에 그렇다. 이번엔 역으로 약점이 노출되어 버리는 순간을 맞이하고 말았다. 이때, 김 사장은 상미에게 이 상황에 대해 묻는다.

"얘, 상미야, 이게 어떻게 된 일이냐? 왜 우리 처남이 널 강제로 데리고 가려고 하는 건데? 자초지종을 말해봐!"

"아니, 아니에요."

"아니긴 뭐가 아니야? 그냥 그러진 않을 거 아니겠니? 이유가 있을 거 아니야?"

"…"

상미는 아무 말도 하지 못하고 침묵을 지키고 있었다. 그럴 수밖에 없었다.

그녀가 이렇게 아무 말도 하지 않자, 황도는 이번엔 처남인 홍선에게 묻는다.

"아니, 처남이 말해봐! 이게 뭐야? 왜 대낮에 이곳에 와서 나한테 들어오지 않고 여기 후문에서 우리 직원을 데리고 가려고 하냐고? 싸우는 것 같기도 하고"

"…"

처남도 상미처럼 침묵을 지킨다. 이 상황에선 그게 상책이라고 판단한 것 같다. 이럴수록 매형은 더욱더 화가 나고 혈압이 오르는 것이었다. 그러다가 상미가 떠나려고 움직이자 홍선은 그녀를 가로막는다.

"상미 씨 잠시 가지 말고 있어요. 같이 가게…"

"처남, 지금 도대체 뭐하는 거야! 누구보고 가라, 가지 말라 하는 거냐고…"

"아아… 매형은 좀 빠지서… 상미와 나의 두 사람만의 문제이니까!"

"뭐야! 두 사람만의 문제, 이런 말하는 거 봐라! 어서 가, 상미는 내버려두고…"

"못 간다. 왜? 난 못 가, 왜 못 가냐고? 난 상미와 애인이 되어버렸기 때문이지. 뗄래야 뗄 수 없는 뜨거운 관계 말이야! 그래서 데리고 가려고 하는 거야! 됐어."

"뭐라고 상미와 애인이 됐다고… 으윽 흑…"

이 말에 황도는 심한 충격을 받은 표정을 지으며 몸이 굳어져만 가며 격해진다.

"아니, 이게 이젠 나에게 반말을 하는구나! 이런 눈에 보이는 게 없지! 이성을 잃었을 테니까! 상미는 그대로 두고 너나 얼른 꺼져버려…"

"아아아… 매형, 처남에게 너무 그렇게 말을 막 하면 안 되지! 이까짓 여자 문제로 말이야! 이 세상 깔린 게 여잔데 상미는 그냥 내게 양보하라고. 어때?"

"아이, 어서 꺼져버려 이 개자식아…"

격분한 황도는 처남인 홍선에게 욕설을 퍼붓는다. 그리고 느닷없이 그의 멱살을 붙잡는다. 그러나 그의 힘을 이겨내기란 바위에 계란 치기나 다름없었다.

그래도 홍선은 왕년에 아마추어 복싱 선수였지 않은가! 지금은 나이가 좀 들었지만, 힘은 여전하다. 그는 가볍게 황도의 손을 뿌리쳐 버린다.

그리고 황도가 다시 멱살을 잡으려고 하자 또 세게 '확' 밀어버린다. 황도가 밀려서 뒤로 몸의 균형을 잃었을 때, 홍선은 얼른 상미를 강압적으로 끌고 가, 차에 태우고 떠나버린다. 시동을 걸고 떠나버리는 그 차의 뒷모습을 쳐다보며 황도는 울분을 터뜨린다.

분함을 참지 못한 황도는 자신의 차를 몰고 이를 악물고 뒤를 따라갔지만 어디로 갔는지 더 이상 따라갈 길이 없었다. 핸들 돌려 돌아오면서 그는 눈물을 흘린다.

'아! 나의 아름답고 아름다우며 애틋한 세컨드 상미를 저 무법자가 빼앗아가다니! 내 저 처남 새끼를 가만두지 않으리라!'

'시건방지게 저번에 내게 와서 인생 바로 세우기가 어쩌고저쩌고 누나를 생각하라고 조카를 생각하라고 별별 뚱딴지같은 소리란 소리는 다 해 놓고 자신은 어느 틈에 저렇게 내가 이 세상에서 가장 사랑하는 애인을 훔쳐가? 그런 도둑놈은 철저히 응보의 화살을 맞아야 돼! 인과응보의 화살!'

황도는 다시 사우나로 돌아와 격앙된 감정을 가라앉히기 위해 길 건너 앞에 있는 카페 빈에 가서 아메리카노를 한 잔 사서 들고 나온다.

이 커피는 진정제 역할을 한다.

아까, 이 둘이서 언쟁이 벌어졌을 때, 홍선은 그 위기를 넘기고 그녀와는 아무런 사이도 아닌 것이라 할 수도 있겠지만, 워낙 그는 욕망도 무척 강할뿐더러 다혈질의 성격이라 애인 사이라고 직설적인 표현을 해 버린 것 같다. 어쨌든 오늘 이 일로 앞으로 매형과 처남 사이에 상미를 차지하기 위한 혈투가 벌어질 것은 불 보듯 뻔한 일이 될 것으로 보인다.

한편, 강압적으로 차에 태우고 어디로 사라진 홍선은 내친김에 포항 구룡포에 있는 해수욕장으로 내달린다.

상미는 차 안에서 "내려 달라"라고 소리를 쳤지만, 그는 아랑곳하지 않았다. 어느새 달려간 차는 그곳에 도착하였다. 시곗바늘은 6시 30분을 가리키고 있었다. 구룡포 해수욕장의 물결은 4월의 포근한 날씨와 함께 더욱더 유유한 잔잔함이 하늘 구름과 맞닿고 있었다.

"상미 씨, 왜 아까 날 피하려고 했지요? 몸이 안 좋다고 했는데 정말인가요?"

"…"

"말을 해 보세요. 몸이 어디가 어떻게 안 좋은데요?"

홍선은 해수욕장이 바라보이는 곳에 차를 세워두고 말을 이어가고 있었다. 상미는 뭐라고 말을 하지 않고 고개를 숙이고 있다. 그녀가 계속 이렇게 반응을 보이지 않자 그는 머리를 쓴다. 그것은 분위기 반전 차원이다. 차에서 내려 바닷가를 거닐며 대화를 나누면 분위기가 회복될 것으로 믿는다. 그래서 말을 꺼낸다.

"상미 씨, 차 안은 좀 답답하니 우리 내려서 저 멋진 바닷가를 거닐기로 해요."

"아닙니다. 괜찮아요. 그냥 돌아서 고성으로 가요."

홍선이 순순히 지금 상미가 말하는 대로 하면 사람이 아니다. 그는 강제로 그녀의 팔을 잡아당긴다. 어떻게든 함께 바닷가로 가려고 떼를 쓰는 것이다.

그녀는 끌려가지 않으려고 몸부림을 쳐 보았지만 여의치 않았다. 어쩔 수 없는 완력에 밀려 바닷가로 끌려가게 되었다. 저녁 7시가 되어가니 조금씩 어두워져 가고 있었다.

이 시간이 되니 구룡포의 물결은 너무 아름다웠다. 둘은 걷는다.

그는 더 생각할 것도 없이 느닷없이 그녀를 끌어안는다. 그런데 방금 전, 차 안에서 와는 다르게 그녀의 몸부림은 없다. 왜일까! 이 아름다운 물결에 넋이 나가서일까!

아님, 다른 본능이 시간차로 밀려온 것일까!

아무튼 피하지 않는다.

한참을 이렇게 끌어안고 있더니 이젠 서서히 걷기 시작한다. 손을 잡고 다정하게 그러다가 앉기에 좋은 바위가 나오자 그 자리에 앉는다. 홍선은 되묻는다.

"몸이 어디가 아픈데요? 얼마나 아프면 이렇게 예쁜 아가씨가 말을 잃어버렸군요."

"…"

"이렇게 말이 없을 땐, 나의 강력한 입술로 녹여 주리요."

홍선은 이렇게 말을 하더니 번개같이 자신의 입술을 그녀의 입술에 대고 '꾹' 누른다. 그리고 한참 동안 시간을 유지한다. 그런 후 뗀다. 입술을 맞춘 효과였는지 상미는 이제부터 조금씩 미소를 짓기 시작한다. 순간 미소를 머무를 수 있게 되었지만, 어젯밤 장순과의 그 기억이 심장을 내리친다. 순간 멍해진다.

"무슨 일이 있기에 아까부터 그리 우울해 보입니다. 왜 그러는 거예요?"

"아니에요."

스마트 폰에서 벨 소리가 요란하게 울린다. 그래서 그녀는 꺼내어 바라본다. 그랬더니 장순이었다. 받을 수가 없어서 거절버튼을 누른다.

어느 정도 예상은 됐지만 김 사장은 아까 4시 30분에 덕비사우나에서 빠져나올 때, 시간부터 지금 시간까지 그녀에게 무려 부재중 전화를 40통도 넘게 했고 문자도 50통도 더 했을 정도로 민감하고 분한 감정이 하늘을 찌른다.

상황이 이러한데 홍선은 구룡포 해수욕장 주변에서 상미와 멋진 저녁식사를 하고 뜨거운 밤을 보내려고 마음먹는다.

지금 문제는 그녀가 정서적으로 무척 혼란스럽다는 것이다. 어제 장순과 있었던 시간들, 그리고 그 시간에 자신이 느낀 그의 순수함, 이런 것들이 가슴 속에 밀려오는데 오늘 지금 이 시간은 그가 아닌, 타인이다.

그런데 또 무슨 바람이 불었는지, 이 멋진 해수욕장 때문인지 오늘 이 시간 바로 앞에 있는 남자에게 흔들리고 있다는 것이다. 본능에 충실한 것인가? 원래 누구나 다 그런가? 그럴 수도 있겠지! 인간은 색욕에 가장 많이 흔들리고 그러니까 말이다. 남자든 여자든 이것 때문에 문제지!

그녀가 이렇게 혼란 속에 영혼이 우왕좌왕하는 사이에 10분 전에 전화를 했던 장순에게서 또 전화가 걸려오고 있는 것이었다. 지금 이 상황에 당연히 받을 수 없다. 그랬더니 이번엔 카톡 문자가 오고 있었다.

4월 5일 구룡포 해변에서 홍선과 데이트 도중, 장순에게서 온 카톡 문자 내용

상미 씨, 방금 전에 전화 넣었다가 안 받으셔서 또 했는데도 통화가 안 돼, 문자를 보냅니다. 너무 바쁘신가 봐요. 어젯밤에 있었던 그 아름다운 추억은 잊을 수가 없습니다. 오늘도 너무 보고 싶어서 고통스러울 지경이었습니다. 내일 전화를 드리겠습니다. 그리고 시간 되면 만나기로 해요. 그럼 편하고 행복한 밤 보내세요.

이런 내용이었다.

상미는 이 문자를 보고 얼른 폰 뚜껑을 덮어 버린다. 옆에 홍선이 있기 때문이다. 그러자 홍선은 혹시 매형에게서 온 문자가 아닐까 생각한다.

"아니, 상미 씨, 어디에서 온 문자입니까? 혹시 우리 매형이 보낸 것 아닌가요?"

그러자 그녀는 지금 이 분위기에 편승하고픈, 마음에 그에게 기울어 버린다.

"홍선 오빠, 이것 좀 봐요. 아까 차 타고 오는 사이에 사장님이 전화 40통, 문자 50통을 보낸 거예요. 제정신인지 모르겠어요. 나 참! 어이가 없네! 에이 지겨워!"

"내 그럴 줄 알았지! 이렇게 상미 씨가 싫어하는데도 끈질기게 물고 늘어지니…"

"그러게요. 난 정말 우리 덕비사우나 김황도 사장님이 귀찮고 짜증나! 왜 그러는지 모르겠어! 으윽… 관둬버리고 싶다니까!"

"아니, 상미 씨 정말 내일 그곳에 가서 지금 말한 대로 관둬버리세요. 그리고 우리 궁리해 봅시다. 우리 둘만의 뜨거운 사랑을 나눌 수 있는 여건을 만들기로 해요. 우리의 미래를 위하여 뜨겁게 파이팅!"

"하하하… 그래요. 오빠 나도 파이팅!"

사실, 장순에게서 온 문자를 절묘하게 황도에게서 온 것이라며 위장하며 말하고 지금 이 시간은 홍선에게 쓰러져 가고 있는 오락가락하는 영혼의 거울 그림자 한편…

이들은 그 주변의 고급요리 집으로 향한다.

맛있는 음식을 시켜 먹는다.

그 후, 해변을 여기저기 거닐다가 그곳에서 조금 떨어진 모텔을 찾아들어간다. 이날 밤은 이들이 두 번째 밀회를 갖는 건데 더욱더 견고한 사이로 발전하는 분위기이다.

그래서인지 그곳에서 빨간색 장미꽃을 검은색 장미꽃으로 검붉게 물들여 버리고 잠시 쉬고 있을 때, 상미는 무슨 생각에서였는지 모르겠지만, 어젯밤 11시 되기 전, 문강변에서 장순과 있었던 빨간 장미꽃이 강제로 꺾인 사연을 털어놓는다.

상미가 지금 이런 수순을 밟는 이유는 어제 그렇게 잠시 마음이 흔들렸다 하더라도 장순을 엄청나게 좋아하는 것도 아니고 물론, 자신을 위해 눈물을 흘린 대목은 무한한 정은 느끼더라도 그냥 이것도 저것도 아닌 수준의 관심변화였기에 더 이상 복잡해지기 전에 이 선에서 그를 내치고 지금 바로 옆에 앉아있는 홍선에게 기울어져 버리겠다는 구상인 것 같다.

"아니, 뭐! 상미 씨 그런 일이 있었단 말이에요. 으윽… 내 사랑 상미 씨에게 그런 깡패 같은 놈이 그런 짓을… 아아아… 이건 그냥 넘어갈 수 없는 일인 것 같아요. 내 그 자식을 그냥 확 어휴! 으윽흑…"

"아아… 오빠, 지나간 일은 어쩔 수 없고 이제부터 내가 그곳 덕비사우나에 나가지 않으면 될 것 같아요. 너무 신경 쓰지 말아요."

"그놈이 누군지는 모르겠지만, 너무 괘씸한 놈이로군요. 어떻게 감히 내 것을… 그 인간이 내 얼음 주먹을 맞아봐야 정신을 차릴는지! 얼음 어퍼컷까지…"

"근데 내일 하루는 그곳에 가서 관둔다고 인사는 해야 할 것 같은데…"

"상미 씨, 그럼 나하고 같이 가서 난 밖에서 있을 테니까, 얼른 관둔다고 얘기하고 나오도록 해요. 만약에 안에서 무슨 일이라도 생기면 재빨리 밖으로 나와요."

"그래요. 홍선 오빠…"

그녀는 어젯밤에 문강변에서 있었던 일을 털어놓은 것은 나름대로 곰곰이 생각해 보니, 장순은 자신의 하트 역사가 될 수 없다는 판단이 서는 모양이다.

이들은 그 해변 주변 모텔에서 사랑을 나누며 다음 날 아침이 되어 고성으로 돌아오고 있었다. 한편, 심한 충격을 받은 김황도는 심란해서 뜬눈으로 밤을 새우고 다음 날, 늦게 일어나 덕비사우나로 나가고 있다.

그들은 어젯밤 그곳에서 말한 대로 실행에 옮기기로 하고 고성터미널 주변의 갈빗집에서 맛있게 식사를 한다. 그리고 그녀가 관두겠다고 말하기 위해 덕비사우나로 간다. 이때, 시간은 오후 1시 30분쯤 되었다. 홍선이 몰고 간 승용차는 그곳 주차장에 세운다. 상미는 내려 그곳으로 들어간다.

"오빠, 얼른 관둔다고 말하고 나올게요."

"그렇게 해요. 상미 씨."

덕비사우나 현관문을 들어서자 김 사장이 혼자 카운터에 앉아 있었다. 상미는 가볍게 인사를 한다. 그러자 황도는 깜짝 놀란다. 그리고 초조한 표정이다.

어제 처남인 홍선이 강제로 끌고 갔기에 신경이 날카로워져 밤에 잠도 제대로 못 이루지 않았던가!

그런데 이제사, 어디서 무슨 일이 있었는지 괴로운 시간을 흘려보내고 나타나는구나! 그의 얼굴은 어리둥절하면서 불안한 기색이 역력했다.

"상미야, 어제 그놈이 널 데리고 어디로 갔던 거니?"

"…"

그녀는 말없이 천천히 김황도 사장에게 걸어가더니 결국엔 그 말을 한다.

"저! 사장님 죄송하지만 오늘부로 이곳에서 일하지 못할 것 같습니다. 그렇게 아세요. 저! 그만 돌아갑니다. 안녕히 계세요."

"아니, 야! 상미야 그게 무슨 소리야! 관두긴 뭘 관둬! 안 돼, 어제 그놈과 뭔 일이 있긴 있었던 거구나! 으윽…. 야! 일단 앉아서 나하고 자세히 얘기하자고…"

"아니에요. 저 그만 갑니다."

"야 야야야… 이리 와! 어디 가…."

그녀는 짧게 인사하고 쏜살같이 그곳에서 빠져나온다. 그러자 황
도는 재빨리 뒤를 따라 달려 나온다. 나와 보니 상미는 처남인 홍선
의 차에 황급히 올라타는 것이었다. 이 장면을 본 황도는 이들이 어
제 이곳을 떠날 때부터 수도 없이 전화하고 문자 넣었는데 답장이 없
었을 때, 어느 정도 감은 잡았지만, 현실로 보게 되니 착잡할 따름이
었다.

눈 깜짝할 사이에 그들은 어디론가 빠져나가 버렸다.

그들이 함께 차를 타고 빠져나간 그림자를 물끄러미 바라보는 서
글픈 영혼의 어두운 그림자 하나… 이것도 저것도 다 검은 그림자들
이다.

뚜벅뚜벅 카운터로 돌아온다.

회전의자에 '턱' 하며 앉는다. 그리고 깊은 상념에 젖는다. 한 여자
를 좋아한다는 것! 지독한 아픔이구나! 달콤했던 기억들이 스친다.

그러다 황도는 눈물을 흘리고 만다.

왜, 하필 그것도 처남이란 놈이 내 애인을 빼앗아가다니! 이게 있
을 수 있는 일인가! 저번 달에 내게 찾아와 별별 훈계를 일삼던 놈
이 자신도 그러면서 나보고 이러쿵저러쿵 적반하장도 유분수지! 이
런 싸가지 없는 놈! 이렇게 온갖 불쾌한 감정이 온몸에 드리워지고
있었다.

그러다가 분을 이겨내지 못한 그는 자신의 부인인 이홍자에게 전

화를 건다.

뚜르르르르 신호가 가고 부인 이 홍자가 받는다.

"아네, 당신 무슨 일이야?"

"뭐야! 당신이 처남한테 나와 여직원을 일러서 날 피곤하게 했지?"

"아니, 당신 지금 무슨 소리를 하는 거야! 내가 뭘 일러… 말도 안되는 소리는 하지 마! 뭐, 무슨 일이 있었던 거야?"

홍자는 자신이 동생인 홍선에게 일러바쳐 저번 달 22일에 그가 사우나에 찾아와 난리를 치고 간 것에 대해 자신은 아무런 연관이 없다는 듯, 발뺌하기 시작한다.

하지만, 황도는 어느 정도 그랬을 것이라고 추측하고 있다.

어차피 이렇게 된 마당에 그는 부인에게 그 사실에 대해 간접적 공격 내지 처남에 대해 비판을 가한다.

"난, 어차피 다 알고 있었다고… 일이 이렇게 되어 버렸으니 확 털어놓고 말하지, 그 처남이라는 놈이 저번 달에 내게 찾아와 나보고 사생활 조심하라고 정도를 걸으라고 온갖 행패를 다 부리더니, 오히려 그놈이 우리 사우나 여직원과 눈이 맞아 별짓 다 하고 다니고 있고 더 웃긴 건, 방금전엔 그 여직원과 둘이서 이곳에 나타났는데 그 여잔 더 이상 이곳에서 일하지 않겠다고 말하고 차에 올라타고 쏜살같이 도망쳤어! 당신이 뒤에서 다 조종한 거 나는 이미 다 알고 있었지! 세상에 이런 경우가 어디 있어?"

"아니, 당신 지금 무슨 소리하는 건지 모르겠어. 그리고 내 동생에게 그놈이 뭐야? 그렇게 내게 말을 막 해도 돼?"

황도는 대화 도중, 서서히 혈압이 오르기 시작했다. 부인이 옆에 있으니 귀싸대기를 때렸을지도 모를 일이다. 그래서 언성이 높아만 간다.

"이봐! 그놈이 나보고 여직원과 사생활이 어쩌고 또 가정을 생각하라고 말하며 난리 쳐 놓고 자기가 그 여자와 그 짓 하고 다녔단 말이야! 이런 개새끼가 어디 있어?"

이 말을 들은 홍자는 남편에게 뭐라고 공격할까 순간 고민을 하더니 자신도 물러서지 않고 언성을 올리며 맞받아친다.

"당신이 지금 하는 소리는 난 아무것도 모르는 일이고 그 말 그대로 내 동생이 그 여직원과 그런 일이 생겼다면, 뭐! 남자가 다 그럴수도 있는 거지 뭐! 그런 일가지고 트집 잡고 그래! 아, 남자라면 사나이 대장부가 그렇게 멋지게 살아야지! 신경 끄라고… 뭐 별것도 아닌 것 가지고 떠들어"

"아니, 뭐야! 아아아… 이런 으윽흑…"

지금 황도가 순간적으로 비명을 지르며 충격에 빠져 버리는 이유는 자신의 부인이 남편에게 적용하는 기준과 처남에게 적용하는 기준이 전혀 다른 방향이기에 그렇다.

위의 말대로 한다면 (나에게도 남자는 다 그럴 수도 있는 거지 뭐) 이 공식이 성립되어야 하지 않겠는가!

그런데 같은 남자인데 나에겐 뒤에서 처남을 조종해서 이리저리 괴롭히고, 자신의 남동생인 처남의 행동에 대해선 (남자라면 사나이 대장부가 그렇게 멋지게 살아야지)라는 이중 잣대를 내미는가?

이게 바로 황도의 감정 내지 충격이다. 그는 전화를 끊고 나서 속이 끓어 올라 냉수를 한잔 들이킨다.

관둔다고 말하고 쏜살같이 덕비사우나를 빠져나간 상미는 지금 이 시간, 홍선의 차를 타고 문강변으로 향하고 있었다.

앞으로 매형인 황도와 처남인 홍선, 그리고 황도의 부인인 홍자 간에 힘겨운 일들이 벌어질 것은 짐작이 된다.

하나 더 있다면 엊그제 밤 11시에 상미를 문강변의 화물차 안에서 기습적으로 빨간 장미꽃을 꺾어 버린 장순이란 존재도 있다.

장순은 분명 그녀를 만나기 위해 덕비사우나로 올 것은 기정사실인데 대상이 사라졌으니 어떻게 될지, 모르겠다.

아닌 게 아니라 다음 날이 되어 장순이 상미에게 전화를 해도 받지 않자 그는 덕비사우나로 들어갔다.

이곳엔 김황도 사장만이 자리를 지키고 있었다. 서로 두 눈이 부딪쳤다. 그런데 희한하게도 오늘은 황도는 그를 보고 약간 반기는 표정을 짓는다. 왜일까?

며칠 전, 이곳에서 격렬하게 맞부딪쳐 그를 경찰에 신고까지 했었는데 어떻게 이번엔 반기는 표정을 지을 수 있단 말인가! 알다가도 모를 일이다.

그 이유는 다름이 아니라 바로 이것이다. 바로 어제 자신의 사랑 전선의 앙숙인 홍선이 상미를 태우고 완전히 떠나버렸기에 이제는 무엇인가 그 관계, 즉 그들을 와해시켜줄 수 있는 다른 제삼의 존재가 절대적으로 필요했기 때문이다.

이렇게 인간이란 것은 간사하고 이기적이면서 욕망에 혈안이 되어 버리는 존재인 것 같다. 그 욕망이 삶의 목표가 되어버린 것 같아 보인다.

"아! 어서 와요. 손님, 그날 내가 너무 과했나 봐요. 오늘은 표를 사지 말고 그냥 들어가요."

"아아… 예에… 아…."

황도의 이 말에 장순은 깜짝 놀란다. 며칠 전, 자신을 경찰에 신고까지 한 사람이 오늘은 무슨 일로 이러는 것일까! 의아스럽고 더 신경이 쓰이기 시작한다.

"하하하… 너무 그렇게 놀라지 말아요. 그냥 들어가서서 찜질을 푹 하면 몸이 한결 나아질 거예요."

장순은 뭔가 이상하다고 생각하면서 상미가 어디에 있는지 이것에 더욱 집중한다.

그러나 그녀는 이곳에 있지 않았다. 혹시 김 사장이 그녀가 보이지 않도록 어떤 조치를 취한 것이 아닌가 생각해 본다. 그래서 물어보기로 한다.

"아니 그건 그렇고 상미 씨는 왜, 안 보이는 거죠?"

"…"

황도는 생각한다. 어떻게 이 사람에게 어제 있었던 그 일을 알려 그 처남이란 원수를 주저앉게 하여 그녀를 탈환할 수 있도록 궁리에 궁리를 거듭하며 입을 연다.

"하하하… 아! 상미 말이죠? 그래요. 일단 앉아 봐요. 제가 알려드릴 테니까!"

"예, 그래요."

장순이 옆 의자에 앉자 황도는 표정관리를 하며 부드러운 어조로 말하기 시작한다.

"뭐! 세상살이가 쉬운 일이 어디 있겠어요? 그런데 못돼먹은 놈들이 많다는 게 문제가 되는 것이지요. 난 솔직히 상미를 그리 좋아하진 않았어요. 그애도 날 별로로 생각했고, 그리고 더 중요한 건, 최근 들어 그애는 여기 앞에 있는 이장순 씨를 좋아하기 시작한 느낌도 들었고요."

"어! 그게 사실이에요? 상미 씨가 저를 좋아하는 느낌이 들었단 말이죠?"

황도의 유인작전에 장순은 말려들기 시작하였다. 그를 이용하여 처남인 홍선을 타도하게 하려는 얄팍한 노림수가 어느 정도 빛을 발하는 순간을 맞이한다.

"그리고 난 솔직히 상미가 장순 씨와 잘되기를 바라는 마음도 생기더군요. 사실 서로는 너무 잘 어울리잖아요. 그렇지 않아요. 허허허허…"

"어어! 그랬단 말이에요."

이렇게 장순이 유인구에 넘어가는 것 같은 느낌이 들자, 황도는 속으로 회심의 환호성을 터뜨리며 무척 달콤해 하고 있다. 이젠 어느 정도 유인구를 던져 중심을 흐트러뜨렸으니 마지막으로 결정구를 던질 차례가 되었다.

"그런데 장순 씨, 어쩌지요. 내 이런 말은 할 말은 아니지만, 세상에 어제 말이죠. 이곳에 어떤 남자가 와서 상미를 데리고 달아나 버렸어요. 그것도 일을 관두게 하고 말이죠. 그래서 상미를 찾을 길이 없네요."

"예에, 어떤 남자가 상미 씨를 데리고 가요? 아니, 혹시 그 남자가 누군지 아세요?"

"아아! 나도 처음 본 사람이라 누군지 잘 모르겠는데 강제로 막 끌고 가는 것 같았어요. 상미는 몹시 괴롭고 짜증스러운 얼굴이더군요. 그래서 그런지 오늘은 출근도 안 했네요. 골치 아픈 일이 아닐 수 없어요."

"아아아… 어 어어…."

장순은 황도의 술책을 모르고 너무 놀랍고 심한 충격에 빠져 버린다. 이때 황도는 회심의 강한 일격을 가한다.

"내가 상미의 집을 알긴 알지만 그렇다고 직접 가볼 수도 없고 말이죠. 별일 없이 무사히 이곳으로 출근했으면 좋으련만…."

바로 이렇게 그녀의 집을 거론한 이유는 이 말을 듣는 장순이 얼른 그 집 위치를 알려달라고 애원할 게 뻔하기 때문이다.

이 노림수에 말려들어 그 미끼를 덥석 물고 마는 조금은 순진한 영혼 거울 그림자.

그만큼 그녀를 좋아한다는 것이기도 하지만 으르렁거렸던 이 사람이 던지는 악질적 미끼를 물고 마는 어리숙한 영혼을 가진 너무 어둡고 갑갑한 검은 그림자.

"아니, 그래요. 그런데 사장님 그 상미 씨의 집을 제게 알려 주시면 안 될까요?"

사실, 며칠 전, 장순도 화물차에 상미를 태우고 빨간 장미꽃을 검정 장미꽃으로 강제로 물들인 후, 그녀의 집에까지 바래다주었기에 대충 집이 동발동 청구 1차아파트라는 것은 알고 있다. 그러나 정확한 동과 호는 알지 못한다. 그것이 알고 싶은 것이겠지! 그래서 황도에게 묻는 것이다.

"상미 씨, 집이 어디인지 정확히 알려 주세요. 부탁입니다."

"아! 뭐 그래요. 난, 장순 씨와 상미가 잘되기를 뒤에서 바라는 마음이에요. 그럼 알려드려야지요. 상미의 집은 동발동 청구 1차 아파트 11동 305호입니다."

"아이고! 알려주셔서 너무너무 감사합니다. 무슨 일이 생겨 이곳에 출근을 못 하는지 빨리 가봐야겠네요. 저 그럼 얼른 가보도록 하겠습니다."

"아예, 그럼 그렇게 하세요."

장순이 황급히 뛰어나가자 황도는 너무 달콤하고 흐뭇한 마음에 담배를 하나 꺼내어 입에 물고 라이터를 켠다.

자신의 의도대로 움직여지는 상황이 짜릿할 따름이다.

상미를 빼앗아간 원수이자 앙숙인 홍선을 강력하게 견제할 수 있는 너무 좋은 시나리오가 될 것이 확실시되기 때문이다. 글쎄, 좀 더 결과는 지켜봐야 할 것 같다.

장순은 화물차를 타고 번개같이 동발동 청구 1차아파트 11동으로 날아간다. 앞에 보이는 게 아무것도 없다.

눈 깜빡할 사이에 그곳에 도착했지만 305호로 들어갈 순 없지 않은가! 그래서 주차장에서 화물차를 세우고 마냥 앉아 있었다.

그냥 그렇게 기다려본다. 이게 상책이겠지! 한참을 기다려보았지만 나타나지 않는다. 그러는 사이에 어디선가 웬 승합차가 한 대 들어오고 있었는데 그 차는 멈추었는데 문을 열고 상미가 나오는 것이 아닌가!

장순은 가슴이 뛰었다. 아! 내 사랑님!

이런 반가운 감정이 잠시 스치자마자 운전석 문을 열고 나오는 한 남자, 장순은 그 남자를 보고 누굴까, 궁금하면서 혹시, 아까 덕비사 우나사장이 말한 상미를 강제로 막 끌고 갔다는 그 남자가 아닐까, 몹시 신경이 곤두선다.

그렇게 내린 두 사람은 그 승합차를 사방을 가리는 칸막이 삼아 느닷없이 서로의 허리를 아주 세게 붙잡고 입술을 강하게 부딪치고 있는 것이었다.

장순은 온몸이 산산조각 나는 아픔을 겪는다. 황도와의 치열한 전투를 치러 지쳤지만 이젠 그가 한풀 꺾여 한시름 놓았는데 어찌 된 일인지 또 다른 암초를 부딪치는 너무너무 험난하고 가파른 애정 그림자….

그런데 장순 입장에선 저번 황도와의 격전 비슷한 상황에 직면하게 되는 것은 지금 눈앞에 보이는 남자도 나이가 그와 엇비슷할 정도로 많아 보였다.

홍선의 나이가 58세니까, 황도 63세와 얼핏 비슷하게 보였을 수도 있으리라.

원래 성격도 우발적인 데다 상미를 향한 일은 물불을 가리지 않는 거친 그림자! 이 남자는 오늘도 그냥 있진 않았다.

앞만 보고 막 달려간다. 그리고 아주 크게 소리를 지른다.

"상미 씨, 거기에서 뭐하는 겁니까? 내 속을 그만 좀 썩이란 말이에 요."

이에 홍선과 상미는 너무 놀라 앞쪽을 바라본다. 이들에게 가까이 다가간 장순은 엄청 불쾌한 표정으로 노려본다. 뭔가 전율이 감돈 다. 큰 회오리가 한번 일 것 같다. 그중, 떨리는 목소리로 상미가 먼 저 말을 꺼낸다.

"아니, 장순 씨. 어떻게 여기를 알고 왔어요?"

"뭘, 어떻게 알고 옵니까? 상미 씨 도대체 왜 그러는 거예요? 젊은 나를 버리고 왜 그렇게 늙은 남자들과 또 데이트를 하는 겁니까? 왜 그리 내 순정을 몰라 주는 거냐고요?"

그러자 홍선의 얼굴이 일그러지면서 붉어진다. 그리고 그를 잡아 먹을 듯이 노려본다. 그러자 장순도 물러서지 않고 살벌한 눈싸움을 펼친다.

"이봐요. 당신이 뭘 잘 낫다고 날 쳐다보냐고…."

장순이 먼저 선제공격을 퍼붓는다. 이에 가만히 있을 홍선이 아니 었다.

"난, 네가 누군지 모르지만 나보다 나이도 한참 어린놈이 너무 말 을 막 하는데…. 넌 상미와 뭔 사이냐?"

"그래 나는 상미 씨와 결혼할 사람이다. 왜, 됐어? 알았으면 얼른 사라지라고요. 어르신…."

"아니, 이게 빈정거리기까지…."

홍선은 몹시 흥분되어 진정을 못 하고 주먹을 쥐며 그를 한 방 먹일 듯이 쳐다본다.

그러자 상미가 나서며 둘을 제재하기에 이른다.

"홍선 오빠, 그만하세요. 그리고 장순 씨도 그만하세요. 여기서 이럴 일이 아니에요."

"야, 상미야. 이런 놈은 안 되겠어! 내 주먹맛을 한번 봐야 더 얼씬거리지 못할 거야! 조금 옆으로 비켜있으라고…"

"그러지 말아요. 오빠!"

상미는 그를 말리려 했으나 쉽지 않았다. 홍선이 먼저 멱살을 잡자 장순은 세게 뿌리친다. 이번엔 장순이 기습적으로 세게 뒤로 밀어 버린다. 홍선은 뒤로 약간 밀렸지만, 중심을 잡고 앞으로 나오며 현역 선수 시절의 주특기인 라이트 스트레이트를 날린다. 이 공격을 맞은 장순은 큰 충격을 받고 그 자리에 퍽 쓰러지고 만다.

아무리 홍선의 나이가 58세로 많이 들어 쇠약해졌다 하더라도 그래도 왕년에 아마추어 복싱 선수이지 않던가!

지금도 보통 일반인은 그의 스치는 주먹으로도 적지 않은 데미지를 받지 않겠는가! 그런 주먹을 허용한 일반인인 장순이 과연 이를 악물고 일어날 수 있을까! 일어나고 있다. 지금 그는 비틀대며 일어난다.

일어났다. 그 후, 아주 크게 고함을 지른다.

"난, 상미 씨와 결혼하기 위해 목숨을 집어 던지겠다. 자! 덤벼 이 나이 먹은 놈아…"

장순이 이렇게 나오자 홍선도 몹시 당황하는 기색이 역력하다. 왜

나면 웬만한 사람들은 자신의 주먹에 KO 당하는데 그는 다시 일어 섰기 때문이다.

"야, 너 어느 정도 맷집은 있는데… 나하고 한번 맞장 떠볼 만한데, 그래? 축하해!"

"안 돼! 안 된다고… 홍선 오빠, 그만해… 정말 큰일 나겠어!"

"상미 씨, 비켜요. 내가 오늘 저 인간을 박살 내 버릴 거예요. 오늘은 끝으로 저놈에게 오빠라고 부르지 못하게 보내버리겠어요. 어서 비켜요. 상미 씨…."

"안 돼!"

상미가 중간에서 중재하려고 애를 썼지만 쉽지 않았다. 이번엔 격분한 장순이 더욱 거세게 달려들었으나 홍선은 감각적으로 피하며 다시 한 번 스트레이트를 꽂아 넣는다. 그러나 정타가 아닌 스치는 주먹이었다. 장순은 순간적으로 느낀다.

이런 정면대결로는 돌파구가 없음을….

그래서 안 되겠다 싶어 주위의 무기를 찾던 중, 바닥에 뒹구는 소주병이 하나 있었다. 그는 그것을 집어 들고 상대를 향해 마구 휘두른다. 이렇게 막 휘두른 병에 홍선은 강타를 당하고 만다.

그러자 그도 이성을 잃고 더 거칠게 주먹으로 휘두르며 전진한다. 이에 상미는 겁에 질려 비명을 지르며 옆으로 피한다. 한쪽의 주먹과 다른 한쪽의 소주병이 서로 맞부딪치는 대혈투가 벌어지는 중이다.

"아아악… 으으흑… 어어억…"

"이 개자식아! 상미를 건드리지 말란 말이야!"

상미는 엄청난 충격 속에 경찰에 신고해야 한다는 생각도 할 정신이 없어 발만 동동 구르며 계속 비명만 지를 뿐이었다. 계속되는 장순의 무자비한 소주병 공격에 홍선이 아무리 예전 복싱선수였다 하더라도 작지 않은 충격을 받아 더 공격할 힘이 없자, 온 힘을 다해 그를 세게 뒤로 밀어 버리고 얼른 상미를 태우고 도망친다. 달아나는 차를 막으려 했지만, 장순도 그의 강력한 연타 공격을 당했기에 빨리 일어나지 못하고 주저앉아 있었다.

얼굴에 피멍이 든 그는 한 걸음 두 걸음 내디더 화물차에 올라타 방금, 그들이 달아난 길 쪽으로 따라가 찾기 위해 핸들을 돌린다. 하지만 금세 달아났기에 찾을 길이 없었다. 그 후, 장순은 잠시라도 마음의 안정을 찾고자 문강변으로 향한다.

그리고 함께 달아난 상미에게 전화해 본다. 당연히 받지 않는다. 해는 기울어 어둠이 몰려 왔다. 한 여자를 좋아하는 길이 이리도 어렵구나!

저번, 사우나 김 사장에 이어 또 다른 나이 많은 남자, 누군지는 모르지만 힘들고 힘들게 하는구나!

장순은 그래도 계속 그녀를 고수할 수 있을까! 갑갑하다.

다시 사우나로 가서 그 남자가 누구인지 자세히 알려달라고 할 것인가! 아님, 상미 씨의 집 아파트 앞에 가서 진지를 구축할 것인가에 대한 고민이 몰려온다.

아까 그렇게 달아났으니 또 그곳에 올 것 같진 않다.

그렇다면 나도 잠시 숨 고르기에 들어가리라! 얼굴의 피멍, 핏자국은 그대로이다. 혈투를 펼쳤으니 난 그래도 괜찮다. 시간 지나면 저절로 나아지는 거니까! 지금 이 시간 저 문강변의 맑은 물에 내 더러워진 핏자국을 닦아내리라! 다음에 있을 혈투에 벌써 전율이 느껴진다.

장순은 천천히 강변으로 가더니 흐르는 물을 손바닥에 떠서 피멍든 얼굴을 박박 닦는다. 또 다른 결의가 묻어나는 장면이라 아니할 수 없다.

죽마고우에게서 아픈 상처 치유받기

그러더니 이리저리 걷다가 핸드폰을 꺼내어 죽마고우인 하철에게 전화를 건다.

"그래, 하철아 오랜만이야! 잘 지냈니?"

"어어! 그건 그렇고 너 저번 나한테 말한 그 여잔 어떻게 잘 됐어?"

"아니 아니야! 내 마음대로 다 되면 뭐가 걱정이겠냐? 내일 한번 거기에 가서 소주나 한잔 하려고 하는데 시간 되니?"

"그래 있지. 서울 올라올 때, 내가 좋아하는 복숭아 좀 따서 싣고 와! 먹고 싶다."

"그래 잔뜩 따서 싣고 갈게. 기다려…"

저번 달, 25일 상미 문제로 심란할 때, 화물차를 몰고 달려갔던 서울 구로동 센영슈트 주식회사. 그때 그곳에 가서 심기일전 정신을 키워왔다.

난, 내일 또 그곳에 가서 하철과 소주를 먹으며 더 강한 정신력을 키우리라!

그때 그랬던 것처럼 더 강해져 돌아와 다시 더 불타는 혈투를 오늘 그와 치르겠다.

날이 밝자 장순은 서울 그곳으로 가져갈 복숭아를 화물차에 가득 싣고 액셀을 밟는다.

죽마고우인 장순이 구로동으로 올 것을 생각하여 하철은 모처럼 만에 3월 초에 사직하고 나갔던 한때, 직장 동료였던 이들을 그곳에 초대하여 소주와 삼겹살을 계획하고 있다. 즉, 센영슈트 주식회사 귀농 5인방이다. 장순까지 포함하여 5인방이다. 하철이 그 4명을 초대하는 것은 다른 것이 아닌 바로 장순에게 더 강한 정신적 힘을 불어넣어주기 위함이다.

여러 명이 힘을 한데 모아 응원을 하게 되면 사기가 중천으로 오를 수 있으리라 믿는다.

그래서 이 시간 그 4인, 조완수, 최영선, 김홍철, 임철수에게 전화로 연락을 취하기에 이른다. 이에 그들은 일제히 내일 저녁 7시까지 센영슈트 앞으로 오겠다고 말하였다.

이윽고, 저녁 6시가 넘자 하나둘씩, 그곳 앞으로 도착하기에 이른다.

제일 먼저 도착한 이는 조완수다. 그는 과시하듯, 자신의 애인 진일화를 데리고 나타났다.

잠시 후에 최영선이 왔는데 그는 혼자 왔고 다음으로 김홍철, 임철수도 왔는데 애인들을 데려오지 않고 혼자서 왔다.

이렇게 모인 네 사람은 오랜만에 만나게 되자 너무 반가운 마음에 무척 화기애애하게 악수를 나누며 즐거워했다.

그러다가 10분쯤, 지나자 이장순도 화물차에 복숭아를 가득 싣고 도착하였다. 장순은 이곳에 들어서며 순간 깜짝 놀란다. 그들이 미리 와 있었기 때문이다. 장순이 내리자 그들은 일제히 반가워하기 시작한다.

이때, 장순은 생각한다. 아! 하철이 날 위해서 이들을 초대했구나! 이렇게….

"아니, 장순이 형, 차에 복숭아가 왜 이리 많아! 와 팔려고?"

"아니, 아니야! 우리 같이 나눠 먹게…."

이들이 이렇게 대화를 나누던 중, 하철이 회사 근무를 마치고 나오고 있었다. 서로는 반가워가며 웃음이 끊이질 않았다. 그 후, 주변 숯불갈비 집으로 향하였다.

그러니까, 총 7명이 됐다. 완수가 애인을 데리고 왔으니 말이다. 그곳으로 들어간 이들은 소주와 갈비를 시켜 먹기로 하였다.

사실, 이들 중, 장순과 하철은 고성 고향 친구이면서 절친이라, 저번 달에 한 번의 만남이 있었고, 홍철과 영선도 여자 문제로 한 차례 만남이 있었다.

그 외에는 센영슈트 주식회사 사직하고 서로 처음이라 무척 새롭고 반갑기 그지없다.

소주와 갈비가 나오고 먹기 시작한다. 제일 먼저 포문을 연 사람은 완수였다.

"아! 여기 옆에 나의 앞으로 아내가 될 사람이야! 일화 씨 인사를 나누어요."

"아네, 여러분 안녕하세요. 만나게 되어 반갑습니다."

"아이고, 저희도 반가워요. 완수 형하고 너무 잘 어울리는데요. 축하해요."

짝 짝짝짝 짝 짝짝짝… 여기저기에서 울려 퍼지는 박수 소리들….

이들 중, 하철만을 제외하곤 모두 다 센영슈트를 나와 귀농한 이들이기에 그간 서로서로 어떻게 지냈는지 궁금하기도 할 것이다.

이들은 한우를 사육하는 이도 있고 복숭아, 쌀농사, 수박, 사과, 고추, 오이를 재배하는 이들도 있다.

그러다 보니 서로의 대화가 잘 통하고 분위기가 한껏 무르익어가고 있었다.

"야아! 특수작물을 재배하기란 너무 힘들지! 뭐, 먹고 살겠다고 하긴 하지만…."

"뭐, 그렇지 뭐!"

이렇게 서로의 농작물에 대해 얘기가 오가는 중에 오늘의 하이라이트를 장식할 순서가 다가오고 있었다. 그것은 바로 하철이 죽마고우인 장순의 최근 벌어진 사랑전쟁의 확실한 정신적인 지주면서 강력한 우군임을 자처하는 의미에 더 견고한 가교 역할을 담당하겠다는 취지의 멘트였다.

"아아… 내가 한마디 하겠는데 우리 장순이가 지금 한 여잘 엄청 좋아하고 있는데 마음대로 잘 안 되나 봐! 그러니 우리 모두 힘을 모아 장순에게 파이팅을 외치자고… 어때?"

"어어… 그런 일이 있어. 잘되어야 할 텐데! 아니, 근데 지금 자세히 보니까, 장순의 얼굴이 웬 상처투성이야! 무슨 일을 하다 다친 거야? 왜 그래?"

"아니, 아니야…. 그냥 그렇지 뭐! 넘어져서 그만…."

"조심해야지!"

"그렇지."

장순은 순간, 하철을 힐끔, 바라보며 미소를 짓는다. 지금 자신이 상미 문제로 정신적, 육체적 고통이 극에 달해 있는데 이렇게 여러 명의 한때 직장 동료였던 이들을 모이게 하여 자신에게 보이지 않는 힘을 불어넣어 주고 있기에 고마울 따름이다.

그런 의미의 미소이다.

하철은 그를 위한 더 강한 파이팅을 다시 한 번 외친다.

"아아… 장순의 사랑이 성공하길 기원하면서 소리 높여 함성 질러… 와아아아아"

"그래 바로 그거야! 하하하…."

"자아! 그런 의미에서 건배…."

쨍그랑, 쨍그랑, 술잔 부딪치는 소리가 여기저기에서 울려 퍼진다.

그런데 여기에서 장순이 술에 취했는지, 아님, 최근에 벌어진 상미 문제가 순간 혈압이 올라 그랬는지 여기 모인 이들에게 그녀와 관련된 아픈 얘기를 쏟아내고 있다.

"아이! 나 솔직히 요즘 너무 괴롭다고… 사실 내 얼굴에 이 상처도 어제 치고박고 싸워서 생긴 거거든, 문제는 그 여자가 내 말을 안 듣고 엉뚱한 놈들과 연애질을 하는 거라고…. 그러니 내가 살맛이 나겠냐고… 으윽흑…. 재수 없는 것들…."

그가 이렇게 푸념 내지 하소연 조로 술 취한 목소리로 말을 하자 두 살 위인 철수는 그를 위로할 겸, 한마디 거든다.

"야! 장순아, 어떻게 알게 된 건데 그래? 싸움까지 해서 엄청나게 다치고 말이야."

"철수 형, 난 정말 피곤한 사람이라고…."

장순은 철수의 이 따뜻한 말에 최근 벌어진 여자 문제, 즉, 상미의 행동에 대해 말을 하기 시작한다.

　"철수 형, 아는 사람이 소개해 줘서 만났는데 날 보고 마음에 안 든다고 하더라고. 내 거기까지 그렇다 치고, 그런데 그 여잔 자기가 다니는 사우나에 나이가 60이 넘어 보이는 사장과 사귀고 있는 거야! 이게 글쎄 뭐냐고…. 더 기가 막힌건, 나이가 그쯤 되어 보이는 또 다른 남자하고도 사귀는 게 드러난 거야! 으윽."

　"나 참, 골치 아픈 일이구나! 그래도 그 여잘 좋아한단 말이야?"

　"그러니까, 나도 골치 아프지!"

　이들이 이런 대화를 나누고 있을 때, 홍철이 끼어든다.

　"아! 형, 무슨 그런 여잘 좋아해! 어휴, 너무 피곤하잖아! 깔린 게 여잔데 왜 하필 그런 사람을 좋아하냐고? 난, 장순이 형이 이해가 안 돼!"

　"글쎄, 네 말도 맞지만 그래도 좋아하는 건, 어쩔 수 없는 것 같은 데…"

　다시, 철수가 말하기 시작한다. 말을 할까 말까 고민하더니 결국엔 말을 한다.

　"뭐, 다 생각 차이이지만 한국 여자들은 귀농한 농촌 총각을 그리 좋아하질 않아! 차라리 돈 있지만 나이 들은 남잘 더 좋아해! 한심한 것들이 너무 많아! 정신이 썩었지."

　"철수 형, 말이 맞는 것 같아! 내가 지금 당하고 있잖아! 아님, 내가 그 늙은이들보다 더 매력이 없어서 그런지 모르지만 말이야!"

　"아니 아니야! 왜, 장순이가 매력이 없어? 매력이 넘쳐흐르지. 그런 정신 나간 여잘 좋아하지 말고… .이건, 어떻게 생각할지 모르겠지만 지금 내가 만나는 여자가 있는데 말이야! 음, 필리핀 여잔데 하는 일은 알바를 하면서 노래를 연습하고 있어. 미래의 꿈이 최고의 트로트 가수가 되는 거라고 하더라고… 그런데 내가 만나는 여자에게 말해 네게 잘 맞는 여자를 소개해 달라고 부탁해 보려고 하는데 네 생각은 어때?"

"…"

장순은 이 말을 듣자 아무 말 없이 침묵을 지키며 얼굴이 굳어져 버린다. 그만큼 못마땅하다는 마음이 엄습하기에 그렇다.

"아니, 난 동남아시아 여잔 별로인데… 그래도 한국 여자가 나아…"

"그건, 그래. 이왕이면 다홍치마라고 그렇게 되면 좋지만 나도 귀농하고 보니 쉽지 않더군! 지금 만나는 이라나라는 여자는 마음씨도 너무 좋은 것 같아! 그냥 그래서 혹시 이런 생각도 있는지 물어본 거야!"

"아니, 철수 형, 그런 얘기는 그만하자고…"

장순은 강하게 한마디 톡 쏘아붙인다. 철수는 말없이 가만히 있었다. 그런데 이번엔 소주만 계속 먹던 영선이 나서기 시작했다.

"아! 형들, 나도 지금 동남아시아 여잘 만나는 한 사람으로서 한마디 하겠어. 뭐, 사람 만나는 것도 팔자지만, 나도 철수 형, 생각이 맞다고 생각해! 한국 여자들은 허영심이 너무 많아! 지들도 별수 없으면서 말이야! 차라리 캄보디아 여성들이 낫지!"

그러자, 장순의 얼굴이 상처투성이와 함께 더욱더 붉어지며 무척 불쾌한 표정으로 바뀐다. 그 마음을 순간 알아챈, 그리고 오늘 이 자리를 만든 하철이 중재에 나선다. 왜냐면, 별것 아닌 일, 소소한 대화를 나누다가도 뜻이 안 맞아 길어지면 서로 감정이 생기는 경우가 종종 벌어지기 때문이다.

"아아아… 그만하기로 하자고… 이 자리는 내가 아까 처음에 말했던 것처럼 우리 장순이 지금 어떤 여잘 엄청 좋아하는데 마음대로 되지 않아, 내가 용기와 패기를 넣어 주기 위해서 이렇게 모여 다 같이 응원해 주기 위한 건데, 조금 옆으로 흐르는 것 같아서 얘기하는 거야!

내 생각엔 상대를 위로하고 격려하려면 현재 나타난 사항, 예를 들어 장순이 현재 좋아하는 대상을 잘 만날 수 있도록 응원하면 되지!

난데없이 무슨, 동남아시아 여성을 들먹이니까 이 자리의 본 취지가 이상해지는 거라고!"

하철이 나서서 장순을 거드는 발언을 하자, 이 자리의 전체 분위기가 썰렁해진다.

그러면서 그들은 매우 못마땅한 마음이 가슴속에 자리하기 시작한다. 지금 그 하철의 발언은 듣는 상대에 따라 묘한 파장을 일으킬 수 있기에 그렇다. 지금 그들은 자신들을 무시하는 듯한, 발언이라고 오해나 착각하기 시작했기에 그렇다.

이렇게 뭐든지 말, 대화라는 것은 난해하고 어렵다.

물론, 정말 그럴 수도 있겠지만 아닌 경우도 더 많기 때문에 사람과의 말이란 그 내용만을 가지고 판단하면 안 되고 그 사람의 행동을 더 주의 깊게 관찰할 필요가 있다고 본다.

말이란, 때론 본의 아니게 실수도 할 수 있지만, 거듭되는 행동은 실수라기보단, 진의이기에 그것을 보고 마지막 판단을 했으면 한다.

어쨌든, 그들은 벌써 속으로 오해의 앙금이 증폭되어 가고 있었던 것이었다. 특히, 완수는 지금 바로 옆에 결혼을 앞둔, 흑룡강 여성인 일화가 있기에 더 괴롭다.

왜냐면, 장순과 하철이 한 말에 자칫, 그녀가 오해할 수도 있기에 몹시 신경이 쓰인다.

뭐든지 그렇겠지만, 술이라는 것은 적당히 마시면 약이 될 수도 있겠지만, 무리하면 도를 넘는 언행을 서슴없이 하게 되는 일도 벌어지기 마련이다.

이 자리에 앉아 있는 이들은 모두가 현재 술을 적당히 먹지 않았다. 그게 화근이다.

완수, 철수, 영선, 홍철이 그 둘에 대해 반격성의 멘트를 날리기 시작한다.

"여기 우리는 지금 그쪽의 여자들을 만나고 있는데 우리가 듣기에 조금 그러네! 이래서 서로서로 만나서 대화하기가 쉬운 게 아니라고…. 그런 뜻으로 한 얘기도 아닌데 그걸 가지고 이리저리 말을 틀면 이런 잡음이 생기는 거라고…"

"이럴 거라면 오늘 여기에 오지 말걸 그랬어!"

이들 중, 두 명이 이렇게 나오자, 전체 분위기가 순식간에 더욱더 썰렁해져 버린다.

그러자, 장순과 하철은 아무 말 없이 침묵을 지킨다. 그리고 서로 눈으로 사인을 보낸다. 지금 사인의 의미는 분위기가 심상치 않으니 말하지 말고 가만히 있어야 한다는 그런 눈짓으로 풀이된다.

그러다가 장순이 지금 이 분위기를 반전해야겠다는 생각에서였을까! 자신이 영천에서 가져온 복숭아 얘기를 꺼낸다.

"아! 아까 내 차 안에 있는 복숭아를 보았겠지만 내가 우리끼리 나눠 먹게 가져온 거야! 술 다 먹고 나가서 내가 나눠 줄게…"

"하하하. 너무 좋아! 복숭아를 우릴 주려고 가져온 거야? 너무 맛있게 보이던데."

장순의 의도대로 대화주제가 다른 데로 흐르자, 하철도 속이 편해진다. 밤 9시가 조금 넘자, 이들은 일제히 일어나 2차 노래방으로 직행한다.

그곳에서 노래를 부르니 어느 정도 분위기는 다시 살아나기 시작하였다. 원래 인간의 마음이란 하루에도 몇 번이나 바뀌지 않던가!

10시 반이 넘어 나오게 되었고 장순은 아까 했던 그 말대로 자신의 화물차 안의 그 많은 복숭아를 이들에게 똑같이 나눠 주었다.

그리고 너무 늦은 시간이라 잠을 자야 할 시간인데 하철의 집은 구로동에 있는 반지하인데 투 룸이라 이들이 모두 들어가긴 어렵다. 그러던 중, 여자를 데리고 온, 완수는 자기는 잘 곳을 알아서 찾겠다고 갔고 홍철, 영선은 둘이서 한잔 더 하겠다며 다른 데로 갔다.

이젠 남은 건, 장순, 하철, 철수였다. 이들은 인근 마트에 들려 맥주와 안주를 사서 들고 하철의 투 룸으로 향한다. 여기서 방금 전, 다른 데로 간 사람들과 이들 간의 미묘한 사이라는 게, 조금은 나타나는 분위기인 것 같다.

사실, 아까 철수는 장순에게 조금 역겨운 말을 했지만, 예전 직장

생활 같이할 때엔 가까운 편이었다. 원래 무엇이든지 조금 더 가까운 것이 있고 조금 더 먼 것이 존재한다. 이렇게 각각 이 주변에서 잠을 이룬 이들은 다음 날 아침이 되자, 하철의 투룸으로 왔다. 아침 식사를 함께한 이들은 더 지체하지 않고 각자 집으로 가려고 생각 중이다.

어제 만남의 목적은 하철이 애정쟁탈전의 야망이 침체된 장순에게 활기를 불어넣어주기 위한 것이었지만, 조금 껄끄러운 마음의 가시 하나만을 남긴 채, 각자 집으로 돌아갔다.

이번 센영슈트 옛 직장동료들의 모임으로 과연 장순은 더 강한 사기를 불태울 수 있을지 궁금하다.

각각, 홍천, 고성, 정읍, 진천, 용인으로 간, 이들은 특수작물이 큰 수확을 얻을 수 있게 구슬땀을 흘리는 시간이 되겠고, 또 이들의 미래의 결혼배우자가 될 여성들과의 장밋빛 시간들이 이어질 것으로 예상된다. 그래도 뭐니 뭐니 해도 가장 화두가 되는 인물은 장순이다.

어떻게 그 난적인 홍선을 제압하고 상미를 완전 사로잡아 애인이 됨과 동시에 미래의 배우자로 만들 것인가, 바로 이것이다.

홍선에게 얻어맞아 시퍼렇게 멍든 얼굴도 어느 정도 회복되었고 이젠 사생결단, 임전무퇴이다. 둘 중의 하나는 죽는다. 더 없다.

며칠, 휴식시간을 가졌으니 다시 애정전투에 임하리라! 장순은 그때 그 격전장이었던, 상미가 사는 아파트 그 동, 그 호 앞으로 화물차는 행진한다.

눈이 빠지게 그놈의 차, 아니면 상미를 기다리는 고독한 사냥꾼, 이 장순이다.

만일의 사태에 대비하여 화물차 안에 빈 소주병은 많이 비치되어 있다.

유사시에 휘두르려고 그러는 것이었다. 눈이 빠지다 못해 몸속의 창자가 다 빠져나올 정도로 속을 썩이며 그것들이 나타나길 기다렸건만 개미 새끼 한 마리, 보이지 않았다.

어떻게 된 일일까! 내가 무서워 피했을까! 아님, 둘이서 밀월여행을 떠나버렸나!

정말, 창자가 다 틀어져만 간다.

속은 검은색 물감을 닮아간다. 안 되겠다. 덕비사우나로 돌아가 그 사장에게 그 남자의 정체와 사는 곳을 물어보리라!

그 사우나 사장은 왠지 그것을 알 것 같다. 그래서 물어보겠다. 지체하지 말고 빨리 가서… 그곳에 도착했다. 그리고 들어간다.

"아이고, 안녕하세요. 사장님."

"어어! 아니 우리 반가운 손님이 오셨군요. 어서 와요. 장순 씨."

김 사장은 그에게서 무엇인가 시원한 소식이라도 있는지 몹시 궁금해 하는 눈치이다. 자신이 처남인 홍선을 방어하기가 힘드니 장순을 기대며 그가 적절히 그 관계를 끊어 놓을 수 있으리라 기대하고 있는 얄팍한 가련한 수.

그런데 여기서 김 사장이 매우 이해가 안 되는 부분은 만약 그러다가 장순이 그 관계를 끊어 놓고 상미와 연결이 되어 버린다면 그것도 만만찮은 또 다른 아픔일 텐데, 이렇게 뒤에서 어정쩡한 그는 우군을 자처하고 있으니 미련한 건지, 한심한 건지, 아님, 우선이라도 홍선과 상미의 뜨거운 사랑의 불길을 끊어 놓아야 한다는 절박함인지!

그러나 오히려 이 상황에선 장순이 더 절박한 표정과 심정으로 말을 하고 있다.

"아니, 사장님. 근데 제가 그 상미 씨 집 앞에서 기다리다가 어떤 남자와 오는 걸 보았는데 서로 감정이 생겨 치고받았는데 그 남자와 갑자기 어디로 달아나 버렸거든요. 오늘 또 그곳에 가보니 볼 수가 없어서 난감하군요."

"아아! 지금 보니 얼굴에 상처가… 그래서 그랬군요. 너무 안 좋아 보이네요."

"상미 씨를 찾을 또 다른 좋은 방법이 없을까요?"

장순이 이렇게 애처롭게 말하자 김 사장은 속으로 회심의 미소를 짓기 시작한다.

"아아! 저렇게 얼마나 상미를 좋아하면 그렇겠어요. 뭐, 내가 도울 수 있는 길은 상미의 집이 어딘지, 아니면 하나 더 있다면 그 남자의 직장이 어딘지 알려줄 수 있는 정도, 뭐, 그 정도이지요."

"어! 아아… 사장님, 그 남자의 직장을 어떻게 알고 계십니까? 그럼 얼른 알려주세요. 가서 이판사판 결판을 짓게 말이죠."

"아니, 나는 그때 상미가 누군가와 전화통화 하는 소릴 들었는데 아마 그 남자의 직장에 대해 말하고 있는 것 같았어요."

"사장님, 얼른 그 남자의 직장을 알려주세요. 부탁입니다."

김 사장은 드디어 올 것이 왔다고 생각하며 속으로 행복의 비명을 지르고 있었다. 그래서 처남인 홍선의 직장을 알려 주는 강수를 두고 말았다.

아예, 이참에 집까지 알려 주어 발본색원 차원의 초강수를 두려

했지만, 자신이 그의 집까지 알고 있다는 게 조금 어색한 측면이 있고 자칫, 장순에게서 큰 오해를 불러일으킬 수도 있기에 그것까진 참는다.

그의 집까지 어떻게 알았을까 하는 장순의 오해 말이다.

"아예, 그럼 알려 드리지요. 며칠 전, 이곳에 와서 상미를 데리고 달아난 그 남자의 직장은 창원 마산합포구 중앙동 주변에서 복싱아카데미를 운영하고 있습니다."

"아! 그래요. 예에, 알았어요. 어쩐지 주먹은 좀 세더라고요. 내 그 인간을 가만두지 않을 거예요. 저 그만 갑니다."

"아니, 아니… 커피라도 한잔 하고 가시지…"

장순은 더 생각할 것도 없이 쏜살같이 그곳을 향해 달려간다. 뒤에서 그를 바라보는 김 사장은 무척 달콤한 표정을 지으며 회심의 짜릿한 아메리카노를 한잔 하기 위해 밖으로 나간다. 그리고 그 커피를 테이크 아웃하여 들고 들어와 마음속으로 기쁨의 즉석 일기를 써내려 간다.

'하하하. 나의 달콤한 애인 상미를 빼앗아간 그 처남 녀석을 이장순 동지가 확실하게 응징해 주길 빈다. 부디, 승전하여 그들 사이를 균열만 일으켜다오! 그렇게만 된다면 내 반드시 그 허물어진 공간을 침투하여 다시 상미를 내 품에 안고 말리라! 이장순 동지, 부디 파이팅하라.'

이런 내용의 마음의 일기였다. 그가 이렇게 마음의 일기를 쓰고 있는 시간에 장순이란 와일드한 사내는 거침없이 화물차를 몰고 창원 마산 합포구 중앙동 복싱아카데미로 달려갔다. 그 화물차가 그곳에 도달했을 때 시간은 오후 6시경이 되어간다.

그런데 그때, 그곳 휴게실에서 홍선과 상미가 커피를 마시며 데이트를 즐기고 있었는데 그녀는 창문 밖으로 그의 화물차를 보았다.

예전에 그 화물차에 자신을 강제로 태우고 문강변으로 데리고 갔었기에 지금 생생하게 그 차를 기억할 수 있었다. 너무 놀란 그녀는 충격을 금할 길이 없었다. 어떻게 여기까지 알고 찾아왔느냐는 것이다. 어리벙벙했다. 그래서 얼른 홍선에게 말한다.

"아니, 오빠 며칠 전, 내가 있는 동발동 아파트 앞에 와서 난리를 치고 오빠하고 싸웠던 그 남자가 어떻게 여기까지 알고 왔어. 어떻게 하지?"

"뭐야, 그때 네가 말한 그 맞선 봤는데 싫다고 하니까 계속 달라붙는다는 그놈이 여기까지 왔단 말이야!"

"저기 저기를 보라고…."

"이게 정말 죽고 싶나…."

홍선이 그와 맞서기 위해 휴게실 문을 열고 밖으로 나가자 상미는 그 틈을 타, 복싱아카데미 후문으로 쏜살같이 빠져나가 택시를 타고 아예 더 멀리멀리 피하기 위해 창원터미널로 가버린다. 한편, 복싱아카데미 앞에선 저번처럼 그 두 남자는 엄청난 육박전이 벌어졌는데 이를 본 체육관 수련생들이 일제히 뛰어나가 그들을 말렸다.

수련생들이 완강하게 제재를 하는 바람에 더 이상 험악한 싸움은 벌어지진 않았지만, 장순은 전열을 가다듬는 대로 또 이곳을 급습하는 것은 기정사실이 될 것 같다.

장순은 돌아서 가는 길에 계속 상미에게 전화를 넣었지만, 받지 않는다. 홍선도 다시 체육관사무실에 들어와 그녀가 보이지 않자 전화를 넣었지만, 안 받는다.

이미, 그녀는 창원터미널에서 서울로 가는 우등버스를 타고 도망쳤다.

그녀로선 무척 예민해져서 두 남자의 혈투를 더 이상 볼 수 없다는 나름의 자구책인 듯하다.

그녀는 자신의 문제로 또 두 남자가 혈투를 펼칠 것이 두려워 서울로 도망친 후, 고성 문발동 부모가 사는 집으로 전화를 하여 지금 상황 설명을 하고 '동발동에 있는 아파트에서 나와야겠다'라고 말을 한다.

그녀의 부모는 대신 '알아서 처리하겠다'고 말했다.

그 후, 그녀는 고성에 내려가지 않고 계속 서울에 머물면서 할 일을 궁리하고 있었다. 하루 더 지나, 장순은 그녀의 아파트 주변을 배회하며 기다리고 있었으나 찾을 길은 묘연하였다.

홍선도 그녀에게 계속 전화를 넣었으나 끝까지 받지 않았다. 그리고 덕비사우나 김 사장도 그녀에게 전화했으나 마찬가지였다. 장순은 처음 자신을 상미에게 소개하여 주었던 고성 시내 청솔국밥집 아줌마에게 찾아가 '그녀의 부모 집을 알려 달라'고 간청했으나 그는 '모른다'며 알려주지 않았다.

이미 그 아줌마는 그녀의 부모로부터 만약에 그런 남자가 찾아와 묻거든 알려주지 말라는 부탁을 받은 후였다.

상미는 고성에서 서울로 도망침으로써 이 지독한 사각 관계에서 하여간, 탈피하게 됐다.

한때, 앙숙이었던 장순을 끌어들여 처남인 홍선과 상미의 사이를 갈라놓으려 했던 김황도 사장도 그녀를 아예 볼 수 없게 되자, 심한 허탈감에 빠져들기 시작하였다. 이 사각 인물들은 각자 그렇게 깊은 허탈감 속에 빠져 버렸다.

다른 한편, 귀농 5인방 중에 4인은 장순처럼 그렇게 이성 문제가 복잡하고 험난하지 않고, 평온하고 순조로웠다. 이들은 외국인 여성들을 만나 서로 깊은 애정 탑을 드높게 세워가고 있었다. 물론, 집안의 반대가 있는 홍철, 철수 같은 경우도 있지만, 그중에 홍철의 부모는 점점 마음이 약해져 그냥 알아서 하라는 분위기로 바뀌고 있었다.

그렇게 되자, 홍철은 너무 기쁜 나머지 얼른 이번 달 안으로라도 우엔티늉과 결혼식을 올리려고 마음먹기에 이른다. 그래서 홍철은 우엔티늉과 만나 최대한 빠른 시간 안에 합치자고 말을 한다. 그랬더니 그녀는 좋다고 말하며 껑충껑충 뛰었다.

그렇게 되어 귀농 5인방 중, 외국인 여성을 만난 4인 중에 가장 빠른 결혼식을 올리는 기염을 토해 내고 만 김홍철이다.

그는 4월 23일 토요일에 자신의 고향인 강원도 홍천에서 멋진 결혼식을 올렸다. 이날 결혼식에는 이달 8일에 서울 구로동에서 모임을 가졌던 멤버들이 한 명도 빠지지 않고 참석하여 뜻, 깊은 날을 더욱더 빛내 주었다. 제주도로 신혼여행을 갔다 온 이들은 홍천군 서석면 어론리 홍철의 집에 잠시 머물다가 며칠 지나 농협에 가서 융자를 얻어와 마을 산기슭에 있는 그의 밭에 전원주택을 짓기 시작했다.

이에, 그녀는 너무 멋진 전원주택을 갖게 되었다며 행복의 비명을 질렀다. 이렇게 함께 살게 된 그녀는 남편인 홍철의 한우 사육, 인삼 재배, 옥수수 재배를 돕는 데 몸을 아끼지 않았다.

홍철과 예전부터 가까이 지냈던 영선은 정읍에서 홍천으로 그를 만나기 위해 자신의 차, 쏘나타를 타고 달려간다. 홍철 부부의 초대를 받고 가는 것이다.

이윽고, 영선은 서석면 어론리 홍철이 새로 지은 전원주택을 보고 감탄사를 쏟아낸다.

그리고 그 부부의 애틋함을 보며 부러워하며 자신도 얼른 돌아가면 애인인 팽소피어아에게 말해 얼른 결혼하자고 말을 해야겠다고 속으로 다짐하고 있다.

"홍철아, 집도 너무 좋고 네 신혼생활도 깨가 막 쏟아지는 것 같다."

"그렇지! 최 형도 빨리 그 사귀는 여자와 결혼하면 이렇게 될 거야! 얼른 하라고."

"그래 알겠어!"

영선은 5월 마지막 날, 신혼생활에 빠져있는 직장 후배였던 홍철에게 찾아가 소주도 먹고 그에게서 인삼과 옥수수 선물도 받고 멋진 전원주택에서 하루 묵은 후 다음 날 아침에 정읍으로 내려갔다.

영선은 밤에 그곳에서 묵는 동안 자신도 이렇게 멋진 전원주택을 정읍에 짓고 팽소피어아와 깨가 쏟아지는 신혼생활을 하는 것을 그리다가 깊은 꿈을 꾸었다. 집으로 돌아온 영선은 오랜만에 완수에게 전화를 한다.

나이가 2살 위인 조완수도 지금 진일화와의 결혼에 대해 깊은 얘기가 오고가고 있는 중이었다.

"완수 형, 오랜만이야! 어떻게 잘 지냈겠지?"

"그래, 영선아, 너도 잘 지냈어?"

"아! 근데 어제 홍철이 사는 곳에 갔다 왔는데 멋진 전원주택 짓고 너무 행복해 보이더라고 우리도 빨리 결혼식을 올려 그렇게 살아야지!"

"아! 그래 잘됐네! 우리 한번 만나서 대전쯤에서 합동결혼식을 올리는 걸 논의해 보자고…. 어때?"

"그거 좋지! 알았어."

완수는 영선의 전화를 받고 합동결혼식을 제안했다. 이에 영선도 괜찮다는 반응을 보이고 있었다. 이날 저녁 시간이 되자 이번엔 완수가 먼저 영선에게 전화를 걸고 있다. 아까 그 합동결혼식에 대해서 구체적인 생각이 떠올랐는가 보다.

"그래, 영선아, 아까 내가 한 말에 대해 더 할 말이 있으니 언제 시간 되면 만날까?"

"그래, 형, 내일 오후 1시에 대전역에서 만나서 식사나 같이하면서 얘기해 보자고."

"알았어."

이들은 한결같이, 결혼문제에 대해선 일사천리였다. 성격이겠지!

그래서 다음 날, 약속장소인 대전역으로 향한다. 완수는 진천에서 SM5를 타고, 영선은 정읍에서 쏘나타를 타고 그곳으로 달려갔다.

만나서 식사하며 이런저런 대화가 오간 이들은 더 뜸 들이지 말고 번개같이 6월 11일 대전 은행동 덕화웨딩홀에서 합동결혼식을 올리기로 잠정적으로 합의하기에 이른다.

두 사람은 그 후, 돌아서 집으로 갔다.

이들은 각각, 팽소피어아, 일화에게 그 뜻을 전했다. 그러자 그녀
들도 꽤 만족스러운 반응을 보였다. 드디어 그날이 찾아왔고 그녀
들의 고국에서 결혼식을 빛내주기 위해 가족들과 친척들이 한국으
로 왔다.

저번 홍철의 결혼식 때처럼, 이번에도 센영슈트 주식회사 옛 직장
동료들은 한 명도 빠짐없이 영선, 완수의 합동결혼식을 축하해 주기
위해 일제히 모였다.

합동결혼식은 끝이 났고 이젠 오늘부로 외국인 여성을 만나는 귀
농 4인 중에 철수만을 제외하고 모두 다 배우자를 맞이하게 되었다.

철수는 자신의 예비신부인 이라니를 데리고 이곳에 와서 결혼 분
위기를 느껴가며 미래의 자신들의 모습을 그려보는 시간들로 자리매
김했다.

이 모든 절차가 끝나고 덕화 웨딩홀 뷔페에서 식사를 할 때, 장순
과 하철은 서로 옆자리에 앉아 그들의 합동결혼식에 대해서 한심하
다는 표정과 사인을 보내고 있었고 철수가 필리핀 여성인 이라니와
함께 온 것도 웃긴다는 표정을 나타냈다.

하지만, 장순과 하철은 그래도 상대적으론 영선, 완수, 홍철보단,
철수와 조금 더 가깝게 지내는 편이다.

이런 부분은 저번 4월 8일 구로동에서 다 같이 모였을 때도 그랬고
그 전에 센영슈트 회사에 다닐 때도 그랬던 것은 마찬가지였다.

어쨌든, 장순과 하철도 겉으론 그들의 합동결혼식을 축하한다는

말을 반복하며 웃음을 잃지 않았다. 뷔페에서 식사가 어느 정도 끝나갈 무렵, 이라니가 갑자기 자리에서 일어나 한마디 한다.

"저, 아까 결혼식 끝나고 제가 축가를 불러 드리고 싶었지만, 예정에 없던 일이라 하지 못했네요. 지금이라도 오늘 결혼을 한 두 부부를 위해 제가 멋진 축가를 불러 드리겠습니다. 잘 못 하지만 한 번 들어주세요."

"아이, 그럼 아까 협조를 요청하고 그냥 하시지 그랬어요. 그래도 괜찮은데…"

"자, 우리 철수 형의 예비신부께서 한 곡 하십니다. 다 함께 박수와 함성 질러…"

"호호호. 감사합니다. 불러보겠습니다."

이라니는 현재 용인에서 갈비집 종업원을 하면서 장래 유명 트로트 가수가 되기 위해 틈틈이 노래를 연습하고 있다. 저번 3월 마지막 날, 용인 5일장 노래자랑에서 대상을 받을 정도의 실력인 그녀는 지금 이 뷔페에서 자신의 십팔번인 굳세어라 금순아를 정말 엄청난 감정을 실어 부르기 시작한다.

노래를 마치자 이를 들은 모든 이들은 너무 놀라 충격에 빠질 정도였다. 왜냐면 기성 트로트 가수의 실력을 뺨치는 어마어마한 수준이었기 때문이다. 여기저기서 앙코르 소리가 울려퍼지기 시작했다.

"앙코르, 앙코르, 앙코르, 와아! 너무 잘 부르시네요. 한 번 더 앙코르, 앙코르, 앙코르."

"와우우! 오호… 오호… 어떻게 가수들보다 노래를 더 잘하네요. 파이팅."

"이히히! 노래 수준이 진짜배기다."

여기저기에서 쏟아지는 감탄하는 소리들…

"아이, 제가 그렇게 노래를 잘하나요? 뭐! 사실 잘하기도 하지요. 키 키 킥킥킥."

"화끈하게 한 번 더 날려 주세요. 예에…"

"아! 그럼 다음엔 다른 십팔번 '홍도야 울지 마라'를 불러 보겠습니다. 갑시다."

'홍도야 울지 마라'를 부르자 이 자리에 있던 이들은 일제히 더 큰 함성을 지르며 또 재차 앙코르를 외쳤지만, 그녀는 더 부르지 않고 그만하겠다고 말하고 갔다.

식사를 마치자 각자의 집으로 발길을 옮기기 시작했다. 이로써 옛 직장 동료 총 6명 중에 3명이 짝을 찾았다. 오늘 장순은 저번 4월 11일 서울로 도망친 상미를 떠올리며 그녀와 자신이 오늘과 같은 절차를 밟았으면 얼마나 좋을까! 하는 그리움에 젖어든다. 그러나 그녀를 도저히 찾을 길이 없다.

그래서 장순이 답답한 마음에 모처럼 만난 김에 하철, 철수, 그리고 이라니와 소주 한잔 하려고 생각한다.

네 사람은 대전 은행동 덕화웨딩홀 주변의 식당으로 들어가고 있다. 웨딩홀뷔페에서 밥은 먹었으니 그냥 간단히 먹기로 한다. 어느새 시간은 흘러 어둠이 몰려오고 있다. 철수와 이라니는 용인으로 향했고, 하철은 서울로, 그리고 장순은 고성으로 돌아갔다.

하철은 아직 교제하는 상대가 없으니 그렇다 치고 그다음, 장순도 현재 상미를 찾을 길이 없으니 그렇다 치면, 이들 아직 결혼 안 한 3명 중에 그래도 빨리할 가능성이 가장 높은 이는 철수이다. 오늘 함께 동석한 이라니가 있으니 말이다. 그런데 골치 아픈 문제는 철수 부모의 반대가 이만저만이 아니다라는 것이다. 그 강도가 하늘을 찌르고도 남는다. 이 부분을 그가 어떻게 슬기롭게 헤쳐 나갈 수 있을지 사뭇, 궁금하기도 하다.

한편, 집에 내려간 장순은 고민을 거듭한다. 오늘까지 무려 두 달이나 상미를 찾을 길이 없으니 말이다. 포도, 복숭아재배가 손에 잡히질 않는다. 그만큼 이성의 무언의 힘이란 어마어마한 것인가 보다. 그래도 그녀가 눈에 보였을 땐, 이뤄지진 않았어도 힘이라도 났지만, 아예, 볼 수 없는 상황이 되어 버리니 온몸의 힘이 다 빠져나가 버리는 현상이 나타났기 때문이다.

도대체, 상미는 어디로 가 버렸단 말인가?

혹시나 하는 마음에 덕비사우나에 가보고 저번 난타전이 오고갔던 창원 마산합포구 중앙동에 있는 복싱아카데미 주변에 가보아도 그녀 닮은 그림자 하나 없었다. 반사된 그림자 하나까지도 없다.

그는 결국, 포도, 복숭아재배를 접는다. 난, 희망 없인 특수작물을 할 힘이 없다. 절친인 하철이 있는 서울 구로동으로 다시 올라가리라! 하지만, 예전처럼 회사를 들어가진 않겠다. QQ치킨체인점을 차려볼까 한다. 안 해본 일이라 힘들어도 하다 보면 못할 것도 없으리라!

처음엔 돈이 없으니 조그마하게 차리리라!

이런 생각이 머물렀던 시간이 일주일가량 흐르자 그는 귀농생활을 완전 청산하고 6월 18일 토요일에 화물차에 짐을 챙겨 다시 구로동으로 향한다.

그가 다시 서울을 향해 오는 고속도로 옆, 먼 산엔 상미의 아련한 그림자만이 빼곡하게 채워져 있을 뿐이었다.

사실, 지금 그의 정신적 구심점, 최상미는 서울역 주변 고시원에서 기거하며 소일거리를 하고 있다.

장순은 지금 서울로 향하지만, 서울이란 곳이 어디 시골동네인가!

그 넓고 복잡한 곳에서 그녀를 부딪칠 수 있는 확률이 얼마나 되겠는가?

그리고 더 중요한 것은 그녀가 지금 서울에 있다는 것도 전혀 모른다. 그런데 장순은 충주고속도로휴게소에 잠시 들러 두 달하고도 7일이 더 지나도록 보지 못한 볼 수 없게 된 그녀에게 원인 모를 카톡 문자를 보내고 있다.

장순이 다시 서울로 상경하다 충주고속도로휴게소에서 상미에게 보내는 문자

상미 씨, 무려 70일간을 그대를 볼 수 없으니 제정신이 이상해진 듯합니다. 어디에 있으신지? 으 흑. 속이 터져 특수작물을 접고 그냥 막연히 한양으로 갑니다.

혹시, 그곳에 가면 내 사랑, 상미 씨를 보게 될 수 있을까요? 도대체 지금 어디에 있습니까? 대답 좀 해 보세요. 예에…

이런 내용을 휴게소에서 보낸다.

이 문자가 간 시간은 오후 2시경이었는데 상미는 이 글을 보고 순간 깜짝 놀란다. 왜냐면 장순이 시골 생활을 접고 서울로 온다는 것이 혹시, 내가 이곳에 있다는 걸, 알고 오는 건지!

물론 온다 해도 그가 날 찾기는 쉽진 않지만, 더 신경 쓰이는 건,

내가 있는 위치를 알고 오는 것은 아닐까 하는 두려움이 앞선다.

그래도 침착해지려고 안정제인 아메리카노를 한 잔 들이킨다.

이윽고, 장순은 서울 구로동에 도착했고 하철에게 전화해서 그의 집으로 들어간다. 일단은 며칠 이곳에 있으면서 방도 구하고 QQ치킨체인점을 알아보리라!

"장순아, 귀농 3개월 보름 만에 다시 서울로 온 심정이 어때?"

"뭐, 그저 그래 인생이 원래 그렇지 뭐!"

"아! 그 상미 씨라는 여자와 잘됐어야 했는데 안 되니까, 홧김에 다시 이곳으로 온 너도 참, 대단하다. 아무튼 잊고 멋지게 새 출발을 해!"

"이것저것 생각 중이야!"

"그래."

한편, 이즈음, 용인 남사면 진목리에서 고추, 오이농사를 짓고 있었던 철수는 이라니와의 사이가 더 뜨거워질수록 마음 한구석엔 늘 어두운 그늘 하나가 있다.

너무 완강한 그의 부모의 반대 때문인데 그렇다고 그녀를 포기할 수도 없지 않은가! 때론, 그녀를 데리고 아주 멀리 도망치고 싶은 충동을 느낄 때도 있다.

이라니는 용인 김량장동에서 갈비집 알바 중인데 오늘 토요일을 맞이하여 철수와 후끈 달아오르는 밤을 보내려고 일이 끝난 밤 10시에 롯데시네마 앞에서 기다리고 있다.

5분쯤 기다렸을까! 철수가 화물차를 타고 약속장소로 도착했다.

이들은 이 화물차를 타고 전대리 쪽으로 간다. 그곳에 간 후, 소주를 먹는다.

그리고 노래방으로 들어가 신나게 노래를 부른 뒤, 밖으로 나와 실개천 산책로를 이리저리 돌아다니다가 술이 조금 깨어나자 모텔로 들어간다.

그리고 더 강한 사랑의 러브스토리를 이어간다.

그리고 다음 날 아침에 일어나 그 화물차를 타고 에버랜드 정문까지 간 후, 차를 세워 놓고 놀이공원으로 입장한다.

지금 그는 속으론 부모의 반대로 심란하지만, 이라니를 만날 땐, 절대 괴로운 표정을 짓지 않는다.

사랑의 극대점, 사랑의 물살이 메가톤급이라서 그렇다.

오늘은 일요일이라 용인 에버랜드에 온 사람들로 포화가 되어 버렸다. 그래도 이들은 신나게 놀았다. 여기저기 돌아다니다 보니 집안의 반대 때문에 골치 아픈 일도 잠시나마 잊을 수 있어서 좋았다.

해가 지고 난 후에 에버랜드 꽃 정원 조금 옆쪽에 작은 무대가 설치되어 있었고 그곳에서 외국인 가수들이 공연을 하고 있었는데 이를 지켜보던 이라니는 '자신은 가수는 아니지만 한 곡만 부르게 해 달라'라고 담당자에게 부탁한다. 그러자 담당자는 좋다고 허락해 주었다.

그렇게 되어 그녀는 마이크를 들고 그 무대 위로 올라가 또 자신의 십팔번 '홍도야 울지 마라'를 불렀다. 이 노래를 듣던 앞에 있던 많은 사람들은 엄청난 가창력에 놀라 얼굴이 완전히 굳어 버렸다.

그 후, 여기저기에서 앙코르 소리가 진동했지만, 그녀는 겸손한 마음으로 더 부르지 않고 그냥 가볍고 짧게 살사댄스를 선보이는 것으로 끝내고 무대에서 내려왔다.

아름다운 조명을 감상하는 시간들로 가득 채운 이들은 저녁식사를 하기 위해 그곳에서 나왔다. 저녁을 먹고 그녀를 화물차에 태우고 그가 사는 김량장동의 원룸에 내려주고 자신은 남사면 진목리로 갈까 하다가 순간 마음이 바뀌고 있었다. 뒤로 미룰 게 뭐 있을까!

그녀를 데리고 집에 가서 소개하겠다.

나의 미래의 아내가 될 여자라고 말이다.

이 마음 간직한 채, 그녀를 내려주지 않고 그대로 남사면으로 핸들을 돌려 버린다.

진목리, 철수는 집으로 들어간다. 그의 모친은 마루에 앉아 있었다. 이라니는 모친에게 웃으면서 인사를 한다. 그러자 모친은 깜짝 놀란다.

"아니, 뭐야? 이 아가씨가 네가 그때 말했던 그 여자란 말이냐? 나 원 참! 어휴."

"어머니 그렇게 말하지 말고 함께 안으로 들어가서 얘기를 하기로 해요."

"뭔, 얘기는 얘기야! 됐어. 어서 이 여잘 데리고 나가 버려라! 어서 나가라고…"

"어머니 이러면 안 돼요."

"나가라고 했는데 뭐하는 거야?"

"어머니 제발 그러지 말아요."

"에잇."

순수하고 우직한 임철수

철수의 모친은 아들이 계속 설득하려고 하자, 화가 치밀어 올라 마당으로 달려가더니 함박에 담겨 있던 물을 바가지에 떠서 그들에게 막 뿌린다.

순식간에 그들은 물벼락을 맞게 되었고 우울한 표정을 짓는다.

그러자 모친은 이번엔, 분이 다 풀리지 않았는지 아예, 수도꼭지를 틀어 그들에게 막 뿌린다.

물대포나 다름없었다. 그러자 철수는 그 물이 이라니에게 묻지 않게 보호하려고 자신의 몸으로 가로막으며 어머니에게 "그러지 말아요."라고 고래고래 소릴 지른다.

모친의 이 물대포를 얻어맞은 그들은 황급히 피해 다시 화물차를 타고 용인 시내로 나간다.

철수는 차를 운전하며 그만 눈물을 흘리고 만다.

"나 때문에 이렇게 된 거야! 다 나의 잘못이다. 으으윽윽윽흑흑, 미안하다."

"아니야! 철수 오빠 울지 마."

김량장동 이라니가 사는 원룸 앞에 차를 세워두고 두 사람은 걷고 걸어 유림동 방향으로 가더니 실개천 산책로 벤치에 턱 앉는다.

개천의 흐르는 물은 잔잔히 흘러 전대리 쪽으로 흘러간다. 하지만 나는 저 잔잔한 물결처럼 시간을 흘러보낼 수가 없다.

지금 내 가슴엔 지독한 가뭄이 드리워져 있다. 이 가뭄이 언제 해 갈될 것인지, 나는 모른다. 하늘이 알겠지!

그러다 이라니의 손을 살며시 잡는다. 그러자 그녀는 몸을 그에게 로 밀착시킨다. 지금 이 시간, 철수는 자신의 부덕함으로 그녀에게 물대포를 맞게 했다는 생각이 들어 죄책감에 눈물이 핑 도는 순수 한 영혼의 맑은 그림자.

또 다른 한편, 내면을 중요하게 생각하지 않고 동남아시아라는 국 적을 차별하고 있는 선입견으로 꽉 차 있는 모친을 생각하니 속이 터 질 것만 같아 서러움에 흐느끼는 심장이 두 동강이 날 것 같은 통증 을 느끼는 뼈아픈 검은 그림자가 함께 지금 이 순간, 철수의 온몸으 로 퍼져 나가고 있다.

순간, 구릿빛 물고기 한 쌍, 왼편에서 오른편으로 재빨리 달려간 다. 나도 저들처럼 아무런 제약을 받지 않고 내 옆에 앉아 있는 이와 이리저리 달려 다니고 싶다.

오른편으로 갔던 그 물고기 이번엔 왼편으로 재빨리 달려간다. 그 래! 나도 저들처럼 달리리라! 앞만 보고 달린다는 것처럼 좋은 게 어 디에 있을까!

어떻게 달릴 것인가, 그것은 바로 이것이다. 그 누가 뭐라 해도 난 오로지 이라니만을 위해서 달린다. 집에서 날 괴롭힌다면 아예 들어 가지 않아 버리겠다.

집에서도 하다 하다 지치면 내게 졌다고 투항하겠지!

이젠 네가 알아서 선택하고 사귀고 그러라고 말이야, 난 이때까지 견뎌 내리라! 내 사랑 이라니를 위하여…

"이라니 씨, 지금 무슨 생각하세요?"

"나 때문에 철수 씨가 너무 힘들어 하는 것 같아 나도 엄청 괴로워요."

"아니, 아닙니다. 우리는 하늘이 내려준 원앙입니다. 난 필사적으로 노력하여 그대를 한국 최고 트로트 가수로 만들어 놓을 거고 더 나가 세계 최고 가수가 될 수 있게 내 목숨을 집어 던지겠습니다. 사랑합니다, 이라니 씨…"

"아아, 난 너무너무 행복한 여자입니다. 이렇게 철수 오빠의 사랑을 듬뿍 받고 있으니 말이에요."

철수는 고개를 떨군 채, 자신의 지금의 상황에 대해 답답한 마음이 짓눌러 물소리를 계속 듣다 보니 속절없는 눈물을 줄줄줄 흘리고 만다.

나는 왜 이럴까! 이럴 땐 옛 직장 동료이자 외국인 여성을 만나 얼마 전 결혼한 홍철, 영선, 완수가 한없이 부럽기만 하다. 나도 그들처럼 그렇게 되어 옆에 있는 이라니와 행복한 신혼을 꾸미고 싶다. 그리고 이 사람을 위해 생을 마감하겠다.

이런저런 시간이 흘러가 버려 벌써 밤 12시가 다 되었다.

다시. 자신의 화물차가 세워진 곳으로 걸어간다. 그리고 그곳에서 빈대떡 집에 들어가 한 잔 더 한다. 막걸리와 부추전을 먹는다. 맛이 너무 좋았다.

그 후, 나와서 인근 사우나에 갔다가 나온 이들은 그녀의 원룸으로 들어간다. 원룸 안, 냉장고에 있는 소주와 두부와 김치를 꺼내 한 잔 더 하고 서로 부둥켜안고 이젠 완전히 꿈나라로 들어간다.

다음 날, 일요일 아침에 일어난 이들은 화물차를 몰고 신갈저수지로 간다. 푸른 물결을 바라보기 위함이었다. 이곳에 가니 둑 방에 많은 사람들이 와 있었다.

이들은 둑방 이리로 저리로 거닐며 다양한 대화를 하며 필사적으로 결혼에 성공한다는 결의와 함께 하다 하다 안 되면 철수가 남사면 진목리 집에서 뛰쳐나오는 방법과 그 후, 용인을 완전 떠나 수원이나 성남으로 간다는 계획을 수립하기에 이른다.

해가 질 때까지 이곳에서 돌아다니다가 차를 타고 김량장동 이라니의 원룸에 내려주고 철수는 남사면으로 갔다.

그리고 또다시 어제의 일이 재연되었다.

"야, 어제 데려온 그 외국인 아가씬 안 되는 줄만 알아! 또 데려왔다간 몽둥이찜질이 기다리고 있는 것만 알아라!"

"아, 됐어요. 어머니 아예 내가 나가 버릴 테니까! 나가면 절대 안 들어옵니다."

"뭐야! 안 들어온다고? 저런 못돼 먹은 놈 봐라! 널 위해서 해 준 소린데… 뭐, 안 들어온다고…. 그래 네 맘대로 들어오지 마라! 썩을 놈…."

철수는 더 말하지 않고 자신의 방으로 들어가 누워 버린다. 나름, 화가 치밀어 오른다. 한두 시간 아무 생각 없이 잠들어 버렸다.

그 후, 깨어났다. 시간을 보니 밤 10시쯤 되었다. 대충, 짐을 챙겨 화물차에 싣고 이라니가 있는 원룸으로 향한다.

철수는 그곳에 짐을 풀고 이젠 고추, 오이농사는 접기로 한다.

"이라니 씨, 이곳에 있으면 남사면 사람들 눈에 띄니까, 이 원룸을 나와 다른 곳으로 가기로 해요. 아까 신갈저수지에서 말했던 것처럼 수원이나 성남으로 말이죠."

"그래요. 철수 씨, 우리 내일 이 원룸에서 나가자고요."

"내 화물차에 이 짐을 다 싣고 수원 장안구 연무동 쪽으로 가기로 해요. 그곳에 가서 우리 형편에 맞게 작은 분식집이라도 하기로 해요. 내 돈으로 집도 투 룸으로 얻을 수 있을 거예요."

"그래요."

날이 밝자, 이들은 이라니의 원룸도 빼고 그녀가 알바로 다녔던 갈비집에 가서 관둔다는 말을 하고 돌아와, 모든 짐을 철수의 화물차에 싣고 수원 연무동으로 달렸다.

연무동에 도착한 이들은 공인중개사에 들려 투 룸 전세를 얻고 짐을 내린다.

그리고 공인중개사에 의뢰해 빈 상가를 얻어 분식집을 차리기에 이른다. 일사천리로 척 척척 진행되었다.

두 사람은 함께 분식집을 경영한다. 그래서 행복했다.

한편, 용인 남사면의 철수의 부모는 아들이 아예 안 들어오자 걱정되기 시작했다. 화가 치밀어 올라 순간 우발적으로 막말을 해 쫓아냈지만 그래도 내리사랑이 어디 가겠는가!

그래서 내리사랑 가슴에 품고 집을 나간, 아들 철수에게 전화를 건다. 그랬더니 안 받는다. 그래서 계속한다. 그래도 안 받는다. 그래서 지쳐 더 안한다.

그렇지만 내리사랑의 주체인 철수의 부모는 며칠 있으면 아들이 돌아올 것이라 믿는다. 과연 그럴까? 시간이 흘러가 봐야지!

사실, 지금 철수는 부모의 반대로 결혼은 못 했지만, 신혼생활을 하는 것이나 다름없다. 투 룸을 얻어 함께 살면 그게 결혼생활이지 뭐, 별거 있나?

지금 철수는 둘만의 아이를 낳아 이라니와 함께 남사면 집에 가서 상황이 이렇게 됐다고 하면 자신의 부모도 투항할 것으로 보고 있다. 괜찮은 방법일까?

모르겠다. 이 세상 모든 것은 답이 없고 시간이 흘러가 봐야 하니까 말이다.

어쨌든, 철수와 이라니는 이렇게 나름대로 절차는 미흡하지만, 대체적 결혼생활을 시작했다. 그래도 하루하루 행복하다. 행복하니까 행복하다.

다른 한편, 며칠 전, 최상미가 도망친 것에 대한 회한과 상처로 귀농생활을 박차고 나와, 고성발 서울행 기차에 몸을 실은 이장순은 안하철의 집에 며칠 머무르다가 나와 그곳에서 얼마 떨어지지 않은 곳에 방을 얻었다.

그리고 형편이 닿지 않아 QQ치킨체인점을 바로 시작하진 못하고 그곳에서 종업원으로 일하다가 어느 정도 목돈이 마련되면 단독으로 차릴 계획이다.

그러던 중, 하철이 자신이 아는 사람들과 신도림의 어느 노래방에 갔다 온 후, 장순에게 전화를 건다. 그렇게 되어 이들은 만나게 됐다.

"그래, 장순아, 밥이라도 같이 하게 전화했지!"

"음, 그랬어."

이들은 밥을 먹기 시작했는데 결국엔 하철이 정말 하고 싶은 말을
시작한다.

"야, 우리 언제 한 번 노래방에 갈까? 너무 멋진 노래방이야! 하하
하."

"글쎄, 별로 물론 한 번 갈 순 있지만… 어딘데?"

"아, 그럴 것 없이 우리 오늘 소주 한잔 하고 그 노래방에 가자고
어때?"

"뭐, 그러지."

이래서 이들은 오늘 저녁 식사를 소주를 먹고 하철의 차, 그랜저를
타고 그곳으로 달린다. 하철은 지금 반지하에 그것도 적은 월급에 시
달려도 집에다 요청하여 승용차만이라도 조금 괜찮은 것으로 타고
다닌다.

그래야 사람들에게 무시를 안 당한다는 이유다. 이것은 마음을 비
우지 못한 결과인 것 같다.

남들이 그렇게 생각하든 말든 자신만 편하면 되지 않을까? 쉽진
않다.

이윽고, 그 노래방에 들어선다. 신도림역 주변에 있는 곳이었는데
지하로 내려간다.

하철이 장순을 오늘 이곳에 데리고 온 이유는 이 노래방은 남자
도우미를 알바로 쓴다는 말은 그곳의 사장으로부터 어제 들었기 때
문이다.

만약, 장순이 이곳에서 일을 하게 되면 하루라도 빨리 목돈을 벌어 그의 목표인 QQ치킨체인점을 시작할 수 있지 않을까 하는 마음과 하나 더 현재 그는 상미를 잊지 못해 괴로워하는데 이곳에서 일을 하다 보면 어느 정도 그 상처가 희석될 수도 있지 않을까 하는 생각도 있다. 그래서 데리고 왔다. 이곳 사장은 하철을 알아보며 인사를 건넨다.

"아이고 또 오셨네요. 어제도 오셨는데… 어서 오세요."

"하하하. 저를 알아보시는군요. 오늘은 친구와 같이 왔습니다."

"그래요. 하하하…."

이들은 일단 노래방으로 들어가 노래를 부르기 시작한다. 한참 시간이 흐르자 하철은 카운터에 가서 사장과 무엇인가 얘기를 나누고 있다.

"사장님, 내 친구인데 남자 도우미로 괜찮겠어요?"

"아이고, 그럼요. 저렇게 미남인데… 본인이 원한다면 얼마든지 가능합니다."

"하하하. 네에, 알겠습니다."

하철은 다시 장순 혼자 노래 부르는 방으로 들어가 함께 신나게 노래를 부른다. 시간이 다 지나고 다시 카운터에 나와 그 얘기를 장순에게 한다.

"야, 장순아, 너 말이야! 이곳에서 하루에 한두 시간만 알바 좀 해라! 어때?"

"아니, 이곳에서 무슨 알바를?"

"음, 남자 노래 도우미인데 여자 손님들이 들어왔을 때, 들어와 노래를 불러주는 거지."

"뭐야! 난 지금껏 여자 도우미는 들어봤어도 남자 도우미는 처음
들어본다."

장순은 이 말을 듣고 깜짝 놀라며 당황해한다. 그러는 장순에게
하철은 웃으면서 말을 이어간다.

"넌, 지금 목돈이 꼭 필요하잖아! 찬밥 더운밥 가릴 처지야? 빨리
빨리 한 푼이라도 벌어서 네가 하고 싶은 그 치킨체인점을 해야 할
것 아니야? 안 그래?"

"글쎄, 사실 돈이 급하긴 하지만 이런 알바는 좀 그렇다."

"야, 뭘 그렇기 그래! 처음엔 어색해도 하다 보면 다 하게 돼! 네가
혼자 하는 게 힘들면 나도 회사일 끝나고 여기 와서 한두 시간 같이
할 수 있어! 파이팅…"

"…"

장순은 고개를 갸웃거리며 생각에 잠긴다. 그는 지금 여러 가지 심
경이 이 일을 할 수 있는 상황은 아니다. 아직도 상미를 향한 마음속
영혼 그림자가 채워져 있기에 더 이런 일 자체가 심란할 따름이다.

그리고 아무리 돈이 급하지만, 이 알바는 자신의 성격상 잘 안 맞
는 것 같다. 그러는 중, 이곳 사장이 한마디 거든다.

"아니, 뭐 하시다가 안 맞으면 안 하셔도 됩니다. 너무 그렇게 고민
하실 것 없어요."

"아아… 그런가요? 그냥 한번 해 보죠. 빨리 돈 벌어 치킨집을 해
야 하니까!"

"야아, 잘 생각했다. 장순아, 나도 할 거니까! 올 때 같이 오자고!

그렇게 파이팅."

이렇게 둘이서 남자 도우미를 하겠다고 하자 이곳 사장은 흡족한 표정을 짓는다.

왜냐면 두 남자는 나름대로 준수한 편이라 여자 손님들을 많이 끌 수 있으리라 생각하기 때문이다.

"아, 그럼 일은 언제부터 가능하신가요?"

"아네, 내일부터 가능합니다. 근데 시간은 어떻게 됩니까?"

"아, 밤 9시부터 11시 정도가 될 것 같습니다."

"아네, 딱 좋은 시간대로군요. 난 회사 일이 6시에 끝나고 이 친구는 치킨집 배달을 8시 정도까지 하거든요."

"손님이 도우미를 찾지 않으면 안 되고, 찾을 때 가능합니다. 오셔서 대기실에서 기다리면 됩니다. 그럼 내일 뵙겠습니다."

"아네, 알겠습니다."

사실, 장순도 마음 한편엔 상미에 대한 기다림의 그리움도 하늘 같지만, 또 다른 한편엔 그녀에 대한 미움도 강하게 드리워져 있다. 지금 이렇게 이 일을 하겠다는 말을 하는 이면에는 그녀에 대한 원망이 포화가 되어 자신도 분풀이하는 것도 어느 정도 작용하고 있으리라 느껴진다. 그리고 일석이조로 빨리 돈을 모아 치킨집을 차리자는 복안이 깔린 것이기도 하다.

이젠 내일부터 이곳 신도림동에 있는 YP노래방으로 밤 9시에 오기로 하고 구로동 집으로 돌아간다. 집에 들어간 이들은 소주를 한잔하고 각자의 집으로 들어간다.

6월 24일 밤 9시부터 이들은 YP노래방으로 남자 도우미로 출근 도장을 찍는다. 글쎄, 이들이 생각하는 것처럼 한 푼이라도 더 버는 쪽으로 움직여질까? 그럴 수도 있지만 안 그럴 수도 있는 게 어떤 일이다.

물론, 이 세상 모든 일이 그렇다. 분명 그럴 것이라고 생각했지만, 꼭 그렇게 안 되는 게 삶이기에 그렇다.

드디어, 첫 출근의 첫 손님을 맞이한다. 나이가 어느 정도 든 아줌마들이다.

"와아! 이렇게 멋진 남자 도우미들이 있다니 내 옆에 앉아요. 동생님! 하하하."

"아네, 그럴까요. 누님들! 낄낄낄."

이들 두 명의 아줌마들은 앉자마자 남자 도우미인 하철, 장순을 만지면서 자신의 입술을 이들의 입술에 대고 꾹 누르는 것이었다. 그러자 하철, 장순은 당황했지만, 완강히 피하진 않았다.

왜냐면 이게 다 먹고 사는 방편이라 생각하니 참아야만 한다고 생각하는 것이다. 한 아줌마가 노래를 부르기 시작한다.

쿵쿵 짝짝 쿵쿵 짝짝 룰루루루 반주 소리가 나오며 첫 노래가 울려 퍼진다. 어느새 이렇게 신나게 놀다 보니 시간은 끝나가고 있었다. 그러던 중, 한 아줌마가 장순에게 명함을 건넨다.

명함엔 구로구 대림동 미채미술학원 원장 조진자라고 적혀 있다.

"아니, 동생 내가 명함을 줬으면 그쪽 것도 줘야지! 얼른 하나 줘!"

"아네, 난 명함이라는 게 없지요. 뭐, 치킨 배달하는데 그런 게 있을 필요가 있겠어요?"

"아, 그래 그럼 동생 폰 번호라도 알려 줘!"

"아, 여기 이름하고 이 번호입니다."

장순이 번호를 알려주자 조진자는 자신의 폰에 입력을 한다. 그러자 옆에 있던 다른 아줌마는 하철에게 번호를 묻는다. 그러자 하철도 이름과 번호를 알려주자, 그녀는 자신의 폰에 입력을 한다. 그런후, 두 여인은 즐거운 표정을 지으며 활짝 웃는다.

"다음에 와서 찾을 테니까! 그때 2차 나가기로 해! 지금은 우리가 갈 때가 있어서… 가야 하니까!"

"하하하. 그래요."

이들은 첫 출근부터 인기를 끌기 시작한다. 이렇게 조금씩 조금씩 이런 분위기로 접어 들게 된 것이다. 수렁으로 빠져드는 것이다.

오늘은 이렇게 끝나고 다시 하철의 그랜저를 타고 퇴근길에 오른다. 구로동에서 옷을 만드는 회사를 다니는 하철과 치킨 배달을 하는 장순은 부업 내지 알바로 시작한 이 일이 이들의 삶의 경제적인 부분에 많은 도움이 되길 바라겠지만, 과연 절대적으로 긍정적인 쪽으로 작용할지 사뭇, 의구심이 많이 든다.

왜냐면 이곳에 오는 여자 손님들은 대체로 엄청 놀기 좋아하는 성격일 텐데, 더 문제는 그런 유흥을 즐기고 싶어 하는 본능을 관대하게 이해해 주는 남자, 즉 남편들이 이 세상에 몇이나 되겠는가? 이래서 서로서로 힘든 것이다. 그러니 가급적 부업, 알바를 하더라도 민감하게 마찰을 일으키는 일은 하지 않는 것이 좋겠지만, 이 또한 본

성적 성격으로 이뤄지는 것이라 쉽진 않다.

말도 많고 탈도 많은 세상이다.

하철과 장순은 주말 저녁을 맞이하여 오늘은 그곳에 나가지 않고 구로동에서 막걸리나 한잔 하기로 하고 들이붓기 시작한다.

한참 시간이 지나자 장순에게 낯선 전화가 걸려오고 있었다. 바라보니 어제 명함을 주었던 미술학원원장 조진자였다.

받지 않았다. 그랬더니 카톡 문자가 날아온다.

장순이 받지 않자 진자가 보내는 카톡 문자 내용

아니, 장순 씨, 전화를 안 받네! 이렇게 큰 누님이 전화하는데 안 받으면 어떻게 해, 음! 월요일쯤, 그 노래방에 가려고 하는데 내가 미리 거기 사장에게 얘기는 해 놓을 거야! 그때 봐요. 동생님 안녕.

이런 내용이었다.

장순은 이 문자를 보고 한숨만 푹 쉰다. 이 한숨이란 별 의미를 안 둔다는 의미의 몸짓으로 봐야 할 것 같다. 알바 업무적 얼른 돈 벌기 차원, 그 이상도 그 이하도 아닌 것이다.

그러나 이걸 알아야지! 한쪽은 업무적이라 생각하지만, 다른 한쪽에선 설레는 애정을 느껴버리면 이게 바로 골치 아픈 것이다.

여기서 장순이 생각하는 대로 알바하다 느낀 그 정도 차원에서 끝나면 좋지만, 그렇게 세상일이 간단하고 쉬우면 누가 얽힌 사랑을 아픔의 수렁이라 했단 말인가? 그래서 사람과 사람이 부딪치는 일은 내 마음대로만 되는 게 아니다. 완전 피하는 게 최상인 것 같은데….

다른 알바를 찾아야 할 텐데, 그래도 빨리 돈 버는 쪽으로 움직이고 있으니 말이다.

이런 깨달음의 경지에 오르지 못했다는 게 또 문제다. 이것 말고도 세상 모든 일이 적절히 피하는 게, 최선이 되는 일들이 너무 많다.

왜냐면 부딪친다고 해결되는 게, 별로 없기 때문이다. 물론 이것도 답은 아니다. 상대적 답이지!

어쨌든, 지금 이 순간, 장순은 피하는 의미로 전화도 안 받고 문자에 대해 답장도 안 했다는 게 중요하다. 일단 여기까진 잘한 것 같다.

앞으론 모르겠지만⋯.

정말, 하루 지나 월요일 오후가 되니 그 노래방 사장으로부터 전화가 걸려온다. 이따가 9시에 예약이 있으니 오라는 것이었다. "알겠다."라고 말하고 끊는다.

그 시간이 되자, 오늘도 하철의 차를 타고 간다. 노래방에 들어가자 그녀들은 미리 와서 기다리고 있었다.

"어서 와! 동생님, 여기 앉아!"

"그래요."

오늘도 저번처럼 노래를 막 부른다. 그러는 사이, 진자는 장순을 데리고 밖으로 나간다. 복도로 나간, 그녀는 말을 한다.

"장순 씨, 왜 전화도 안 받고⋯ 아아, 그건 그렇고 오늘 나하고 2차 나가자고. 내가 여기 사장에게 다 말은 해 놓았어. 그렇게 해! 알겠지?"

"아니, 난 그런 건 안 되는데⋯"

"야, 뭘, 안 될 게 있어. 되면 되는 거지 뭐! 내가 나가서 살짝 돈 많이 줄 테니까, 나가자고⋯. 알겠지?"

장순은 처음엔 어리둥절하여 거부했지만, 그녀가 돈 많이 준다고 한, 그 말에 마음이 흔들려 버렸다. 그만큼 그에겐 지금 현재 목돈을 마련하는 일이 중요했다. 그래서 "알겠다."라고 대답해 주고 만다.

그러자 진자는 너무 기뻐 펄쩍펄쩍 뛰면서 환호성을 터뜨린다.

이들이 복도에서 이러고 있을 때, 노래방 안에선 하철과 진자의 친구인 연숙은 서로 끌어안고 있었다.

아마, 그들도 벌써 2차에 대한 얘기가 오고 갔을 것으로 보인다.

진자는 연숙에게 간다는 말도 없이 장순을 데리고 쏜살같이 밖으로 나가 버린다. 밖으로 나간 이들은 그 주변에 있는 모텔을 찾아 번개같이 뛰어들어간다.

모텔에 들어간 진자는 장순을 상대로 빨간색 장미꽃을 검은색 장미꽃으로 아주 검붉게 물들여 버린 후, 약속한 대로 지갑에서 2백만 원을 꺼내어 준다.

"이 정도면 많이 준 거야? 그렇잖아? 더 줄까? 필요하면 얘기해!"

"뭐, 사실 더 주면 좋긴 하지만 내가 너무 미안해서…."

"뭘, 미안해! 자… 백만 원 더 줄게! 자 받아…."

"네에, 너무 감사합니다."

장순은 한순간에 3백만 원을 버는 기염을 토해 내고 얼떨떨함을 느낀다. 돈이라는 것을 이렇게 빠르고 쉽게 벌다니!

진자는 나갔고 장순도 나갔다. 진자는 택시를 타고 떠났고 장순은 흥분된 심장을 가라앉히고자 신도림천으로 간다.

그곳에 가서 여기저기 돌아다니며 숨을 크게 들이마신다. 장순은 신도림천을 돌아다니다가 혼자 포장마차에 가서 소주와 회를 실컷 먹는다. 300만 원이라는 거액을 팁으로 받았으니 말이다. 그런 후, 집에 갔다.

한편, 노래방에 남아 있었던 연숙과 하철은 노래를 다 마치고 나와 모텔로 들어가 빨간색 장미꽃을 검은색 장미꽃으로, 마구 검붉게 색칠을 했다.

그 후, 호프에 들어가 생맥주를 하며 행복한 시간들로 채워 갔다. 하지만 하철은 장순처럼 그렇게 많은 돈을 그녀에게서 받지 못했다. 50만 원 받았다. 하철은 술을 먹었기에 운전할 수 없어서 대리를 불러 집으로 갔다.

장순은 집에 들어가 들뜨기 시작했다.

이렇게 빠르게 돈을 번다면 머지않아 자신의 목표인 치킨집을 차리는 일도 가능하기 때문이다. 그리고 그리 개인적으론 원치 않은 관계였지만 그래도 그런 아줌마와 애정 관계가 이뤄지니 상미에 대해 들끓었던 불길 같은 화살이 다소나마 무뎌지는 기운도 맛보게 된다. 이렇게 인간이 간사한 것이다. 분산효과이다.

이렇게 나이 많은 여자와 관계도 맺고 돈까지 받았으니 앞으로 그녀에게서 전화가 오면 계속 받고 호응해 줄 게 뻔해 보인다.

장순 자신도 예전에 상미가 나이 많은 덕비사우나 김 사장과 데이트한다고 난리를 쳤던 인물인데 이젠 본인도 나이 많은 여자와 데이트를 하는 상황이 되었으니 이것을 어떻게 설명할 것인가?

그 상미 경우는 애정 관계이고, 이 자신 경우는 알바 관계이니 다른 차원이라고 생각할지 모르지만, 뭐, 그리 따질 것도 없다.

그 관계든, 이 관계든, 사람과 사람이 나누는 육체관계는 똑같지 않은가? 그러다가 정들고, 이러다가 정들기도 하니까 말이다. 본인의 문제는 애써 합리적으로 미화시키려고 부단히 애를 쓰겠지!

아무튼 나이 든 그녀에게 쏠릴 수밖에 없는 분위기가 되어 버렸다.

그런데 7월을 코앞에 두니 날씨가 무서운 느낌이 들 정도로 무덥고 끈적이기 시작했다. 이것을 피할 수 있는 방도는 없다. 어쩌면 인간은 여름 때문에 더 빨리 늙고 지치고 주름지는 게 아닐까! 생각된다. 사실 한국은 사계절을 무색하게 할 정도로 구분이 서질 않는다. 두 계절이라고 봐야 할 상황인 것 같다.

어쨌든 엄청 더워졌다.

이 무렵 다른 한편에선 이 더위에 귀농생활에 잘 적응하며 외국인 여성들과 결혼까지 하여 행복한 삶을 사는 3인방, 충북 진천의 조완수, 강원도 홍천의 김홍철, 전북 정읍의 최영선은 특수작물들이 높은 수확과 수입을 올리기 위하여 이런 날씨에도 아랑곳하지 않고 구슬땀을 흘리고 있다.

이 3인방은 이장순이 귀농생활을 접고 다시 서울행을 택한 사실을 알 리가 없다. 서로 그런 소식은 주고받지 않으니까!

센영슈트 봉제공장 출신 귀농 5인방 중에 1명의 이탈자가 나왔다는 사실을 말이다.

어쨌든, 이 3인방은 농업에 전력투구 중이다.

더위여, 가라!

오로지 농업만을 생각하며 일하는 바로 이 농업 살리기 정신이다.

그런데 이들은 근면하고 우직한데 부인들도 이들처럼 그렇게 똑같은 성향은 아니다. 이게 인생의 문제가 되기도 한다.

내 마음 같지 않다는 것 말이다.

열심히 피땀 흘려 농업 살리기에 몰두하고 아내인 그녀들을 아끼고 사랑하는 남편의 마음과 똑같지 않다는 고독하고 외로운 측면이 올 수 있다.

물론, 이런 문제는 외국인 여성들을 선택했을 때에만 나타나는 현상은 아닐 것이다. 한국인 여성을 선택했어도 동일한 고독과 외로운 측면은 도사리고 있다.

뭐 하나 완전하고 완벽한 게 없으니 그저 마음을 비우려고 노력하는 수밖에 없는데 그렇다고 인간이 욕심을 비운다는 게 그리 쉬운 일인가?

욕심꾸러기들인데… 오로지 자신 한 몸을 위한 욕망으로 똘똘 뭉쳐진 주체가 아닌가?

평온할 것만 같았던 이들 부부들에게도 한 쌍씩 문제가 드러나기 시작했다.

먼저, 진천에 완수의 부인인 일화는 시내에 예솔갈비 집에서 일을 하는데 어느 식당이든지 다양한 손님들이 들어오는 곳이 아닌가?

7월 초 어느 날, 예솔갈비에 주변 신축 빌라 공사장에서 일하는 한 인부 남자가 들어왔는데 일화를 보고 야릇한 미소를 지으며 이런저런 말을 붙인다.

원래, 남자든 여자든 상대방 이성에게 말을 붙인다는 것은 어떤 다른 관심이 있기 때문이 아닐까? 지극히 상투적이고 형식적인 말이라고 해도 말이다.

7월 1일 금요일 그 주변 신축 빌라 공사장 한 인부가 들어와 그녀에게 관심을 나타내는 표현을 간접적으로 한다. 글쎄, 이 표현은 직접적인 것 같기도 하다.

"어어! 아가씨 너무 예쁜데요. 왜 이리 예쁜가요? 하하하."

"아이! 제가 뭘 그렇게 예쁘다고 그러세요. 호호호."

바로 이 표현 말이다. 간접, 직접이 섞인 표현 아니던가? 모르겠다. 아무튼 이 한마디에 일화는 흔들린다. 이렇게 호응을 하니 자신에게 관심을 나타내는 줄 알고 그 인부는 속으로 생각한다. 기회 되면 적극 공세를 펼치리라. 이렇게.

여자 입장에선 그냥 인사치레로 웃으면서 한마디 툭 던졌다고 하더라도 이것을 남자 입장에선 그렇게 생각하지 않는다. 무언의 메시지를 던졌다고 판단해버린다.

자신에게 뭔가 전진할 수 있는 공간을 열어 줬다고 판단한다. 그래서 여자 입장에선 아예 이런 문제로 화근이 되고 싶지 않거든 웃지도 말고 말을 아예 안 하려고 노력해야겠다. 심지어 말 한마디 없이 살짝 미소만 지어도 남자들은 그것을 자신에게 던지는 관심이라고 생각한다.

물론, 사실 그럴 수도 있지만 반대로 아닐 수도 있을 것 같다. 어쨌든 어지러운 세상에 살고 있다. 평온할 수 없는 삶이다.

뭐, 특별한 대체 수단도 없다. 절제하라!

오늘 저녁에 이 식당에 들어와 이런 일이 생겼으니 그 남자 인부가 또 이곳에 들어오지 않겠는가? 안 들어오면 그게 이상한 일이지! 식사 마치고 나가면서 아닌 게 아니라 한마디 더 한다.

"아가씨, 주말 잘 보내고 다음 주 월요일에 봐요."

"호호호. 그래요."

일화는 웃지 않아야 하는데 또 웃었다. 다음 주 월요일엔 분명 더 전진할 여지를 부여했다. 이것도 팔자다. 며칠 지나 그 남자 인부와 얽히고설키는 팔자 말이다.

남편 완수는 일화가 섹시한 매력을 지닌 여성이 아닌 그저 통통한 후덕한 살림형으로 생겼기에 그런 이성 문제엔 둔감할 것이라고 판단하고 있다.

즉, 남성들을 별로 안 좋아할 것으로 본다. 끼가 없을 것이라고 말이다. 그래서 식당에서 일하는 것도 그냥 무방비로 둔 것이다. 그런데 문제는 완수의 엄청난 착각이다. 섹시하게 생긴 여자만이 끼가 강하고 행동으로 옮기고, 후덕한 살림 형은 끼가 없고 행동으로 옮기지 않는가?

누구 마음대로 그렇게 기계적으로 착착 움직일 것인가?

인간의 마음을 그리 물길처럼 단순하게만 생각하는가?

이 답답한 남자 완수 씨! 본능은 외모와 비례하지 않는다는 것을 직시하라!

정말, 며칠 지나 월요일이 되니 그 인부가 저녁식사를 위해 예솔갈비에 들어온다.

"안녕하세요. 또 왔어요. 아가씨 보고 싶어서…"

"아아! 절 보고 싶었단 말이에요? 히히히히히"

또 웃었다. 결국 이 웃음 때문에 큰 화근이 오겠다. 그 남자 인부는 식사를 마치고 셀프 밀크커피를 들고 밖에 나가 담배를 한 대 피우며 커피를 마신다.

그리고 가지 않고 서성이고 있다. 일화 때문이다.

8시 30분쯤, 식당 일이 끝나고 그녀는 퇴근하기 위해 밖으로 나오고 있는데 그 인부가 다가와 말을 붙인다.

"이제 퇴근하십니까? 여름이라 날씨가 푹푹 찌는군요."

"어! 아저씨 아직 안 가셨어요? 아까 6시에 식사하셨잖아요."

"예, 그랬지요. 그런데 아가씨와 데이트 좀 하려고 기다렸지요. 낄낄낄."

"네에, 저와 데이트를… 아! 근데 전 결혼한 사람입니다."

그 인부는 그녀의 이 말을 듣고 그리 대수롭지 않다는 표정을 지으며 미소를 띤다.

"아! 뭐, 다 그런 거지요. 아가씨는 통통해서 내가 좋아하는 스타일입니다."

"하하하. 절 이상형으로 생각하다니… 아네! 감사합니다. 호호호."

그러자 그 인부는 느닷없이 그녀를 끌어안는다. 일화는 깜짝 놀란다. 그 인부는 자신의 화물차에 그녀를 태우고 어디론가 떠나려고 한다.

"자아, 내 화물차에 탑시다. 우리 오붓하게 데이트 좀 하게"

"안 돼요. 안 돼."

일화는 안 타려고 몸을 이리저리 움직인다. 그러자 그 남자는 기습적으로 자신의 입술을 그녀의 입술에 대고 세게 꾹 누른다.

식당 옆에 위치한 주차장의 가로등불빛은 이들의 얼굴을 더욱 환하게 비춰주는 역할을 하기에 충분했다.

그런데 문제가 생겼다.

남편인 완수가 자신의 일을 마치고 아내를 태우고 가기 위해 승용차를 몰고 이곳에 다다랐다. 그 순간 완수는 그 남자 인부가 아내인 일화에게 입을 강제로 부딪치고 있는 것을 목격한다. 성격이 엄청 급하고 완고한 완수이다.

그는 차에서 내리자마자 더 볼 것도 없이 그 인부를 오른손 주먹으로 아주 강하게 얼굴을 친다.

그리고 일화를 향해 귀싸대기를 휘갈긴다.

"아니, 여기서 뭐 하는 짓이야! 이것들이 정말! 이런 시발 것들 좀 봐라, 에잇."

"아아악 어어억, 으윽…"

성격이 하늘을 찌를 정도로 강하고 완고한 완수는 이 장면 하나만으로 더 볼 것도 없이 바로 이혼 결심을 하게 된다.

그녀를 차에 태우고 집으로 간다. 한편, 뜻밖의 스트레이트를 얻어맞은 그 인부는 아픈 얼굴을 감싸며 돌아갔다. 집으로 간, 완수는 상황을 물을 것도 없이 바로 갈라서겠다고 말한다.

"내 더 묻지 않겠어. 거기서 뽀뽀를 하고 있어? 내일 당장 이혼절차를 밟는 거야!"

"아니, 그게 아니란 말이야! 내가 그냥 당한 거라고…"

"이게 정말 말 같지도 않은 소릴 하고 있어. 그런데 그렇게 가만히 즐기고 있어? 자꾸 쓸데없는 소리 하지 말고 내일 그렇게 되는 줄 알아!"

"으윽흑…"

"뭘, 잘났다고 울어! 어서 저쪽 방으로 가서 자고 내일 이혼 준비해!"

일화는 심한 충격을 받고 울며 다른 방으로 갔다. 정말 다음 날이 되어 완수는 이혼 절차를 밟고 있다. 그 후, 얼마 지나자 이들 부부는 그렇게 헤어졌다.

평소, 여성의 웃는 얼굴이 얼마나 위험한지 보여준 전형적인 케이스이다. 일화는 진천을 떠나 수원으로 가서 식당일을 알아볼 생각이다. 완수는 당분간 휴식을 취하며 자신만의 삶을 돌이켜볼 계획이다.

완수는 이 일로 인해 급격히 말수가 없어졌고 심각한 우울증에 사로잡힌다. 오랜 시간이 지나야 할 것 같다. 그럼 조금 나아지기도 하겠지!

그렇지만, 이번 일은 센영슈트 귀농멤버들에겐 말하지 않으려고 한다. 그가 더 뼈저리게 느낀 것은 '엄청난 고통이 왔을 때, 이 세상 그 누구에게도 말해봐야 아무 소용없다'는 진리다.

진짜 진리는 혼자서 생각하며 일정 시간을 흘려 보내야 한다는 것!

바로 이것이었다.

왜냐면 듣는 이들은 겉으론 위로한답시고 이러쿵저러쿵 말하지만 속으론 자기 문제처럼 정말 가슴 아프게 받아들이고 인식하겠냐는 것이다. 절대 아니지! 그럴 수가 없지! 같은 몸으로 형성되어 있지 않은데, 일체가 아닌데… 괜히 다른 데 가서 흉보고 다니지 않으면 다행일 정도이다. 그러니 홀로 깊은 절대 명상이 필요한 것이다.

이렇게 그가 생각하는 시간을 흘려보내고 있는 중이다.

날씨는 여름의 정점을 향해 치달고 있었는데 외국인 여성과 결혼했던 3인방 중에 한 명은 이혼을 했고 이젠 두 명만이 결혼생활을 하고 있었다. 먼저 홍천의 홍철은 올, 여름휴가를 부산해운대로 계획하고 있다.

그래서 예전부터 친했던 영선에게 전화를 한다. 왜냐면 부부동반으로 피서를 생각하기 때문이다.

그 후, 완수에게도 전화를 한다. 그 부부도 빼놓을 수 없다고 생각해서인데, 전화한, 홍철은 답답함을 느낀다. 완수가 전화를 안 받기 때문이다.

그래서 카톡 문자를 보낸다.

완수가 전화를 안 받자 홍철이 보내는 카톡 문자 내용

완수형, 잘 지냈지? 근데 통화가 안 돼서… 이번 휴가를 영선이 형과 완수 형과 같이 부부동반으로 가려고 하는데! 이미 영선이 형은 OK 했고 이젠 형만 남았는데 왜 그렇게 통화하기가 힘들어? 아니 무슨 일이 있나? 이 글 읽고 답장 좀 하라고!

이런 내용이었다.

그러나 성격이 엄청 강하고 완고한 완수는 이미 얼마 전, 이혼한 상태였다. 그리고 완수는 지금 그 누구와도 통화나 문자를 주고받지 않는다. 그만큼 예민해져 있다.

결국, 영선, 홍철 두 부부만이 이번 여름 부부 동반하여 해운대로 떠났다.

7월 26일부터 29일까지 4일간의 휴가였다. 영선의 아내인 팽소피어아, 홍철의 아내인 우엔티늉은 결혼하고 처음으로 떠나는 피서가 마냥 즐겁고 행복했다.

강원도 홍천에 홍철의 집에서 다 같이 만나기로 했다.

홍철이 승합차를 렌트하여 갔는데 텐트도 준비하였다. 이윽고, 피서 첫날밤이 되자, 여기저기에서 환호성을 터뜨리는 수많은 피서객들의 함성 소리가 해운대의 밤을 더욱더 뜨겁게 달궈 주었다. 텐트를 다 친, 이들은 소주를 한잔 하기 위해 횟집으로 간다. 뭐니 뭐니 해도 소주엔 회가 최고가 아니던가? 물론, 분위기에 따라 다르지만! 어쨌든, 이들은 그곳에 들어가 소주와 회를 막 들이붓는다.

만취가 되어 버렸고 이젠 이 기분을 더욱 업그레이드시켜 줄 수 있는 노래가 기다리고 있다. 그래서 그곳으로 간다. 노래를 부르던 도중, 우엔티늉은 토할 것 같다며 밖에 나가 구역질을 하며 꽥꽥거렸다. 홍철은 그것도 모르고 계속 노래에 빠져 있다. 그런데 그녀가 밖에서 고개를 숙이고 몹시 괴로워하고 있을 때, 그곳을 지나가는 한 남자가 있었는데 그는 그녀를 보고 안쓰럽게 여겼는지, 아님, 그녀의 너무 뛰어난 완벽 몸매에 넋을 잃어서 그랬는지, 둘 중 하나겠지만, 그는 가까이 다가와 등을 두드려 주며 부드러운 목소리로 말을 한다.

"아니, 어디가 안 좋으세요? 너무 술을 많이 드셨나 봐요? 괜찮겠어요?"

그러자 그녀는 깜짝 놀란다. 뒤를 바라다본다. 낯선 남자였다.

"아! 누구시죠?"

"술 많이 드셔서 토할 것 같은가 봅니다. 그래서 좀 두드려 드린 겁니다."

"아아! 그래요. 너무 감사합니다. 미안하게…."

"아니, 아닙니다."

그녀는 모래밭에 주저앉아 버린다. 그러자 그 낯선 남자는 얼른 마트로 달려가 사이다를 사가지고 온다.

"사이다를 마시면 좀 나아질 겁니다. 드세요."

"아이고, 고마워요."

우엔티늉은 사이다를 주는 남자가 누군지 몰라도 마냥 마시고 있다. 그 남자는 그녀의 눈을 계속 바라본다. 그녀는 지금 술에 취해 알딸딸한 상태이다.

그 취기였는지 자신을 바라보는 그 남자가 그냥 좋아 보였다. 그래서 미소를 보낸다.

그 남자는 한국 사람이었는데 그녀의 미모에 반해 순간 힘들어하는 장면을 보고 동정을 느껴 그랬다. 이렇든 저렇든 이런 상황이고 그녀 또한 미묘한 관심을 보이고 있다는 것이다. 그래서 둘은 모래밭에서 저 멀리 보이는 어둠 속의 보일까 말까 할 정도의 물결을 바라보며 앉아만 있었다.

그 남자는 스마트 폰을 꺼내어 그녀에게 번호를 알려주었다. 그녀도 무엇에 홀렸는지 자신의 번호를 알려 주고야 만다.

그 남자의 이름은 이희라라고 적혀 있다.

"아! 이름이 너무 좋아요. 우엔티늉 씨. 하하하."

"그쪽도 이름이 너무 좋은데요. 이희라 씨. 호호호. 근데 저 노래방에서 기다리는 사람들이 있어서 그만 가봐야 해요."

"그러세요. 전, 모레까지 있다가 갈 예정입니다. 전화주세요."

"그럴게요."

그녀는 웃어가며 걸어서 다시 노래방으로 들어간다. 들어갔더니 그들은 계속 신나게 노래를 부르고 있었다. 그 후, 몇 분이 지나자 노래 부르는 것도 지쳐 퍽 하고 쓰러져 버린다. 팽소피어아가 얼른 카운터에 가서 음료수를 사들고 오자 마셨다.

그리고 나온다. 나온 네 사람은 이리저리 모래밭을 돌아다닌다.

술도 깰 겸, 또 노래를 부르느라 지치기도 했다. 그래서 돌아다니는 것이다. 그러다 보니 깼다.

그리고 잠을 이루기 위해 텐트로 향한다. 이들은 각각 다른 텐트를 치고 두 쌍이니까 말이다. 누웠다.

그런데 이번엔 팽소피어아가 낯선 분위기에 잠이 안 오는지 밖으로 나간다. 공교롭게도 우엔티늉도 같은 현상이 나타나 밖으로 나온다.

그녀들은 두 눈이 마주쳤다.

"어! 늉 씨, 잠이 안 와서 나왔어요?"

"아! 그래요. 피어아 씨, 이곳 분위기가 너무 좋아 잠이 안 오는 것일까요? 하하하."

"그러게요."

"좀 더 걸어가 볼까요."

"그래요."

영선과 홍철은 만취된 채, 깊은 잠에 들어버렸는데 그녀들만이 잠이 오지 않아 나와서 걸어 다닌다. 한참을 걸었을까! 그들은 잠시 앞의 바위에 앉아 쉬고 있다.

이러는 사이에 아까 우엔티늉에게 전화번호를 알려 주고 갔던 이희라가 친구 두 명과 같이 이곳으로 걸어오고 있다.

희라가 그녀들이 이곳에 있다는 것을 알고 온 것은 아니다. 우연의 일치였다. 희라의 일행들도 남자들끼리 이곳에 온 것이기에 이 밤이 외로웠는지 무엇인지 그냥 돌아다니고 있다. 우엔티늉과 희라는 두 눈이 마주쳤다. 서로는 조금 놀라는 표정을 자아낸다.

"어! 늉 씨, 또 이곳에서 보게 되는군요. 하하하."

"아네, 희라 씨, 아까 그 그런 호호호. 킥킥킥."

"아니, 늉 씨, 이분들 아는 분들입니까?"

"아네, 피어아 씨, 그냥 알게 됐지요."

희라의 일행들은 자연스럽게 그 바위에 걸터앉는다. 이렇게 되어 다섯 명이 같은 바위에 앉아 얘기를 나누게 된다. 늉은 신난 얼굴이지만, 피어아는 다소 신경을 많이 쓰는 얼굴이다.

멀리 떨어진 텐트에서 영선이 잠을 자고 있기 때문이다.

그래서 피어아는 피하려고 일어나고 있는데 또 다른 한 남자가 말을 건넨다.

"저! 잠시만요. 좀 더 얘기를 나누다가 가세요. 너무 예쁜 아가씨?"

"…."

걷잡을 수 없이 정처 없는 로맨스

피어아는 피하려다가 이 말 한마디 예쁜 아가씨라는 말에 더 피하지 않고 멈칫거린다. 한국 여성이나 외국 여성이나 본성은 똑같다. 그 말에 흔들린다는 것은….

예쁜 아가씨라는 표현 말이다.

어쨌든, 흔들렸으니까 멈칫거렸겠지! 왜 얼른 안 가고 서 있는 것인가?

한 남자가 벌떡 일어나 그녀의 앞을 가로막는다.

그녀의 어깨에 손을 대고 앉힌다.

그러자 앉는다. 그리고 더 얘기를 나누기 시작한다.

지금 상황이 이렇게 되자, 세 명의 남자 중에 한 명이 자신은 짝이 없기에 눈치를 채고 사라진다.

그렇게 되어 그녀 둘과 남자 둘의 자리가 형성되었다.

화기애애한 분위기가 오고 가더니 희라가 능을 데리고 다른 곳으로 이동을 하는 것이었다. 그래서 이젠 이곳에 남은 건, 한 남자와 피어아이다.

조금 떨어진 곳에서 각각 데이트하던 중, 지금 이 시간, 텐트에서

잠을 자고 있던 영선, 홍철은 모기가 들어오는 바람에 잠에서 깨어
났는데 시간은 꽤 지났는데 아내가 없자, 이상하다 생각하고 밖으로
나온다. 밖에 나온 이들은 생각한다. 그녀들이 같이 바람 쐬러 어느
곳으로 갔을 것이라고 그래서 이들은 함께 이곳저곳 돌아다닌다.

한참 동안 찾았을까! 아내가 바위 위에서 모르는 남자와 데이트하
는 장면이 포착되었다. 그들은 당황스러웠다.

자신들이 텐트에서 잠이 든 사이 그 틈에 밖에 나가 어떻게 저런
일이 생길 수 있단 말인가! 참, 이상하다는 생각도 해본다.

혹시, 아는 사람을 이곳에서 우연히 보게 된 것일까! 이런 생각도
한다. 그러나 그것은 아니다. 아닌 게 바로 나타나기 시작했다.

영선은 한 남자가 피어아의 입술을 향해 입술을 대고 꾹 누르는 장
면을 목격했다.

그리고 홍철도 한 남자가 늉의 입술을 향해 입술을 대고 꾹 누르
는 장면을 목격했다. 그러니 아는 사람을 피서지에서 보게 되어 잠시
대화를 나누는 그런 차원이 당연히 아니다. 번개 같은 만남이 이곳
에서 이루어져 버린 것이었다.

그들은 각각 조금 떨어진 다른 바위에서 밀월을 즐기고 있는 그들
을 향해 맹렬히 돌진하고 있다. 그것도 고함을 지르며…

그러자 놀란 그녀들은 몹시 충격적인 표정으로 바뀌어 버렸다. 그
들은 그녀들의 남자들을 향해 온 힘을 다해 스트레이트를 날린다.
그러자 그 남자들은 쓰러졌다.

영선은 피어아를 데리고 텐트로 갔고, 홍철은 늉을 데리고 텐트로
갔다. 그 후, 그는 그녀를 마구 때리진 않고 고함을 지르며 격분을 감

추지 못하고 있다.

"아니, 이게 어떻게 된 일이야? 도대체 금세 나가서 그게 무슨 짓이냐고?"

"…"

"왜, 말이 없는 거야! 피서는 끝이다. 짐 챙겨 지금 당장 올라가자고…"

"…"

그녀는 계속 아무런 말도 하지 못했다. 입술까지 서로 부딪치는 모습이 발각이 났으니 더 뭐라고 말할 수 있겠는가! 부랴부랴 짐을 챙긴 이들은 분함을 억누르지 못하고 승합차에 올라타 강원도 홍천으로 향하였다. 아까, 영선, 홍철에게 스트레이트를 맞고 쓰러진 남자들은 뒤늦게 일어났으나 통증이 몰려와 계속 바위에 앉아 있다.

그 후, 자신들을 때린 이들을 찾으려 했으나 그들은 이미 떠난 후였다.

홍철은 승합차를 운전하면서 시종일관 침묵만을 유지했다.

그만큼 격분이 포화가 되어 있다는 것이다. 이윽고, 밤새워 달려온 승합차는 홍천에 다다랐고 그곳에 도착하여 홍철의 집으로 들어갔다.

영선, 홍철은 같은 방을 사용했고, 늉, 피어아는 다른 방에서 잠을 잤다. 4일간의 계획으로 떠났던 피서는 1박을 못 버티고 끝이 났다.

다음 날이 되자. 영선은 피어아를 데리고 전북 정읍으로 내려갔다.

영선의 성격으로 봤을 때, 갈라서는 일밖에 없을 것 같다.

이날, 홍철도 일찌감치 갈라서는 일에 대해 알아보고 있다. 이에 그녀들은 갈라설 것을 대비하여 뭐라도 하나 더 가져가려고 궁리를 하던 끝에 마침 그때 남편인 홍철이 인삼, 옥수수 재배하고 한우를 판 돈, 2천만 원을 책상 서랍에 넣어 두고 잠시 집을 비운 사이, 능은 그 돈을 훔쳐 그대로 도망쳤다.

한편, 정읍으로 간, 영선도 이혼 문제를 알아보기 위해 나간 틈에 피어아는 방 이곳저곳을 뒤적이다가 장롱 속에 농협에 가서 융자해 온 돈 천만 원을 발견하고 그 돈을 가지고 그대로 도망쳤다.

홍천에서 2천만 원을 훔쳐 달아난 능이 피어아에게 전화를 했다. 서로 만나서 서울로 올라가 일자리를 알아보기 위함이었다. 그래서 연락이 닿아 만났고 서울로 향했다. 이날, 집에 들어온 영선, 홍철은 부인이 안 보이자 놀랐는데 더욱 충격적인 일은 책상 서랍과 장롱 속의 돈이 없어졌다는 것이다.

이 일로 이들은 엄청난 고통을 겪었다. 그야말로 망연자실 상태를 맞는다.

이렇게 되어 외국인 여성을 만나 결혼까지 했던 3인방들은 오늘부로 모두 파경을 맞는다. 영선, 홍철은 서로 전화를 주고 받았는데 유사한 경우가 벌어지니 참으로 참담하기 그지없다.

"영선이 형, 모레 수원에서 만나서 소주 한잔 하자고. 괴로운 사람들끼리 한잔 해야지!"

"그래, 모레 수원 남문에서 저녁에 만나자고… 가기 전에 전화할게!"

이들은 심각한 충격을 받고 만나서 알코올로 상처를 치유하려고 생각한다. 사실, 이런 경우에 알코올로 치료하는 방법은 나름의 일시적 미봉책에 불과하고 근본적 해결책은 마음을 완전 비우는 것이었다. 그러나 그게 그리 쉬우면 술 소비량이 현저히 줄 것이다.

해운대 피서에서 밤에 본 그 입술 부딪치는 장면 하나만으로 결혼 생활이 끝이 나서 현실적인 무거운 짐을 내려놓을 수도 있었지만, 물론 쉬운 일은 아니다. 그래도 더 시간이 지나고 그녀들이 그 남자들을 계속 만났다면 더 큰 사태로까지 번졌을 것은 기정사실이다.

그러니 그 소소한 장면 하나만이었다, 꼭 이렇게 볼 수도 없었으리라!

어쨌든 서로 같은 괴로운 처지에 있는 남자들끼리 위로의 시간을 갖기로 마음먹는다.

어쨌든, 이들은 서로 약속한 수원 남문에서 만나 소주와 삼겹살을 먹는다. 한참 동안 소주를 마신 홍철은 완수가 최근 계속 연락이 안 되어 걱정이 되는 마음이 들었는지 그에게 전화를 건다. 그러나 완수는 끝까지 받지 않는다.

이들은 완수 형에게 무슨 큰일이 생겼을 거라고 추측한다. 그렇지 않고는 자신들의 전화를 그리도 받지 않는다는 게 이상하다는 것이다.

그래서 내일은 충북 진천에 완수 형의 집에 한번 가보리라 생각한다. 그런 생각을 하며 밖에 나온 이들은 노래방으로 들어가 노래를 부르고 나와 숙소를 찾아 들어갔다.

날이 밝자. 홍철의 K5를 타고 진천으로 달려간다. 그래도 이들과 친밀한 사이였던 완수가 아니겠는가! 저쪽이 장순, 하철, 철수가 셋이서 그렇게 친밀한 사이였다면 이쪽은 홍철, 영선, 완수가 옛 센영 슈트 시절부터 친밀한 사이였다. 물론, 그렇다고 저쪽 3명과 이쪽 3명이 적대적인 사이는 절대 아니었다. 그냥 상대적으로 조금 더 친밀했다는 것이다. 어쨌든, 그 둘은 지금 이 시간 완수 형을 찾아 나서 진천 덕산면 용몽리에 도착했다.

산기슭에 있는 그의 집 앞에 차를 세우고 잠시 앉아 있을 때, 완수가 옆에 있는 밭에서 걸어오고 있다.

이들은 얼른 차에서 내려 그에게 다가가 말을 한다. 완수는 놀란다.

"아니, 완수 형, 왜 요즘에 전화도 안 받고 무슨 일이 있어? 걱정되어 온 거야!"

"아아! 그랬어. 난 요즘 엄청 괴로운 일이 있었지! 으으으으으 으윽흑 여기까지 날 위해 오느라고 힘들었을 것 같은데 들어가 뭐라도 좀 먹자고…"

이들은 응접실로 들어가 이런저런 얘기가 오고 간다. 그러다가 완수는 최근 자신이 겪은 파경 문제에 대해 말을 한다. 그러자 그들은 순간 깜짝 놀란다.

사실, 자신들도 최근 같은 문제가 있었는데 어떻게 그렇게 이럴 수가 있단 말인가!

"아니, 완수 형에게 그런 일이…. 우리도 며칠 전에 그런 일이 있었고 또 더 화나는 건, 그 여자들이 우리의 돈을 가지고 도망쳤다는 거야!"

"어어! 너희들도 그런 일이 벌어졌단 말이야? 아아! 너무 힘들다. 우린 왜 이렇지?"

"으윽흑…. 형이 얼마나 힘들었으면 우리 전화까지 안 받았을까!"

이들은 서로의 사정을 듣고 서로 위로하며 음료수와 과일을 먹고 있다. 한 시간쯤 지났을까! 이들은 진천 시내로 나가 서로의 답답한 신세를 하소연하는 의미로 소주를 먹기 시작했다. 그러다 보니 점점 어둠이 몰려오는 저녁을 맞이하고 있다.

"아! 근데 더 이상 시골에 있고 싶지 않다. 서울로 다시 올라가려고 해!"

"아니, 완수 형, 그건 좋은데 올라가서 뭘 하려고 계획은 세웠어?"

"아아! 그건 일단 올라가서 생각하려고 해! 가면 좋은 수가 있겠지! 뭐."

순간, 영선, 홍철도 귀농을 접고 서울로 가고 싶은 충동에 사로잡힌다. 그래서 완수의 생각과 일치하고 있다. 동병상련의 일치라고 봐야 한다.

"아니, 완수 형, 그럼 우리도 같이 가려고 하는데… 내 생각엔 예전처럼 봉제공장 센영슈트 같은 곳에 들어가는 게 아니라 우리끼리 동업으로 할 수 있는 일을 연구해 보자고… 작은 사업이라도 말이야!"

"뭐! 그것도 좋지. 자, 마셔, 구로동 말고 대림동 쪽에 거처를 마련하고 구체적으로 뭘 할지 생각을 해 보려고 해!"

7월을 하루 남겨 놓은 이들은 진천 시내에서 소주를 먹으며 다시 서울 상경에 대한 깊이 있는 계획을 수립하기에 이른다.

한참 동안 마신 소주로 만취한 이들은 그곳에서 나와 노래방으로 들어간다. 있는 힘껏 노래를 부르고 부른다. 지쳐 쓰러질 때까지 부른다. 하지만, 실제로 쓰러지진 않았다. 그 후, 밖으로 나와 사우나로 직행한다. 그리고 그곳에서 잠을 잤다.

날이 밝아 7월 마지막 날이 되었고 이들은 홍철의 차를 타고 완수의 집으로 간다.

이날은 시골집에서 같이 쉬고 싶었고 완수로선 귀농을 접고 다시 서울로 상경한다는 의사를 부모에게 설명하는 시간도 있어야겠다고 생각했다.

"아버지, 저 그만 시골 일을 관두고 서울로 가려고 합니다. 그게 낫겠다고 내린 결정입니다. 그렇게 아세요."

"아! 그래 너도 이번 이혼문제로 고생 많이 했다. 네가 원하는 대로 해야지 뭐! 어디 가든 열심히 최선을 다해 살면 된다."

부자가 이런 대화가 오고 갈 때, 옆에서 이를 지켜보는 모친은 속절없는 눈물이 눈가에 글썽글썽거리고 만다. '남들 아들은 장가 잘 가서 사는데 왜, 우리 아들은 이럴까' 하는 괴로움의 눈물인 것 같다. 모친은 부친과 생각이 달랐다.

"얘, 이번 그 일로 그러는 거, 같은데 그런다고 꼭 서울로 가야 할 게 뭐 있나? 거기 간다고 뾰족이 나아지는 것도 없어. 그냥 이곳에서 크게 이것저것 특수작물 재배하다 보면 이게 더 나을 수도 있는데…"

"아니에요. 어머니 어제 밖에서 여기 옆에 있는 동생들과 그러기로 결론이 났어요. 일단 가서 열심히 해서 성공할 거고 하다 하다 안 되면 다시 내려올 수도 있겠지만, 지금의 마음은 떠나고 싶어요."

"그, 그러냐? 그… 으윽흑… 으윽…"

모친은 끝내 아들 완수를 생각하니 답답한 심정에 참았던 눈물을 또 흘린다. 그러자 옆에 있던 영선, 홍철도 괴로운 표정을 지으며 눈물을 글썽이고 있다.

그러나 완수는 냉정했다. 일화와의 문제가 그만큼 컸다. 서울로 당분간 갔다가 다시 귀농을 선택할지도 모른다.

하지만 지금은 빨리빨리 이곳에서 피해야만 홀가분하게 느껴지리라 생각하는가 보다. 오늘 하루 영선, 홍철과 함께 있으면서 내일 떠날 때, 가지고 갈 물건들을 챙기겠다고 생각한다. 짐을 챙기고 있는 아들 완수를 바라보다 모친은 고개를 숙이고 밖으로 나가 버린다.

완수도 짐을 다 챙기고 난 후, 영선, 홍철과 뒷산에 올라가 이곳저곳을 바라본다.

만만치 않은 더위가 기다리고 있는 8월의 첫날을 기해 완수는 진천발, 서울행 SM5에 몸을 싣는다. 영선, 홍철은 자신들의 집에 들렀다가 올라갈 예정이다.

이날 먼저 올라간 완수는 대림동에 작은 빌라를 하나 얻었다.

다음 날, 영선, 홍철도 이곳에 왔다. 그들도 각자 집을 얻으려고 했으나 완수가 '그러지 말고 내가 얻은 집에서 함께 지내자'고 하자 둘은 고개를 끄덕였다.

"야! 돈이 그렇게 많아! 다시 서울에 왔으니 더 악착같이 살아야지! 내 집에서 살아."

"완수 형, 너무 고마워! 다음에 갚을게."

"야! 쓸데없는 소리하지 마!"

이들은 여기저기 돌아다니며 궁리를 해 보았지만, 그래도 할 만한 일은 치킨집이라고 생각했다. 그래서 그것을 선택한다. 셋은 서로 돈을 모아 치킨집을 시작했다.

대림역 주변에 1층 상가 건물을 공동으로 임대하여 UP치킨 점을 차렸다.

그런데 너무 공교롭게도 장순도 좀 떨어진 구로동에서 치킨 배달원으로 일하고 있었다. 물론 그의 최종목표는 치킨 점을 차리는 것이지만, 어쨌든 이들 세 사람이 시작한 일과 똑같다. 그리고 장순과 이들 세 사람은 서로 귀농을 접고 이곳으로 상경한 사실을 모른다. 서로 말을 안 하니 당연히 알 리가 없다.

장순과 이들이 서로 간에 이곳으로 다시 온 사실을 말하지 않는 이유는 무엇일까! 그건 아마도 각자의 마지막 남은 자존심 때문이 아니겠는가!

귀농 농업 살리기 운동이 가정문제로 실패하고 다시 서울로 상경했단 것이 이들 각자에겐 적잖은 자존심의 상처로 남는다.

아무리 예전에 센영슈트 봉제공장을 같이 다녔다고 하더라도 그리 각별한 사이가 아니라서 그럴까! 여러 가지 복잡한 심경들이 얽히고 설켰을 것으로 보인다.

아무튼, 장순은 구로동에서 치킨 배달원이면서 밤에 신도림동의 노래방 도우미로 알바 하러 다니고 있고 영선, 홍철, 완수는 대림동에서 공동으로 치킨집을 차렸다.

어쩌면 인근이다 보니 우연히 부딪칠 수도 있을 것 같다. 물론, 아닐 수도 있다.

서울은 인구가 무척 많고 서로의 하는 일들이 다르기에 같은 동에 살아도 잘 안 부딪친다.

이들 세 사람이 구로동으로 정착하지 않고 대림동에 자리를 잡은 것도 그곳엔 하철이 있고 또 자신들의 옛 직장이 있기에 다소 신경이 쓰였는지 모르겠다.

귀농 실패된 모습을 하철에게 보이고 싶지 않아서였다.

만약 그렇다면 구로구 말고 다른 구로 멀리 자리를 잡지, 왜 하필 이곳이었을까? 그것은 이렇든 저렇든 옛정이 작용하지 않았을까? 근 처로 자리하려는 마음 같은…

8월 4일부터 문을 연 UP치킨이다. 그래도 개업식은 그럴싸하게 해 야 하지 않을까!

생각 끝에 이것저것 돼지머리라든가 술, 떡, 과일을 듬뿍 장만하였 다. 그러던 중, 완수가 말한다.

"야! 근데 그래도 동료였는데 하철에게 연락해서 오라고 해야 하지 않을까?"

"그렇긴 한데! 완수 형, 생각이 맞아! 그렇게 하자고….."

홍철은 셋이서 파경을 맞고 다시 서울로 다른 일을 하러 온 것이 다소 부끄럽다는 생각도 들었지만, 옛 동료 간의 사이에 꼭 그럴 필요 가 뭐 있을까, 이런 생각도 들어 그간 있었던 사연을 말하고 하철을 초대하기 위해 전화를 건다. 이때, 시간이 오후 2시경이었다. 이 내용 의 전화를 받은 하철은 매우 놀라며 "이따가 가겠다."라고 말했다.

사실, 하철로선 더 놀란 것은 장순도 상미 문제로 힘들어하다가 삶 의 회의를 느끼고 다시 상경했는데 그들 세 명도 같은 일이 생겼다는 것이다.

잠시, 상념이 머릿속을 스친 뒤, 하철은 장순에게 이 사실을 전화로 알린다. 그러자 장순도 매우 놀란다. 물론 자신도 비슷한 일이 생겨 다시 구로동에 왔는데 그들도 그렇다는 게, 너무 의아스럽기만 했다.

"장순아, 오늘 그 개업식에 가야 하지 않을까?"

"그래, 그래야지! 이따가 저녁때 가자고…. 역시 귀농으로 성공한단 것은 쉬운 일이 아니다."

하철의 회사 퇴근시간을 기해, 장순과 함께 대림역 UP치킨 점을 찾아간다. 저녁 7시쯤 되어 그곳에 도착했다. 이렇게 되어 6월 11일 영선, 완수의 합동결혼식 때 만났다가 그간 볼 기회가 없던 이들 5명의 만남이 이뤄졌다. 사실, 이쪽 3명과 저쪽 2명은 그리 각별하진 않지만, 옛 직장 동료의 정은 그대로이다.

그래도 무척 반가운 시간과 즐거운 마음이 이곳 치킨 점 개업식을 후끈 달아오르게 하기에 충분했다.

"와아! 이렇게 셋이서 다시 올라와 동업으로 치킨점을 하게 된 거야? 마음고생 많이 했지?"

"아이, 뭘, 그동안 장순이 너도 그 여자 문제로 속 엄청 썩었잖아! 네가 더 힘들었지."

"여기, 뭐 좋은 건 아니지만, 선물 좀 사왔어. 개업식을 축하해!"

"야! 뭘, 이런 것을 사와! 그냥 와도 되는데 말이야!"

"아니, 그래도…."

이들 다섯 명이 한자리에 모이자, 센영슈트 멤버 중 철수만 없을 뿐, 이 계기를 통해 만남이 이뤄졌다.

이들은 소주, 맥주, 과일, 고기를 배가 터질 때까지 먹고 난 후, 늘 그랬던 것처럼 노래방을 갈까 하다가 가지 않고 그 자리에서 마이크도 없이 생으로 노래를 부르고 또 부르고 계속 불렀다. 그러다가 잠시 멈추고 대화를 이어간다. 장순이 먼저 말을 한다.

"나도 지금 구로동에서 치킨 점에서 배달을 하고 있는데… 난 돈이 모자라 개업은 못 하고 일단은 배달을 하다가 여유가 되면 그때 하려고 하지!"

"아니, 그래, 장순이 형도 이 치킨 배달을 한단 말이야? 우리하고 같네! 아니, 근데 배달을 하면 돈을 얼마 못 벌잖아! 그냥 우리 체인 점에 와서 동업하는 게 어때?"

"아니, 아니야! 그러다 보면 나아질 거야!"

술이 사람을 삼킬 정도로 차오르기 시작했다. 그러자 이들도 점점 흐트러지면서 심지어 말실수가 조금씩 이어지기도 했다. 원래 술을 많이 먹으면 그렇게 된다.

그리고 삼삼오오 모이면 남 칭찬하는 말보단, 남 흉보는 말이 주를 이룬다. 그 이유는 전자보단 후자가 더 재미있기에 그렇고 또 원래 이게 인간의 본성이다.

그만큼 인간은 진실 되지 못했고, 가식과 허구와 간사함이 몸속에 꽉 차있다. 자신이 잘못해 놓고도 잘못이라고 생각을 안 하려고 하는 이기심까지 말이다.

그 연장선 속에 이들의 저속적인 화살이 이리저리 날아다니고 있는 것이다.

다름 아닌, 센영슈트 멤버였던 6인 중에 지금 이 자리에 없는 철수에 대한 이야기이다. 철수가 지금 이 자리에 있다면 그렇게까진 안

하겠지! 원래 없으면 그렇다. 물론, 옆에 있어도 그러는 경우도 있다. 대체적으로 예의가 없는 성격들이 그렇다.

반대로 없을 때, 그런다고 예의가 있다는 건, 아니다.

예의란 겉으로 드러난 인사 잘하기가 아닌, 진심으로 상대방의 입장, 심정을 헤아릴 수 있는 마음가짐이다. 이게 바로 참된 진정한 예의이다.

어쨌든, 이들은 철수에 대해 흉보기 시작했다. 그런데 한 가지 기이한 점은 하철과 장순은 철수와 각별한 사이였던 인물들이라는 점이다. 나머지 셋은 아니지만. 그런데도 철수 흉보기에 편승해 버리고 있으니 특이하다.

아님, 특이할 것도 없는가?

아무리 각별한 사이였다 하더라도 지금 이 상황, 분위기가 되면 그냥 그러는 것인가? 원래 인간이라 그런가? 술을 너무 많이 먹어서일까! 동물들끼리도 그럴까! 글쎄…:

시초는 영선부터 시작했다.

"지금 생각해 보니까, 저번 봄에 우리가 구로동에서 모처럼 만나 회식할 때 하철이 형하고 장순이 형이 했던 말이 맞는 것 같아! 뭐, 동남아시아 여성들 다 그렇지 뭐! 다들 문란한 것 같아! 우리가 이번에 겪은 걸 보면 알 수 있잖아! 조금 힘들어도 한국 여자를 만나려고 하는 게 낫다고 생각해!"

영선이 먼저 신호탄을 쏘아 올리자 다음으로 이에 호응이라도 하듯, 하철이 나선다.

"그래! 이젠 뭘 좀 아는구나! 잘 생각했다. 바로 그것이야! 그래서 난 조금 더 느긋하게 생각하고 여자를 고르고 있고 그리고 이왕이면 한국 여잘 선택하려고 생각하는 거야!"

그러자 이번엔 장순이 하철의 말을 더 강하게 거들고 나선다.
"아이, 그럼 그렇지! 솔직히 말이야, 지금 철수 형이 조금 한심하지 않냐? 그것도 이젠 앞으로 보라고… 어떻게 되는지 응! 분명히 문제가 생겨 깨질 거라고…"
"맞아, 맞아! 장순이 형 말이 백번 맞는 말이야! 옳소!"
"어어! 그래 홍철이도 이젠 이 세상 물정을 다 알아가는구나! 역시 멋쟁이야!"
"고마워, 장순이 형, 앞으론 열심히 한국 여잘 만날 수 있게 노력할 게…"

바로 이렇게 이들의 실체가 드러나고 말았다. 그래도 지금 옆에 있는 영선, 홍철, 완수보다 예전에 더욱 각별한 사이였고 지금 현재도 그런 관계인 철수에 대해 안 좋은 일이 생길 거라고 비난조로 말하고 있으니 말이다.

그런데 영선, 홍철, 완수가 그런 일을 겪었기에 그렇게 느낄 수도 있겠지만, 과연 인간의 문란함이란 것이 꼭 그렇게 국적으로 규정지을 수 있는 것일까?
결론은 전 세계 모든 남성과 여성은 무척 문란하다. 물론, 무척 드물지만, 예외로 국적을 막론하고 이를 악물고 억누르며 절제하는 사람들도 있다.

그러나 하철, 장순은 그들이 헤어졌던 외국 여성들이 문란했기 때문에 그녀들을 선택한 게 실수였단 말에 대해 호응, 동조하며 거들고 있지만 정작 자신들은 요즘 어떻게 지냈는가?

자신들은 최근 저녁때, 신도림동에 있는 YP노래방에서 알바로 남자 노래 도우미를 했다는 사실은 철저하게 숨기며 말을 하지 않는다. 도대체 문란의 정의가 무엇인가?

어쨌든, 삼삼오오가 되니 이런 현상이 벌어져 버렸다. 이런 인간의 이면 속에서 이 세상을 살아가고 있다.

지금 이 이면의 흉잡기 대상으로 떠오른 그 이름, 임철수는 6월 중순, 용인 남사면 진목리 집에서 나와 이라니를 데리고 수원 장안구 연무동에서 함께 분식집을 경영하고 있다. 최근 그나마 철수와 전화 통화를 했던 사람은 하철인데 지금 여기서 이 분위기에 휩쓸려 있다. 철수의 근황을 하철이 말한다.

"아! 철수 형하곤 내가 얼마 전에 통화는 한 적이 있는데… 그 형의 부모님이 외국인 여자 만난다고 결사반대하는 바람에 그 형이 이라니라는 그 여잘 데리고 수원으로 나가 산다고 하더라고… 정확히 어디에 사는지, 뭘 하는지는 말하지 않아!"

"어! 철수 형이 그랬어? 아이고 답답하다. 뭘 그런 여잘 좋아한다고… 이젠 앞으로 보라고 분명히 우리 같은 꼴을 당할 거야!"

"야! 그런 얘긴 그만하고 술이나 먹자! 하하하."

그런데 여기서 웃긴 건, 여기 모인 이들 5인 중에 만약에 1명이 이 자리에 없으면 그 1명이 별것도 아닌 이유로 지금과 똑같은 흉보기 객체가 되어 버린다는 것이다.

이런 문제는 그 누구도 예외가 없다. 계속 꼬리에 꼬리를 물고 일어난다. 이와 조금 다른 사례가 있다면 한국사회는 일정 연령에 이르면 유난히 인간들이 서로 불신풍조가 강해지고 공적이든 사적이든 형식적인 말만 선별해서 한다는 것이다.

왜냐면 조금이라도 실질적인 말을 하면 위의 예와 비슷한 홍보기 객체로 전락한다는 것을 깊게 인식하기에 그렇다. 이기심이 극을 달리는 나라가 바로 대한민국이다.

자신보다 뭐든지 못나 보이면 반사적으로 본능적으로 무시하려고 꿈틀거린다. 너무 심각한 수준에 와 있다. 법학, 경제학, 교육학, 어학, 문학, 기타, 다른 오만가지 학문들이 산지식이자 참된 학문이나 진정한 교육이 될 수 없다.

이것은 한갓 그저 자신들의 돈벌이수단 그 이상도 그 이하도 아니다.

장사꾼이란 말이다.

그렇다면 이 모든 것을 상쇄시키며 올바른 길로 걸어갈 수 있게 해주는 게 무엇일까? 바로 철학이다. 그렇다고 철학교육만 받았다고 이뤄지는 게 아니다.

그것은 한갓 그저 강의를 한 번 들었을 뿐이고, 관련 책을 한 번 읽었을 뿐이다.

내면 깊숙한 곳에 실질적 희생철학, 본질적 헌신철학이 배어 있어야 하고 무엇보다 더 중요한 이치는 그 희생, 헌신철학을 인식만이 아닌, 몸소 실천까지 해내야만 한다는 것이다. 주장은 누구나 다 할 수 있다.

그런데 그것을 실천하는 일은 하지 못한다.

실천을 하려면 온갖 욕심을 다 비워야만 하고 뼈를 깎는 아픔이 동반하기에 그렇다. 그래서 완전하고 완벽한 수준의 희생, 헌신은 아니더라도, 심지어 못하더라도 몇 분의 몇 정도라도 하려고 이 생 마감하는 그날까지 부단히 애를 쓴다면 그것만으로도 참된 삶을 살았다고 볼 수 있겠다. 노력밖에 없다. 그것도 계속적으로 해야 한다.

그건 그렇고, 철수는 6월 20일 집을 나와 8월 4일까지 집에 계신 부모님과 연락이 두절된 상태이다. 집에서 철수에게 계속 전화를 해도 안 받는다.

나름, 고집이 센 편이다. 어떤 외부적인 방해가 있어도 내 사랑 이라니를 절대 놓치지 않겠다는 굳은 결의와 각오가 있기 때문이다.

앞으로 이어질 무더위와 구센영슈트 봉제공장 멤버 6명의 인생과 특히 생계문제를 어떻게 슬기롭게 풀어나갈 것인지, 그리고 이들의 삶의 사랑 문제까지 어떻게 전개되어 나갈 것인지, 점점 시간은 흐르고 흐른다. 흘러보면 저절로 알게 된다. 삶의 이야기이니까! 시간이 필요하다.

아무튼, 그 5인은 그날 대림동에서 치킨집 개업식을 성황리에 마치고 각자 쉼터로 돌아갔다. 앞으론 종종 이 근처 어디에서든 또 만남이 이뤄질 것은 확실해 보인다.

장순, 하철은 밤늦게 돌아왔을 땐, 핸드폰에 신도림 YP노래방 사장으로부터 전화가 와있었다. 문자도 있다. 내용은 그때 왔던 그 여자 아줌마손님들이 장순, 하철에게 전화해도 받지 않아 노래방으로 전화가 왔다는 것이다. 내일 금요일 밤 9시에 이곳에서 그녀들이 만나고 싶어 한다는 내용이다.

그래서 이들은 다음 날이 되어 그녀들에게 전화를 한다.

"아! 누나, 내가 어제 전화를 받지 못했지. 선배가 개업식을 했는데 그곳에 가느라고… 미안해요!"

"아니 아니야! 이따가 노래방으로 9시까지 오라고…"

"그래요. 알겠어요. 누나."

장순은 벌써부터 흥분, 고무되어 있다. 저번에 진자에게 수고료를 무려 3백만 원이나 받았으니 말이다. 흥분, 고무된 건, 하철도 마찬가지였다. 조금 적지만 연숙에게 50만 원을 받았기 때문이다.

글쎄, 오늘 또 저번처럼 그 같은 액수의 돈을 그녀들이 줄 것인지 모르는 일이다. 장순, 하철은 각자의 일이 끝나자마자 그곳을 향해 달려간다. 이윽고 그곳에 도착했다. 이미 진자, 연숙은 노래방에 들어와 앉아 있었다.

그런데 오늘은 그녀들 말고 4명의 여자들이 더 와 있는 것이다.

장순, 하철은 깜짝 놀란다. 그러자 방 안의 6명의 여자들은 일제히 웃기 시작했다.

"어서 와! 동생들 너무 보고 싶었어! 호호호. 킥킥킥. 히히히."

"아아! 그래요. 저희도 그랬지요."

"오호! 너무 멋진 동생들이다. 하하하. 흐흐흐. 캬캬캭."

이때, 진자, 연숙을 따라온 다른 한 여자가 장순, 하철을 보고 반하기 시작한다.

그래서 한마디 한 것 같다. 그러자 연숙이 그들 4명에게 눈짓을 보낸다. 다른 방으로 잠시 가 있으라는 뜻인 것 같다. 이에 그들 4명은 알아채고 일어나 다른 방으로 간다. 이렇게 되어 이 방엔 장순, 하철, 진자, 연숙이 남게 됐다. 연숙도 하철을 데리고 옆방으로 간다. 더 오붓한 시간을 갖고 싶은가 보다.

1시간쯤, 노래를 부른 이들은 각자 알아서 2차를 가기 위해 나가고 있다. 그 두 쌍이 나간 후, 이곳에 남아 있던 4명의 여자들도 호기심이 생겨 남자 도우미를 요청하였으나 '오늘은 없으니 다음에 들려 달라.'는 사장의 말을 듣는다.

"아! 손님 죄송합니다. 다음에 오시면 놀 수 있게 도와 드리겠습니다. 하하하."

"아이, 그럼 그때 올 땐, 꼭 그렇게 해 주세요. 호호호."

"아네, 알겠습니다."

그들 4명의 여자들은 오늘은 노래만 부르고 나갔다. 그 후, 호프집으로 갔다. 호프 집으로 들어간 그녀들은 아까 남자 도우미를 데리고 나간, 진자, 연숙을 기다리고 있다.

진자, 연숙이 끝나는 대로 이 호프로 오겠다고 말했기 때문이다.

그녀들이 기다린 시간이 1시간이 넘자, 진자, 연숙이 들어온다. 얼굴은 엄청 풀린 느낌이었다. 그만큼 그 남자 도우미들과 모텔로 들어가 빨간색 장미꽃을 검은색 장미꽃으로 검붉게 물들여 버렸기에 풀린 얼굴일 수밖에 없다.

"와우! 진자야, 너무 좋았나 봐, 저거 봐, 저렇게 얼굴이 몽롱해졌으니 말이야!"

"뭐! 다 그런 거지 뭐! 사는 게 원래 이런 거 아니겠어? 하하하."

"맞아! 그렇긴 해! 그 말이 맞아! 그렇게 멋진 어린 남동생들하고 재미를 봤으니 완전 살판났구나! 아! 부럽다. 나도 다음에 그 맛 좀 봐야겠어."

"그래 그럼. 다음에 우리가 이곳에 올 때 같이 오자고… 남자 도우미 4명 더 준비해 놓으라고 내가 노래방 사장한테 전화하면 척척 알아서 해! 히히히히히."

"그래 연숙아, 알았어! 자! 시원하게 한잔 해…"

진자, 연숙은 친구 4명과 그 노래방에 갔다 나와, 장순, 하철 도우미와 2차에 가서 검은색 장미색깔을 진하게 칠하고 나와, 다시 모여 맥주를 먹어가며 회포를 풀고 있다. 이 6명의 아줌마들은 다음에 이곳에 와서 더 진하게 놀겠다는 결의를 다지며 서로 크게 소리 높여 건배를 외치고 있다.

그런데 오늘은 장순, 하철을 도우미로 데리고 나갔는데 그때처럼 거액의 수고료를 지급하진 않고 20만 원을 주고 끝냈다.

이에 그들이 너무 적다며 투덜거렸지만 두 여인은 '저번에 많이 줬으니 이번엔 이것으로 만족하라'는 말을 했고 '다음 기회에 더 주겠다'는 위로의 말로 대신했다.

20만 원을 받은 두 남자는 오늘은 무척 적었지만 그래도 '이게 어디냐'라는 반응이었고 다음엔 더 많은 수고료를 받아내겠다는 의지를 불태우며 집으로 돌아갔다.

오늘 이렇게 신도림동 주변 호프에 모인 여인들 6명을 나열하자면, 이렇다.

첫 번째로 조진자는 대림동 미채미술학원 원장이면서 남편은 이사광 대법관이다.

두 번째로 최연숙은 신림동 으뜸국영수학원 원장이면서 남편은 이사관 검사장이다.

세 번째로 선동희는 서초동에 대형 빌딩 하나 갖고 있으면서 그냥 놀러 다니고 있고 남편은 한강대학교 경영학과 조명환교수이다.

네 번째로 김채화는 청담동 명품 옷 대형매장을 경영하고 있고 남편은 검사 출신 이경주 변호사이다.

다섯 번째로 이비희는 금서대학교 의류학과 교수이면서 남편은 현 청렴맑은당 소속 박청환 국회의원이다.

여섯 번째로 남지선은 강덕대학교 패션디자인학과 교수이면서 남편은 현 국민밖에모르는당 소속 최청순 국회의원이다.

이렇게 6명의 아줌마들은 다 서울에서 엄청난 부유층이면서 직업도 좋은 편이고 또 남편들의 직업은 최상위급이라 봐도 과언이 아닐 것이다.

이 여인들은 한강대학교 동문회에 참석했다가 서로 소개를 받고 알게 되어 그 후로 종종 만남을 가졌다.

그런데 문제는 그녀들은 허욕과 허영심이 하늘을 찔렀고 더 큰 문제는 이성을 지나치게 탐하는 색욕이 너무 강해 서로 모이기만 하면 하는 얘기는 오로지 남자 얘기만 하고 그것도 남자연예인들에 대한 얘기가 주를 이루었다. 그중 어떤 연예인을 짝사랑한다는 하소연 같은 내용과 어떻게 한번 만나서 잠이라도 같이 잘 수만 있어도 소원이 없겠다는 내용이 그녀들의 대화 전부이다.

그리고 음기보강 차원에서 매일같이 가까운 산이라도 끊임없이 등산하고 음식도 장어라든가 보신탕, 사슴, 노루고기 같은 것만 골라 먹는다.

그녀들의 나이는 너무 공교롭게도 올해 다 같이 58세 똑같다. 나이도 같으니 더 친밀해졌고 스스럼없이 말을 막 하기도 한다.

그녀들은 술에 만취했는지 원래 그런 건지 완전 이성을 잃기도 한다.

"야! 진자야, 너 아까 그 남자 도우미 말이야! 다음번엔 나한테 양보해! 알았어? 몰랐어? 너무 내 스타일이야!"

"아니, 이 X가 정말, 야! 너 자꾸 그러면 안 돼! 이게 막술을 먹더니 완전 제정신이 아니구나! 야! 정신 차려…"

"야! 그만 까불지 말고 술이나 따라 봐! 자기 거라고, 에잇, 재수 없어."

"아니, 동희야, 내가 노래방 사장에게 잘 얘기해서 더 멋진 남잘 데려다 놓으라고 할 테니까, 좀 참고 기다려! 응."

"그래, 그래 됐어!"

그녀들은 이렇게 모이기만 하면 음란한 얘기만 하고 자신들의 완전 이상형인 남자연예인을 만나기가 현실로 어렵기에 그건 포기하고 '꿩 대신 닭'이라고 남자 도우미라도 만나야겠다는 야욕이 그득하고 심지어 이것으로도 양이 차질 않아, 날 잡아서 서초 반포동 쪽에 호스트바에 가자는 의견까지 내놓기도 한다.

이 의견을 맨 처음 내비친 여자는 금서대학교 의류학과 교수인 이비희였다.

"우리, 말이야, 어차피 노는 거 더 물 좋은 데로 가자고… 반포동에 하나 있어, 그곳으로 다음에 가자고… 내가 쏠 거야! 어때?"

"오우! 역시 우리 비희는 너무 화끈해서 탈이라니까! 너무 좋기도
하고 호호호."

"야, 지선아, 너도 가고 싶지? 다 좋은데… 네 남편이 국민밖에모르
는당 국회의원이잖아! 조금 신경 쓰이지 않니?"

"어어! 비희야, 그럼 넌, 너도 마찬가지야! 네 남편도 청렴맑은당 국
회의원이잖아! 뭐, 피차 신경 쓰이는 건, 똑같지! 다 그런 거야! 너무
복잡하게 생각하지 마! 좋은 게 좋은 거야! 파이팅…."

비희, 지선은 자신들의 남편들이 국회의원이라 행여나 알려지면 누
가 되지 않을까 신경을 쓰면서도 또 다른 한편으론 그래도 '다 그런
거지 뭐! 좋은 게 좋은 거야!'라는 구호를 외치며 서로를 격려하기까
지 한다.

비희, 지선이 재밌게 대화할 때, 그 나머지 3명 여인들은 술에 취
했는지, 피곤한지, 꾸벅꾸벅 졸고 있었다. 그러자 채화가 소리를 지
른다.

"야! 그만 졸고 다들 집으로 들어가자고…."

이 소리에 졸던 진자, 연숙, 동희가 깜짝 놀라며 눈을 번쩍 뜬다.

"아아! 우리가 졸았나! 그래 그만 가자고… 시간도 너무 오래됐고
말이야! 가자고."

"아! 피곤하다. 우리의 내일을 위해 가자."

자정이 다 되자, 이들은 일제히 일어나기 시작한다. 그리고 각자 집
으로 갔다.

6명의 아줌마들은 집에 들어갔는데 그녀들의 남편들은 한결, 같이

"왜 이리 어디에서 무얼 하다 이렇게 늦게 들어왔느냐."라며 고래고래 소리를 지르고 있다.

이에 6명의 여인들은 아까 호프에서 흩어질 때, 서로 그렇게 말하자고 약속이라도 한 것처럼 이렇게 동일하게 말하였다.

"아아! 우리 학교동창회가 있었거든 그래서 그렇게 됐어." 바로 이것이었다.

남자든 여자든 자주 흔히 즐겨 사용하는 멘트다. 그러다가 1년 365일 매일 학교동창회 한다는 말도 나올 판이다.

어쨌든, 6명 아줌마들의 남편들은 그저 침묵을 지키며 눈을 감고 잠자리에 든다. 한편, 장순과 하철도 집에 갔는데 오늘은 저번처럼 많은 수고료를 받지 못하여 괴로울 따름이다. 실망감을 감추지 못했다. 다음에 좋은 기회가 오리라 믿는다.

그런데 장순은 진자가 미술학원원장이라는 것만 알 뿐, 그 이상은 아무것도 모른다. 그리고 하철은 연숙에 대해 아는 게 아무것도 없다. 물론, 신상에 대해 아무런 말도 안 하니까 알 수 없다.

중요한 건, 이들이 그녀들의 신상을 그리 자세히 알고 싶어 하지도 않는다. 그저 돈만 벌면 된다고 생각하고 있으니까 말이다. 오늘 하루도 이렇게 갔다. 이젠 잔잔다.

날이 밝자, 어젯밤 남자 도우미 짝이 없어 그냥 호프에 가서 맥주로 외로움을 달랬던 동희가 번개같이 연숙에게 전화를 건다. 왜냐면 연숙은 어제 동희에게 다음에 그곳에 가게 되면 자신이 사장에게 남자 도우미를 더 확보해 놓으라고 말해 놓겠다고 했었기 때문이다. 동희는 그만큼 빨리 유희를 즐겨보고 싶은 마음이 간절하기에 그렇다.

"알았어, 동희야, 내가 사장에게 전화하고 나서 네게 전화를 넣어 줄 게 기다려."

"그래, 알겠어. 연숙아, 나 요즘 너무 외로워! 다시 전화 줘."

"기다려."

최 연숙은 전화를 끊자마자 바로 노래방 사장에게 전화를 건다.

"아네, 사장님 안녕하세요. 어제 갔었던… 저를 아시죠?"

"아아아, 네에 알고 있습니다. 어떻게 오늘 또 도우미가 필요하신가요?"

"아! 필요하긴 한데 4명이 더 필요한데요. 어제 갔던 친구들…"

"어! 그래요. 4명이나 더… 아네, 일단 알겠습니다. 알아보고 제가 전화드리도록 하겠습니다."

사장은 이곳저곳 알아봤지만, 마땅치 않자, 하철에게 전화를 건다.

"아예, 안녕하세요. 안하철 씨, 혹시 오늘 가능하십니까?"

"아네, 가능합니다."

"아! 근데 오늘은 여자 손님이 4명 더 오는데 혹시 주변에 아는 사람 있으면 그 인원을 채울 수 있을까요? 한번 아는 분들 있으면 연결 좀 해 주세요."

"아아! 그런가요. 혹시 어제 처음 들어갔을 때, 4명이 있었는데 그분들 아닌가요?"

"아예, 그분들 맞습니다."

"일단 알아보고 다시 연락드리지요."

하철은 노래방 사장과 전화를 끊자마자 이런저런 궁리 끝에 곧바로 완수에게 연락한다. 인원을 채우기엔 그쪽 3명이 괜찮다고 생각한 것 같다. 물론 그들이 수락할지는 미지수이다.

그 결과는 좋았다. 완수는 돈을 더 많이 벌 수 있다고 꼬드기는 달콤한 말에 넘어가 흔쾌히 그러겠다고 대답해 줬다. 완수도 그만큼 돈이 급한 것이겠지.

완수는 이 말을 영선, 홍철에게 전하였다. 그랬더니 그들도 좋다고 답하였다. 그래서 완수는 다시 하철에게 전화하여 그 노래방위치를 알려 달라고 말했다.

"그래, 하철아, 영선이 홍철이 다 좋다고 했어. 그런데 노래방위치를 알려 줘야 가지!"

"형, 일단은 밤 9시까지 신도림역으로 오면 돼! 그럼 내가 그곳으로 나갈 게, 그곳에서 가까우니까, 이따가 보자고…"

"알겠어."

하철은 전화를 끊고 나서 다시 고민하기 시작한다.

왜냐면 남자 도우미 한 명이 부족하기 때문이다. 마땅한 인물이 떠오르지 않자, 급기야 수원에 있는 철수에게 전화했다. 철수가 받았다. 그러자 하철은 그 말을 했다. 그러나 철수는 단호했다.

"철수 형, 여기 서울에 남자 노래 도우미 알바가 있는데 부업으로 좀 할 수 있나 해서, 우리가 현재 인원이 1명 부족해서 그래, 형이 해 주면 너무너무 좋은데…"

"아! 모두 귀농생활을 관두고 다시 올라왔네! 아무튼 새로운 마음으로 새출발하도록 해! 새로 시작한 일, 다들 대박 나라고 전해 줘.

그리고 네가 말한 그 부탁은 들어줄 수 없어. 난 그쪽에 전혀 생각이 없어! 그렇게 알고 모두 잘 지내라고 전해 줘, 그만 끊는다."

"아니, 철수 형, 잠시 잠시만…"

철수는 이렇게 단호하게 말하고 전화를 끊는다. 하철은 더 이상 전화를 하지 않았다. 그래서 어쩔 수 없이 도우미 한 명을 더 확보하지 못한 채, 그 시간에 그곳으로 갈 수밖에 없었다.

그래서 하는 수 없이 하철은 장순과 그리고 완수, 영선, 홍철 이렇게 다섯이 가게 된다. 완수, 영선, 홍철은 하철이 알려 준 대로 밤 9시 신도림역에 나가 있었다.

그러자 하철, 장순이 그 시간에 그곳에 나간다. 그렇게 만나게 된다.

"아! 여기였어?"

"그래, 완수 형, 노래방으로 들어가자고…"

밤 8시 50분에 하철, 장순, 완수, 영선, 홍철, 다섯 사람은 그곳으로 들어간다. 들어가자 사장은 무척 반가운 표정으로 이들을 반긴다.

"오우! 어서 와요. 손님들… 눈 빠지게 기다렸습니다. 자! 저쪽 7번 방에 가 있으면 여자 손님들이 들어올 겁니다."

"아네, 알겠습니다."

정치권력층 부인들의 탈선과 색욕

    이들은 일제히 7번 방으로 들어갔다. 잠시 시간이 지나자 여섯 명의 여자 아줌마손님들이 들어온다. 사장의 안내를 받으며 들어왔는데 그녀들은 신나게 웃는다.

    "하하하. 우리 동생들, 안녕, 누나들을 많이 기다렸어? 호호호."

    "방금 전에 들어왔습니다. 누님."

    "아니, 근데 동생들이 다섯밖에 안 되잖아! 우린 여섯인데 그럼 짝이 안 맞잖아! 아니 사장님 어떻게 하죠?"

    "하철 씨, 네 명이 더 올 거라고 했잖아요. 인원을 채우기가 어려웠나 봐요?"

    "아네, 사장님, 네 명 더 만들려고 노력해 보았지만 잘 안 되더군요. 미안해요."

    "아니, 뭘 미안해요. 그나저나 이걸 어쩌지!"

    짝이 맞지 않자, 그녀들 중, 한 명이 희생될 상황이 몰려왔다. 그런데 그녀들은 서로 양보를 하지 않으려는 눈치였다. 그러던 중, 남지선이 '오늘은 내가 양보하겠다.'는 뜻을 내비쳐 자리에서 일어나 밖으로 나갔다.

그녀가 나갈 때, 계속 자리에 앉아 있었던 다섯 아줌마들은 속으론 찌릿했지만, 그저 무덤덤하게 표정관리를 하며 고개를 숙인다.

이제 짝이 맞게 됐다. 그래서 제각각 다른 방으로 들어가 노래를 부른다. 그러다가 1시간쯤, 지났을까! 각자 2차를 나가기 위해 일어나기 시작했다.

둘이서, 둘이서 따로따로 나간 이들은 모텔을 찾아 들어가 자신들만의 빨간색 장미꽃을 검은색 장미꽃으로 아주 검붉게 물들였다.

그리고 나와 각자 알아서 자신들의 집으로 향했다. 장순, 하철은 어제 이어 오늘도 연이어 수고료를 받게 되었고 영선, 완수, 홍철은 첫 출근의 시작을 알렸다.

영선, 완수, 홍철은 첫날이지만 그녀들에게 적잖은 돈 100만 원을 각각 받았다.

이들 세 남자는 이렇게 한 번에 이렇게 큰돈이 들어왔다며 너무 기뻐 펄쩍펄쩍 뛰었다.

반면, 장순, 하철은 돈 50만 원을 각각 받았다.

두 남자도 나름대로 만족했다. 그런데 알다가도 모를 일은 이들 다섯 남자들은 서로서로 받은 수고료를 얼마 받았는지 밝히지 않는다는 것이다. 저번에 처음으로 이 일을 시작했던 날부터 장순, 하철은 절대 그 액수는 불문에 부친다. 보이지 않는 프로세계인가 보다.

오늘 밤도 어제처럼 아줌마들에겐 집에 들어가자 날카로운 질문 화살이 날아온다. 바로 그녀들의 남편들의 송곳 같은 질문이다.

더군다나 그녀들의 남편들은 직업 또한 무척 날카롭고 질문도 송곳처럼 하는 성향이 있는 사람들이다.

진자의 남편은 대법관, 연숙의 남편은 검사장, 동희의 남편은 한강 대학교 경영학과교수, 채화의 남편은 변호사, 비희의 남편은 청렴맑은 당 국회의원이 아니던가!

이렇게 막강하고 특히 그중, 이 남편들의 주특기가 바로 면도날 질문에 죽창 같은 캐묻기인데 부인들을 그냥 가만히 두면 그게 이상한 일이지!

이 남편들은 마치 심문하듯, 조사나 조서를 하듯, 그런 말투로 다 그친다. 그런 말투도 일종의 직업병이겠지!

하지만 그녀들도 그리 쉽게 넘어가지 않고 묵비권으로 일관한다. 물론 피고인이나 피의자는 아니지만, 어쨌든 묵비하고 있다.

그러다가 계속되는 심문에 지쳐버린 다섯 부인들은 어제도 그랬지만 오늘도 같았다. 마치, 약속이나 한 것처럼 그렇게 말한다. 비희가 말한다.

"아아! 우리 학교동창회가 있었거든. 그래서 그렇게 됐어."

어제와 한 글자 안 틀리고 그대로 말한다. 애처롭기도 하다. 힘든 삶이다. 약육강식이 지배한 것일까?

"아니, 이런 여편네가 말이야! 허구한 날, 학교동창회야? 어제도 학교동창회, 오늘도 학교동창회, 그놈의 학교동창회는 매일 하냐? 이런 XX야."

"아니, 당신 지금 나보고 뭐라고 했어? XX라고… 이런 ○○, 우리 금서대학교는 워낙 유명한 대학이라 동창회를 자주 한단 말이야! 그리고 내가 여기 동문회장이고 또 이 대학의 교수니까, 다 내가 맨 앞에서 진두지휘하는 거라고…"

"뭐야? ○○이라고? 말은 곱게 해야지? 누가 하늘 같은 남편한테 ○○이라고 하라고 가르쳐준 거야? 난 하늘 같은 집권당인 청렴맑은당 국회의원이라고… 내가 너 같은 X하고 살아주는 것만으로도 무한한 행복으로 여기라고… 알았어? 몰랐어? 이 XX야."

"으윽흑… 말끝마다 저렇게 욕이니… 너 같은 자식과 결혼한 게, 내 실수다."

"내 체면과 명예를 손상하고 다니는 짓을 하지 말란 말이야, 진짜 더럽다. 내 위신을 생각하여 넌 늘 행동을 각별히 신경 쓰고 조신하게 행동하라고… 더럽고 추잡한 짓하러 다니지 말고. 이 XX야."

청렴맑은당 박청환 의원은 계속 부인을 잡아먹을 듯이 노려본다. 그러다가 화를 다스리지 못하고 달려들어 부인 이비희를 마구 때린다.

"넌, 맞아야 정신 차리겠다. 에잇…. 이런 더럽고 추잡한 X야."

퍽퍽퍽 짝짝짝. 비희는 청환의 번개 같은 귀싸대기 연타를 맞고 퍽 쓰러진다.

박청환 국회의원은 자신이 먼저 쌍스러운 욕설을 해 놓고 이에 부인이 맞받아치자 격분을 감추지 못하고 달려들어 주먹을 휘두른다. 부인은 쓰러졌다.

한편, 그녀 말고 4명의 여인들도 그 같은 변명을 늘어놓은 것은 같지만 그 남편들은 청환처럼 그렇게 마구 거친 말을 하진 않고 침묵을 지키며 속으로 한 방을 먹이겠다며 이를 갈고 있다.

참, 한심한 건, 이렇게 살얼음판을 걸어가며 유희를 즐기겠다고 남자 도우미를 찾아 그 노래방을 찾아간 그녀들이나 또 그렇게 알바로 손쉽게 돈을 벌어보겠다고 도우미를 자청해서 간, 남자들이나 멀고 거친 가시밭길을 걷는 형국임이 틀림없다. 알바를 생각한다면 차라리 신문 배달, 우유 배달을 고려하지! 아니면 또 다른 종류들도 있지. 하지만 그만큼 재미도 없고 다리도 아프고 허리도 아프겠지! 그래서 싫을 수밖에…

아무튼, 지도층 남편 부인들과 귀농생활 접고 상경한 치킨 배달원들 간의 업무적 로맨스가 본격적인 서막을 올렸다.

물론, 영업적 알바 관계로 시작했긴 하지만, 어쨌든 시작했다. 그녀들의 입장에선 남편들은 무척 텁텁하게 말을 하며 권위적이고 고집스러운 성향들이지만, 그 남자들은 매우 편하다고 생각한다. 그래서 더 빠져들고 무엇보다 몸을 하나로 합쳤기 때문에 그 짜릿함을 좀처럼 잊을 수가 없다.

그리고 그 남자들도 아주 단시간에 손쉽게 거액을 벌어 맛이 들어버렸기에 계속 빠져들 것이 확실한데 이들의 앞날이 사뭇, 궁금하기도 하다.

그 남자 5명은 다음 날, 일요일에 다시 대림역 UP치킨에서 만나 술을 먹는다. 이날도 이들은 며칠 전, 개업식 때 그랬던 것처럼 또 철수의 사랑 문제인 필리핀 여성과 교제하는 것을 비꼬며 흉보고 있다.

그러면서 어제 신도림 노래방에서 만난 그 여인들에 대한 얘기가 주를 이룬다.

이들이 이렇게 검은 진흙탕 로맨스가 액셀을 밟아 갈 때, 다른 한편, 이들 5인의 구설수 대상이 돼버린 6월 20일에 수원 장안구 연무동으로 올라왔던, 철수와 필리핀 여인 이라니는 오붓한 동거생활을 이어갔고 분식집도 알뜰하게 경영해 나가고 있었다.

그렇다면 철수, 이라니 커플에겐 아무런 문제가 생기지 않을까? 그건 모른다. 이조차도 인생이기 때문이다.

이라니는 날씬하고 섹시하다. 그리고 노래를 너무나 좋아하고, 장래 꿈은 최고가수가 되는 것인데 분식집 일 도중에도 틈나는 대로 흥얼흥얼 노래를 부른다.

그런데 오늘 일요일을 맞이하여 철수, 이라니는 가게 문을 닫고 인근 광교산으로 산행을 갔다. 산 입구부터 일요일이라 그런지 등산객들이 엄청 많았다.

철수가 화장실이 급해 들어간 사이에 이라니는 밖에서 생으로 노래를 부르고 있었는데 때마침 그곳을 지나가는 등산객 중에 필리핀 남성 2명이 있었는데 서로는 반갑게 웃는다. 낯설지 않은 친숙함이 그들의 마음을 편하게 했을 것 같다.

철수가 밖으로 나오는 시간이 한참 늦어진 사이에 그 남자 중 한 명이 번개같이 자신의 명함을 그녀에게 주고 산으로 올라간다.

이라니는 그 명함을 받아서 호주머니에 넣는다. 그 후, 철수가 나왔다. 그리고 철수, 이라니는 산으로 올라가기 시작했다.

뭔가 문제가 생길 것 같은 예감이 든다.

앞에 간 남자들은 어느 정도 걷다가 잠시 쉬고 가려고 바위에 앉는다. 그 뒤를 철수, 이라니가 걷는데 아까 그 명함을 건넨 남자가 그녀의 옆 모습을 힐끔, 바라보며 살짝 웃는다. 그러자 그녀도 그 남자를 그렇게 바라보며 웃는다. 신호탄이 될 듯하다.

그 남자들도 다시 일어나 걸어온다. 산 정상까지 오르는데 그 남자들은 계속 뒤를 따랐다.

그렇지만 철수가 있기에 그녀에게 뭐라고 말은 하지 않는다. 그러나 그녀의 눈에 보이려고 앞서거니 뒤서거니 하며 시선을 끈다.

오늘은 이렇게 흘러가 버렸지만, 그녀가 광교산 입구에서 명함을 받았는데 이것에 대해 어떻게 처신할 것인지, 이게 관건이 될 것 같다.

아무런 의미를 두지 않고 그냥 찢어 버리면 깨끗하고 간단하다. 그렇지만 마음의 동요를 일으켜 전화통화를 하게 되면 여러 가지 경우가 생길 것이다.

이 세상, 모든 일은 중간은 없다. 하느냐 마느냐 이것 둘 중 하나이다.

전화하게 되면 자연스레 만나게 될 테고 그렇게 되면 서로 웃게 될 거고 식사, 술, 뭐! 이런 절차가 진행되면 그다음 수순은 다 그렇게 흘러가지 않겠는가?

사실, 그래서 직장 동료라는 게 말이 그렇지, 동일한 시간에 같이 밥 먹고 커피 먹고 하다 보면 다 그렇게 애인이 되기도 하는 것 아니겠는가?

또 다른 직장동료 중 경쟁자가 나타나면 심한 견제도 하면서 말이다. 그래서 남자들이 자신의 부인들을 직장에 다니지 못하게 하는 것 아닌가? 피치 못하게 생계 문제로 맞벌이를 해야겠으면 눈물을 흘리며 그럴 수밖에 없겠지만 말이다. 이런 스트레스도 엄청나다.

그냥, 마음을 확 비워버리면 사실 별것도 없다.

왜냐면 인생은 짧기 때문에 그렇다. 그리고 상대를 소유물이 아니라고 생각해 버리면 간단하지만, 쉽진 않다. 지배욕이 가득하기 때문이다.

이 세상 모든 문제는 욕심에서 시작하고 욕심으로 끝난다.

어쨌든, 집에 돌아온 이라니는 혼자서 명함을 보며 미소를 짓고 있다.

일단, 미소를 짓고 있다는 것 자체부터 문제가 있을 것 같기도 하다. 마음이 꿈틀거리고 있다는 표시니까!

이런 연장선 차원에서 그녀는 그 명함에 적혀 있는 대로 그 남자 이름 아셀을 보면서 전화는 하지 않고 문자를 넣는다.

이라니가 광교산 입구에서 몰래 명함을 건넨 아셀에게 보낸 문자 내용

아셀 씨, 아까 제게 명함을 주셨지요. 산에 갔다 오니 답답했던 가슴이 뻥 뚫리는 듯하네요. 무슨 이유로 제게 그것을 주셨는지는 모르겠지만, 같은 필리핀 모국 분을 만나게 되어 무척 반갑습니다. 다음에 전화 드리겠습니다. 이라니 드림…

이런 내용을 보냈다.

이에 대해 아셀은 이렇게 답장을 보냈다.

아네, 이름이 이라니 씨로군요. 이름이 너무 예쁘고 좋네요. 아름다운 모습만큼이나 그렇게… 타국에 와서 엄청 외로웠는데 너무 우아한 분을 보게 되어 기쁘고 행복합니다. 다음에 만나서 술 한잔 해요. 아셀 드림…

내일부터 새로운 마음으로 분식집을 열어야 할 텐데 산행은 해서 몸은 나아졌지만 그녀의 정신은 혼란 속으로 빠져들고 있었다. 그렇게 꿈나라로 들어갔다.

이번 달, 20일이 수원 가요제 본선이고 예심은 다음 주 화요일 16일이다. 이런 내용의 플래카드를 그녀는 장안문 주변에서 봤다.

그래서 얼른 접수부터 했다. 선곡은 '단장의 미아리고개'이다. 워낙 가창력이 뛰어나 우승 트로피를 번쩍 들어 올릴 것으로 내다본다.

그런데 여기서 한 가지 문제는 이런 내용을 철수에게 말하자 그는 '열심히 하라'는 말 외엔, 특별히 없다.

"철수 오빠, 그날 응원 올 수 있어?"

"아니, 여기 분식집 일해야 하니까 안 되고 그냥 혼자 가서 잘하고 와!"

"아! 그럴까…."

그 후, 살짝 밖으로 나와 아셀에게 전화한다. 이들의 첫 대화가 오가는 순간이다.

"어제 명함 주셨던 아셀 씨 되시죠? 전 이라니입니다."

"아네, 제가 아셀입니다. 어제 문자는 잘 받아보았습니다. 만나고 싶어요."

"아! 근데 사시는 곳은 어디입니까?"

"아예, 장안구 영화동에 살고 있어요."

"어! 근데 제가 다음 주, 화요일 날, 수원문화의 전당에서 수원 가요제 예심을 하거든요. 그날 오셔서 많이 응원해 주세요. 아셀 씨…."

"와우, 가요제에 나가세요. 어어! 노래를 꽤 잘하시나 봐요."

"아네, 그냥 기본 합니다. 호호호."

"알겠습니다. 그날 가서 응원해 드리지요."

그녀는 분식집에서 나와 이런 오묘하고 어두운 내용의 전화통화를 해 버렸다. 철수와 동거 중인 그녀가 왜 이런 위험한 장난을 치기 시작한 것일까!

철수는 오로지 이라니밖에 모르는데 말이다.

그녀가 그만큼 끼가 있다는 것이고, 물론 그녀 말고도 대부분의 여성은 끼, 강한 욕구가 있다. 이 세상에 남편 외에 애인이 있는 경우가 거의 다 그렇다. 반대로 남성들도 끼, 강한 욕구가 있다.

부인 외에 애인을 보유한 경우는 전부 다라고 봐도 과언이 아닐 정도이니 말이다.

어쨌든, 이라니는 현재 그 통상적인 끼, 욕구가 움직인 것이다.

일주일이 번개같이 지나, 그녀의 가요제 예심 날이 왔다. 이라니는 수원 문화의 전당 수원 가요제 예심 장소로 들어가 본다. 오전 10시 시작이라고 안내문이 붙어있다.

번호표를 찾는데 그녀의 순번은 78번이었다. 오늘 참가한 인원은 총 137명이었다.

사실, 참가자 인원이 중요한 건, 아니다. 더 정확한 음정, 박자, 목소리, 감정, 이런 부분들이 본선진출의 분수령이 될 것이다.

그녀는 자신의 순번이 조금 뒤에 있어 오후 2시가 다 되어야 할 것 같다고 생각하고 잠시 밖으로 나가 연습을 해 보려고 한다. 그래서 나갔는데 야외 휴게실 벤치에 아셀이 와서 앉아 있다.

아셀은 이라니를 보자 웃는다. 그녀도 화답 차원으로 웃는다. 그리고 걸어가 그 벤치에 앉는다. 앉아 있는 모습이 애인 같아 보였다.

"하하하. 아셀 씨 언제 왔어요?"

"아네, 방금 전에 왔지요. 노래 연습은 많이 했어요?"

"아니, 난 너무 노래를 잘하니까, 연습할 필요 없어요."

"아! 그래요."

이들의 대화는 마치, 아주 오래전부터 사귀어온 연인들 같은 분위기와 대화였다. 그러다가 점심 식사할 시간이 되자, 자연스레 손을 잡고 식당으로 향했다.

다시 돌아와 커피를 마시며 더 많은 대화를 나누고 있다. 그런데 문제가 발생했다.

철수가 분식집 일을 하다가 잠시 문을 닫고 이곳으로 왔다. 왜냐면 이라니에게 응원해 주고 싶은 마음이 갑자기 생겼기 때문이다.

그런데 하필, 아셀, 이라니가 벤치에 앉아 있다가 서로 느닷없이 입술과 입술을 부딪치고 있는 순간에 철수가 걸어서 오고 있다. 철수는 그 장면을 보자마자 얼른 빠른 발걸음으로 피해 버린다. 그리고 충격적인 얼굴로 그곳을 바라본다.

그 후, 다시 돌아 분식집으로 갔다. 문을 닫고 홀로 광교산으로 올라간다. 잊기 위함이다.

물론, 그런다고 잊을 순 없겠지만, 그렇게라도 하고 싶은가 보다. 아까 그 상황에서 난리를 치지 않은 이유는 이라니를 향한 사랑이 가식적인 사랑이 아닌, 진실 된 사랑이었기에 그랬다. 진실 된 사랑이란 모든 허물을 덮어 주어야 하는 것이기에….

하지만, 마음의 상처는 남는다.

왜냐면 철수도 인간이기에 그렇다. 초월할 수 없다.

이 세상 모든 일과 사물에 대해 초월할 수 있다면 행복은 떼어 놓은 당상일 텐데!

한편, 이라니는 자신의 순번인 78번, 차례가 되어 선곡대로 '단장의 미아리 고개'라는 노래를 불렀는데, 이 노래를 너무 잘 불렀는지 여기저기에서 엄청난 박수 소리가 울려 퍼졌다.

심사위원들도 무척 놀라는 표정이 역력했다.

다 끝나고 바로 본선진출자 16명을 발표하였는데 이라니는 이 명단에 당당히 입성하였다.

명단발표 하는 순간, 그녀는 너무 기뻐 옆에 서 있던 아셀을 향해 아까처럼 그렇게 또 자신의 입술을 그의 입술에 대고 꾹 누른다. 그러자 이곳에 모여 있던 많은 사람들이 그들이 연인 사이라고 생각할 정도였다. 물론, 오늘 만나 이런 몸짓이 나왔으니 연인이라고 봐도 무리는 없어 보인다.

거기다 더해 이들은 오늘 가요제 본선 진출 기념으로 저녁에 소주와 전어회를 먹으려고 횟집으로 들어갔다.

신나게 소주와 회를 먹은 이들은 나와 노래방에 들어가 오늘 선곡으로 불러 본선에 진출하게 된 '단장의 미아리 고개'부터 시작해 이것저것 닥치는 대로 노래를 불렀다. 그리고 밖에 나와 거침없이 함께 모텔로 들어가 빨간색 장미꽃을 검은색 장미꽃으로 검붉게 물들였다. 그 후, 나와 택시를 잡아타고 가다가 아셀은 영화동에서 내리고 이라니는 연무동으로 갔다.

이때 시간이 밤 8시 30분가량 됐는데 분식집에 가보니 철수는 없었다.

전화했는데 받지 않는다. 집으로 들어갔나 싶어 가본다. 그래도 없다. 그녀는 씻고 TV 노래 채널을 돌려가며 철수가 들어오기를 기다린다.

한참 지나 10시 30분쯤 되니 철수가 들어왔다. 철수는 말없이 냉장고에 들어있는 물을 꺼내어 마신다.

"철수 오빠, 나 오늘 본선에 진출했다. 잘했지?"

"…"

그는 잠시 말을 하지 않고 침묵을 지키다가 한마디 꺼낸다.

"아! 그랬어. 잘했어. 축하해! 본선에서 1등 하길 바라."

"그래, 고마워!"

철수는 이 정도만 말하고 더 말하지 않고 그냥 눕는다. 그리고 잠을 이룬다. 그러나 그녀는 그가 왜 그러는지 모른다. 그런 채, 잠이 든다. 바로 이 부분에서 철수가 다른 센영슈트 봉제공장멤버들과 차이점이라고 볼 수 있다.

장순, 영선, 완수, 홍철은 아까 철수가 겪은 똑같은 상황에 직면했을 때, 뒤도 돌아보지 않고 바로 헤어져버렸다.

물론, 넷 중에 한 명, 장순은 그런 상황에서 충격을 받아가며 상미를 빼앗으려고 혈투를 펼치기도 했지만 말이다. 그러나 그도 철수처럼, 이해하려고 덮어주려고 노력까진 하지 않았다.

그만큼 철수는 영혼이 맑고 깨끗하다. 진정한 사랑이 무엇인지 알고 있기 때문이다.

며칠이 지나 수원 가요제 본선 날이 왔고 이라니는 그 장소인 화성 행궁으로 갔다.

저녁 7시부터 화성행궁광장에서 치러지는 이번 수원 가요제는 본 선진출자 16명과 인기가수 10명이 초대되었다. 아직 8월 중순이라 덥 긴 하지만 가요를 사랑하는 많은 수원시민들이 관람하기 위해 자리 를 가득 메웠다.

오늘은 철수가 이라니를 응원하기 위해 함께 왔다. 그랬기에 그녀 는 얼른 아셀에게 문자를 보낸다.

내용은 '오늘 본선 날엔 오지 말라.' 이것이었다. 이 문자를 받은 아 셀은 '알았다'고 답장을 했다.

철수는 이라니와 함께 이 주변에서 저녁식사를 했다. 그리고 무대 근처에 설치된 참가자 대기실에 갔다. 미리 와 있는 인기가수들도 눈 에 띄었다.

정각 7시가 되자, 수원 가요제는 경쾌한 코러스합창단의 소리와 함 께 화려하게 시작됐다. 그녀의 순번은 6번이다.

오늘 본선도 선곡은 저번 예심 때와 같이 '단장의 미아리고개'였다. 그녀의 차례가 되어 또 그 노래를 불렀는데 저번 예심 때와 같은 엄 청난 함성 소리가 화성행궁을 흔들어 놓았다. 그만큼 이라니의 가창 력은 하늘을 찔렀다. 밤 9시가 조금 넘자 가요제는 끝이 났는데 심 사결과가 발표되었다.

오늘도 이라니가 대상을 받는 영광을 얻었다. 그녀는 대상을 받자 너무 기쁜 나머지 옆에 서 있던 철수를 향해 자신의 입술을 그의 입 술에 대고 꾹 누른다.

그리고 계속 있었다. 그러자 관람객들은 이들이 연인이라고 생각하는 표정을 짓는다.

그런데 조금 뒤편에서 아셀이 서 있었다. 아셀이 그 장면을 보는 순간 눈가에 눈물이 핑 돈다. 물론, 그는 저번 광교산 산행 때, 이라니와 철수가 연인 사이라는 걸 알았지만 그래도 마음은 아프다.

오늘은 이라니와 철수가 수원 가요제 대상 기념으로 인근의 횟집에 가서 소주와 도미회를 실컷 먹는다.

그리고 밖에 나와 노래방으로 들어가 오늘 본선의 대상수상 곡인 '단장의 미아리고개'를 목 놓아 부른다. 철수는 옆에서 박수만 쳤다.

이젠 지역가수로도 활약할 수 있게 된 그녀는 한껏 고무되어 최정상자리에 오르기 위해 맹렬히 달려갈 것으로 보인다. 그런데 문제는 이런 삶의 노력은 좋은데 다른 남자에게로 시선이 움직였다는 것이다. 이 부분을 철수는 알면서도 끝까지 모른 체하고 있다. 그런데 또 다른 문제가 생겨나기 시작했다.

며칠이 지나자, 그녀에게 수원지역에서 가수활동을 할 수 있다는 통보가 예총으로부터 왔다.

그녀는 8월 말이 되자, 이곳저곳 경로당이라든가, 요양원, 기타 마을잔치라든가, 이런 곳에 공연을 나가게 됐다. 8월 27일 토요일 날엔 권선구 권선종합시장에서 열린 독거노인위문공연에 갔는데 이곳의 남자 행사진행요원 중의 한 명이 다가와서 말을 건다.

"아! 오늘 이곳에 공연 나오셨군요?"

"아네, 그렇습니다."

"하하하. 근데 가수님이 너무너무 예쁘신 것 같아요."

"어머, 호호호. 절 알아보시는군요."

"저, 이따가 끝나고 제가 팥빙수 한 그릇 사 드리겠습니다. 괜찮을까요?"

"그래요. 너무 좋아요."

이 행사진행요원은 홍강석이다. 키가, 크고 체격도 크고 나이는 그녀와 비슷한 나이인 것 같아 보였다. 특히, 강석은 그녀가 무대에서 노래를 하고 있을 때, 넋 나간 사람처럼 그 몸매를 바라보고 있었다. 이윽고 공연을 마치자. 강석은 기다렸다는 듯이 다가가 웃으며 말을 한다.

"저, 정말 노래를 잘하시는군요. 고생하셨는데 가서 팥빙수를 먹기로 해요."

"그래요. 너무 좋아요."

"자, 이게 제 명함입니다. 다음에 행사 있을 때, 참고하세요."

"이건 제 번호입니다."

이들은 근처에 있는 팥빙수 전문점에 들어가 두 그릇을 시켜 먹는다. 강석은 행복한 표정을 짓는다. 이라니는 자신이 이렇게 작은 규모이지만 작은 무대에서라도 노래를 부를 수 있다는 것만으로도 큰 행복의 미소를 짓는다.

강석은 갈 때, 야릇한 미소를 보내고 갔고 그녀는 이에 대해 살사 댄스를 추는 것으로 화답했다.

이라니가 연무동으로 가려고 택시를 기다리고 있는데 강석은 자신의 차를 타고 뒤에서 클랙슨을 누른다. 그러자 뒤를 쳐다본 그녀는 깜짝 놀란다.

"타요. 어디까지 가시는지 모르겠지만…."

"그럴까요."

행사진행요원인 강석은 이라니가 연무동 연무시장이라고 말을 하자, 그곳으로 내달린다. 이윽고 그 차는 그곳에 도착했고 강석은 이라니를 내려주었는데 그녀가 걸어가고 있을 때, 그는 뒤따라와 말을 건넨다.

"이라니 씨, 카페에 가서 커피나 한 잔 더 하시죠?"

"아니, 이 동네는 조금…. 다음에 하지요."

이라니가 이렇게 말을 했는데도 불구하고 그는 세차게 달려와 그녀를 끌어안는다.

그녀는 이 동네, 이 골목은 철수가 있는 분식집이 얼마 떨어지지 않은 곳이라 몹시 신경이 쓰여 몸을 이리저리 흔들며 뿌리치려고 애를 썼다. 이 상황에서 우려했던 일이 생기고 있다.

바로 그 철수가 잠시 분식집을 문을 잠그고 바람을 쐬러 개천 길로 내려오는 중이었다. 그런데 하필, 철수의 눈에 띄는 순간과 동시에 강석이 그녀의 허리를 잡고 차에 태우고 떠나버렸다.

철수로선 또 한 번, 충격적인 장면을 목격하게 된다.

저번 가요제 예심 하던 날, 그 대회장 앞, 벤치에서 외국인 남성과 입을 부딪치는 장면을 보았고, 오늘은 한국 남성이 이라니의 허리를 붙잡고 차에 동승하는 모습을 본 것이다. 머릿속이 혼잡해졌다. 걷던 대로 그대로 걸어가 개천 길에 다다랐다.

철수는 그냥 개천 물속의 헤엄쳐 다니는 송사리 떼, 구리빛 물고기만을 힘없이 바라본다. 이게 편하다. 아직 결혼은 안 했지만, 미래의 설계를 할 수 있다는 것만으로도 행복이라 여기며 사는 철수였다. 그런데 벌써… 모든 게 내 마음과 같진 않구나! 그저, 계속 걷겠다. 개천 길 닿는 데까지… 그러면서 저 물을 보며 마음을 비우겠다.

한참 걷다 보니 해가 질 것 같은 색깔들이 눈앞에 왔다. 그래서 철수는 돌아서 갔다.

분식집에 거치지 않고 곧바로 집으로 갔다. 조금 지나자 이라니가 집에 들어왔다.

철수는 저번 가요제 예심 날과 같은 마음으로 이라니를 대했다.

아무 일도 없었던 것처럼, 그저 태연한 모습과 태연한 얼굴과 표정 그대로였다. 이게 좋다.

'내가 살 시간과 그녀가 살 시간이 그리 많지 않기 때문에 이렇게 해도 모자른 시간들이라 그렇게 하겠다.'

"아! 들어왔어? 공연은 재미있었고…?"

"그랬지! 너무 좋아!"

"잘됐네!"

오늘도 그 날처럼 그렇게 잠이 들었다. 다음 날, 일요일은 가게 문을 닫는다. 일주일에 하루는 이렇게 쉰다. 그래야 내일부터 또 한 주를 이겨나가리라!

그런데 너무 신기하게 지금 나의 심정을 알고 했나 싶을 정도로 하철에게 전화가 온다.

"철수 형, 잘 지냈지? 오늘 우리 다섯이서 거기 광교산에 가려고 하는데 형이 어디에 사는지 모르겠지만, 시간 되면 산 입구로 올 수 있어?"

"뭐! 그것도 좋긴 하지!"

"철수 형, 그럼 우리가 10시까지 산 입구로 갈 테니까, 나와 있으라고…"

"그래, 알았다."

철수는 이라니가 이런 일, 저런 일로 피곤해 낮잠을 자고 있는 모습을 바라보며 깨우지 않고 자신만 일어나 씻고 등산복을 갈아입고 산 입구로 걸어간다.

연무동은 산 입구와 가깝다. 그래서 금방 가게 됐다. 가니까 그들은 벌써 와 있었다.

"형, 여기야! 너무 반가워…"

"아! 그래 나도 반갑다."

"근데 형, 수원으로 나왔다고 말했는데 어디에서 사는 거야?"

"아아, 저쪽에 가면 있어."

"그럼 무슨 일을 하는데? …"

"…"

이들은 이렇게 모여 광교산을 오르기 시작했다. 한참을 오르다 줄줄줄줄 흐르는 땀에 지쳐 잠시 앉아 쉰다. 다시 일어나 정상까지 갔다 내려온다. 그리고 산 입구 아래에 있는 막걸리 집에 들어갔다. 이들은 막걸리와 파전을 먹는다.

철수와 이들 다섯과의 마지막 만난 날은 영선, 완수의 합동결혼식이 있었던 6월 11일이다. 그 후, 많은 변화, 즉 결혼했던 3쌍이 헤어지게 되는 일이 생겼다. 급기야 다시 서울로 상경하게 됐다.

그리고 심지어 이번 달, 6일엔 하철이 철수에게 전화를 걸어 노래 도우미를 해 달라고 요청하기도 했었다. 이에 그는 냉정히 끊었다.

이런 일들이 있었고 최근엔 철수로선 생각하고 싶지 않은 괴로운 장면들을 목격하게 되는 일도 있었다.

철수가 먼저 말을 꺼낸다. 이들에 대한 위로 차원이다.

"아! 다들 안 좋은 일들이 생겨서 마음들이 심란하겠어? 자! 한 잔씩 하자고…"

"근데 저번에 형에게 노래 도우미 좀 할 수 있겠느냐고 했는데 그냥 하지 그랬어?"

"야! 무슨 그런 걸 해, 너희들도 시골에서 이젠 다시 서울로 왔으니 예전보다 더 새롭게 더 열심히 각자 일들을 하는 게 좋겠어! 한 잔 더 하자고…"

"맞아, 철수 형의 말이 맞긴 한데… 우리도 돈을 빨리빨리 벌어야 하니까, 그렇게 해 보는 거야!"

"아니, 늦었다고 생각할 때가 빠른 때야! 그런 일은 하지 않는 게 좋아! 마음을 비우고 서서히 풀어나가도록 해!"

"하하하. 그렇지."

오후 2시부터 먹기 시작한 막걸리는 4시를 넘기고 있었다. 이들 6 명은 많이 취해 가고 있다. 산행을 마친 후에 먹는 막걸리는 보약과도 같았다. 그러나 너무 많이 마시면 독약이 되기도 한다. 그런데 이들은 너무 많이 마신 상태이다.

철수도 웬만하면 최근에 생긴 안 좋은 일들을 말하지 않는 성격인데 술에 만취되다 보니 말하게 된다.

"말이야, 난 요즘에 이라니가 한번은 필리핀 남자와 한번은 한국 남자와 입을 부딪치는 모습을 봤지! 괴롭긴 한데… 난 그리 대수롭지 않게 생각하고 그냥 넘겨 버리려고 해! 내가 이라니를 사랑하기만 하면 그걸로 끝이지! 더 따질 게 뭐가 있냐고… 안 그래? 내 말 맞지?"

"…"

"…"

"…"

"…"

이 말을 들은 이들 다섯은 모두 어리둥절한 얼굴과 표정으로 바뀐다. 무척 황당한 얼굴과 표정을 지으며 굳어지며 안색이 변해 버린다.

그러면서 끝까지 말을 하지 않는다. 그만큼 어이없다는 것이다. 그러니까, 아예 말을 하지 않겠지! 침묵을 지키며 막걸리만 들이붓는다.

오늘도 흩어져 돌아가면 또 저번 대림역 UP치킨 점, 개업식 때처럼 이들 다섯이서 철수를 엄청나게 흉볼 게 기정사실이 되어 가고 있다.

아닌 게 아니라, 오후 5시가 다 되어가니 서로가 그만 일어나기로 제안했다. 그래서 일어나 나왔고 철수는 이들에게 다음에 연락한다고 하고 연무동으로 갔다.

그 후, 다섯이서 2차로 그 주변에 생맥주집으로 들어가 맥주와 안주를 먹어가며 또 저번처럼 철수를 흉보기 시작했다.

"야! 철수 형, 조금 이상해진 것 아냐? 어떻게 자신이 좋아하는 여자가 다른 남자와 입을 부딪친 것을 보고 대수롭지 않게 생각하냐고… 정신이 이상하지 않고서야 어떻게 저럴 수가 있어? 돌았나 봐! 안 그래?"

"윽 흑, 어쩌다 철수 형이 정신병자가 됐지! 아, 제대로 미쳤구나! 돌았어, 정말 딱하고 불쌍하다."

"말이야, 우리는 예전에 만났던 여자들이 그런 일이 있었을 때, 그걸 보는 순간, 아예, 깨끗하게 끝내버렸잖아! 그게 용납이 돼? 우리가 반 죽이지 않은 게, 너무 착한 거지! 하하하. 그런 생각하니까, 갑자기 머리가 아프다. 으흑…."

"그런 X들은 완전 아작 내버려야 돼!"

이들 다섯은 한결같이 철수를 맹비난하며 흉보고 있다. 희생, 헌신적 사랑은 바보로 보이고 정신병자로 보이는가 보다. 통제하고 감시하고 때리기도 해야 제대로 된 사랑인가 보다.

자신들은 별짓을 다 하고 다녀도 그건 멋진 인생이고 용기 있는 남자인가? 그런데 안타깝게도 그 멋진 용기도 그것을 노리는 암초가 늘 뒤에서 겨냥하고 있다는 사실을 알아야 할 것이다. 이래서 뭐든지 자신들의 생각대로 마음대로 안 되는 세상이고 냉정한 심판을 받아야만 하겠다.

그러나 이들은 해 질 녘까지 그곳에 앉아 끈질길 정도로 철수를 험담하고 있다.

"앞으로 봐! 이젠 철수 형도 우리 같은 꼴을 당할 거라고… 그 이라니가 하는 여자도 우리가 만났었던 우엔티늉이나 일화나 팽소피어아처럼 철수 형을 골탕 먹이고 큰 피해를 주고 달아날 게 뻔해!…"

"하하하. 야! 술이나 먹자! 참, 웃긴다. 어휴… 크크크큭"

"근데 내일 그 신도림 YP노래방 사장에게 전화 좀 해봐야 할 것 같아! 그 아줌마들 또 언제 오는지 말이야! 그 여자들이 와야 수고료를 두둑하게 집어 주거든…."

"그래 하철이가 알아서 해!"

이들 다섯은 이렇게 줄기차게 철수를 험담하고 나서 늦은 시간이 되어 서울 대림동과 구로동으로 갔다.

철수는 집에 들어가자마자 씻고 쉬었다가 잠을 잤다.

이런 부분을 통해 알 수 있는 인생의 단면은 개인이 어떤 엄청난 곤경에 처했을 때, 그 사연을 누구에게, 즉 타인에게 말해봤자, 결국 돌아오는 것은 본인이 없을 때, 그를 험담하게 만들어 주는 흉볼 가십거리만 만들어 줘버리는 꼴을 종종 당한다는 것이다.

그런 이유로 이 세상 인간들 개개인이 서로서로 말을 잘 안 하려고 하고 있고 막상 하더라도 상투적이고 피상적인 말만 골라서 한다. 왜냐면 자신이 한 말이 타인들에게 가십거리를 만들어 주지 않으려고 말이다.

결론적으로 세상은 엄청나게 굳어 있고 각박하다. 그리고 푹푹 썩어있다. 안 그런 곳이 없다.

날이 밝자, 어제 광교산 입구에서 막걸리를 먹으며 하철이 말했던 그대로 신도림 YP노래방 사장에게 전화를 건다.

"아이고, 하철 씨, 주말 잘 보냈어요?"

"아예, 사장님은 어떻게 잘 보내셨습니까? 근데 그 아줌마들 또 언제쯤 온단 말 없었나요? 궁금합니다. 돈 좀 벌어야 하는데…."

"하하하. 제가 연락을 취해보고 다시 전화드리겠습니다. 아마 오늘쯤 올 것 같은데요. 일단 기다려보세요."

노래방 사장은 이사광 대법관 부인이면서 대림동에서 미채미술학원 원장으로 있는 조진자에게 전화를 한다. "오늘 올 마음이 있나요?"라는 물음이었다.

그러자 조진자는 오늘도 "다섯 명이 가려고 하니 도우미 준비해 놓으라."고 말을 한다. 사장은 "알겠다."고 말하고 끊었다.

　저번엔 남지선이 짝이 안 맞아 그냥 돌아갔는데 오늘은 청렴맑은 당 박청환 국회의원의 부인이면서 금서대학교 의류학과 교수인 이비희가 그녀에게 양보하겠다는 뜻을 내비쳤다.

　그래서 남지선이 그 장소에 유희를 즐기러 갈 수 있게 됐다. 그렇게 되어 오늘 최종 명단은 조진자, 최연숙, 선동희, 김채화, 남지선, 이렇게 다섯의 여인으로 결정 났다.

남편들에게 걸려 폭행당함

밤 9시가 되자, 5인 여성들은 번개같이 그곳에 도착했다. 그만큼 유희라는 게 좋긴 좋은가 보다. 이에 남자 도우미도 그때 그대로 5명이다.

안하철, 이장순, 김홍철, 최영선, 조완수, 이렇게 됐다. 이 남자 도우미들이 조금 늦게 도착했다. 방식은 늘 똑같다. 노래하고 술도 먹고 싶으면 먹고 시간 지나면 각자 2차를 나간다.

2차는 모텔이다. 더 웃긴 건, 이들 다섯이서 저번의 파트너를 교체하여 나가자는 제의를 하는 여자가 있었다는 것이다. 바로 한강대학교 경영학과 조명환 교수의 부인이자 서초동에서 대형빌딩 하나 갖고 있으면서 매일 먹고 노는 선동희가 이런 제안을 한 것이다. 그러자 다른 네 명의 여자들도 그것도 무척 흥미로운 일이라며 받아들였다. 그렇게 되어 서로서로 파트너가 개편된 채로 2차를 나갔다.

이들 짝들은 2차 모텔로 들어가 빨간색 장미꽃을 검은색 장미꽃으로 검붉게 물들였다.

그리고 오늘도 도우미들에게 수고료를 넉넉하게 지급했다.

그런데 여기까진 좋았는데 문제가 발생했다. 그녀들이 집에 돌아오자 남편들이 아예, 문밖에 서서 기다리고 있었다.

그냥 넘어갈 수 없다는 강력한 결의였다.

오늘도 자정이 다 되어 들어오는 부인들을 향해 고함을 지르며 멱살을 잡는 이도 있었다. 이에 맞서 부인들도 고함을 지르며 멱살을 잡고 저항했다.

진자의 남편 이사광은 눈을 부릅뜨며 잡아먹을 듯이 노려본다. 그녀도 물러서지 않고 노려본다. 일촉즉발 상황이다. 한번 터질 것 같다.

"당신 밤늦게 어딜 갔다 왔어?"

대법관 이사광은 한마디 쏘아붙인다. 그러자 진자도 카운터 멘트를 노린다.

"뭘, 어딜 갔다 와, 갔다 오기는 그냥 돌아다녔지!"

"왜, 오늘도 학교동창회에 갔다 왔다고 말하지그래? 그건 너무 많이 써먹어서 이젠 더 못 써먹겠지!"

"뭘, 써먹어, 써먹기는… 저리 비켜…"

"당신이 바람피우고 다니는 거, 이미 다 알고 있어! 내가 확인은 안 했지만 다 감이 와!

너 이러다가 나한테 얻어맞고 쫓겨난다. 지금 이 시간부터라도 조신해지면 내가 특별히 선처해 주겠다. 명심하라고… 내 체면과 위신 손상하고 다니지 말고."

이 말에 진자는 심한 비애를 느끼기 시작했다. 왜냐면 자신은 남편과 결혼한 후, 줄곧, 가정밖에 모르고 살았고 자식 키우는 일만 신경을 썼기 때문이다.

그렇지만 최근 엄청난 권태기가 몰려와 신도림의 노래방에 가서 남자 도우미들과 외도를 벌인 건 사실이지만, 남편인 이사광은 자신과 결혼하고 나서부터 30년간이나, 스폰서로부터 온갖 로비와 성 접대를 받아왔고 룸살롱을 밥 먹듯이 들락거린 것을 알고 있었다. 그래도 남편의 위신과 체면을 생각하여 봐줬는데 그런 내 마음은 헤아릴 줄 모르고 내가 요즘에 고작 한두 번 그랬다고 발광을 떠는 게 무척 괘씸하게 느껴졌다.

"어어! 뭐, 선처… 이게 어디서 그런 말을 쓰고 있어? 아예 날 죄인 다루듯 하는구나! 야, 인간아… 당신이 나와 결혼 후, 지금껏 30년 동안이나 고급술집종업원들과 2차 나가고 한 거, 내가 다 선처해 준 것은 어떻게 할래?"

그녀가 날 선 공격을 가하자, 사광은 얼굴이 굳어지며 격분하기 시작한다. 그러다가 갑자기 고함을 지른다.

"아니, 남자가 그럴 수도 있지! 안 그런 놈이 이 세상에 어디 있어? 좋다. 내가 그랬다고 이제 와서 너도 그러겠다고… 나는 그랬어도 너라도 안 그래야지!

그런다고 이렇게 막 나가면 돼? 이 못된 X… 내 명예와 체면 위신을 손상시키고 다니지 말라고. 네가 난리 치고 다니면 내가 망신당하는 거야! 이런 더럽고 추잡한 X야."

"뭐야! 못된 X라고… 이 못된 ○아… 난 그냥 친구들과 시내구경이나 하다 온 건데, 바람이 어쩌고저쩌고 그런 짓 하는 것을 봤냐? 봤냐고… 이런 개자식…."

"어어, 개자식… 이런 개 같은 X가…. 이걸 그냥 확… 어휴… 으윽.

어휴, 진짜 더럽고 추잡한 X가."

"그래 쳐봐라! 난 오늘 대법관 손에 한번 맞아보게… 이것도 영광
인데…."

"으아악…"

사광은 부인 진자를 때리진 못하고 크게 소리를 지르며 분개만 할
뿐이다. 그러다가 서로 멱살을 잡고 밀고 누르고 하다가 아들이 뛰어
나와 제재하자 그제 서야 떨어질 수 있었다.

"아버지, 어머니 지금 뭐하는 거예요? 그러지 말아요. 아아아 아아
아."

지금 이 시간쯤에 진자만 이런 일이 벌어진 것은 아니고 연숙, 동
희, 채화, 지선이도 남편들과 집을 들어가는 현관문에서 이런 일이
발생했다. 그러나 남편들이 마구 폭력을 행사하진 않았다.

이들 중에 마구 폭력을 행사한 사람은 이비희의 남편인 박청환이
유일하다. 저번 6일 밤에 그런 일이 있었다.

그렇게 한번 얻어맞은 것으로 인한 원인인지 정확히 모르겠지만,
오늘은 웬일인지 6인 여자들이 노래방에 갔는데 짝이 맞지 않았을
때, 비희가 선뜻 양보의 뜻을 내비쳤다.

어쨌든, 오늘 이들 다섯 남편들이 초강수를 두지 않은 것은 마음
이 넓어서 그런 게 아니라 더 결정적인 약점을 잡아서 더 강한 응징
을 하겠다는 포석으로 풀이된다.

그런데 더 문제는 그녀들의 유희에 대한 욕망이 좀처럼 식을 줄 모
르고 끊임없이 이어지고 있다는 것이다.

그러다가 어느덧, 9월을 맞이하고 있었다.

9월은 8월보단 날씨가 조금 낫지만 그래도 더위가 완전히 꺾이기엔 이달이 다 지나가야 하지 않을까!

3일 불금이 되자, 그녀들은 또 신도림 노래방에 가려고 계획하고 있다. 그런데 이들은 사실, 이 노래방 말고도 얼마든지 손을 뻗으면 애인을 만들고도 남는다.

예를 들어 비희, 지선 같은 경우엔 대학교 교수인데 이들이 근무하는 곳에는 많은 남자 교수들이 그녀들에게 대시를 하고 있다. 애인이 되려고 그러는 것인데 이에 대해 비희, 지선은 거부의 뜻을 표했다. 왜냐면 그 남자 교수들은 유부남들이라 괜히 그랬다가 문제가 되고 망신살이 뻗치기 때문이다.

그렇지만 남자 도우미들은 1회용이라 그다지 그런 쪽으로 걱정을 안 해도 되기에 그렇게 하는 것이다.

그녀들의 이런 심리는 이들만이 아닌, 그녀들의 남편들도 마찬가지다. 그녀들의 남편들도 대법관, 검사장, 국회의원, 교수 이런 사람들이라 자신들이 손만 뻗으면 이성을 애인으로 만드는 건, 식은 죽 먹기지만, 이들도 여기저기 알려지는 게 두려워 나름대로 안전한 방파제라고 생각하는 룸살롱 쪽으로 시선을 돌리고 있다.

글쎄, 사실, 인생의 유희를 추구하는 것에 있어서 완벽한 방파제는 없어 보인다. 이런 색욕을 충분히 만족시켜 줄 수 있는 곳은 존재하지 않는다. 왜냐면 일시적 만족은 될지언정 그것에 따르는 반대의 고독이 뒤따르기 때문이다.

반대의 고독이란 그 존재 또한 인간이기에 영원히 안식처가 되지 못하기 때문이다. 즉, 한곳에 머무르지 않는다는 것이다. 머물러도 타인의 유혹으로 다시 흩어진다. 그때, 허전함은 고독이 된다. 외로움은 피폐를 낳는다. 뼈를 깎는 그리움과 살을 에는 번민 속에 사로잡힌다.

그래서 힘이 빠진다. 몸이 마르게 된다. 식욕까지도….

어쨌든, 그녀들은 또 유희본능이 발동하여 신도림 노래방으로 직행한다. 오늘은 특별히 그곳 사장이 여섯 명의 아줌마들을 위해 1명 남자 도우미를 추가로 확보해 놓은 상태이다. 예전에 1명이 짝이 맞지 않아 그냥 돌아갔기 때문이다. 사장은 자신이 아는 사람에게 하루만 와달라고 부탁했다. 그래서 오기로 했다.

밤 9시가 되자, 그녀들이 모여들기 시작했다. 그 5인 남자 도우미들도 도착했다. 그런데 가는 날이 장날이라 했던가! 아님, 그녀들의 남편들이 독이 오를 대로 올라 벼르고 벼르던 순간을 맞이하는 것인가!

사실, 6인의 아줌마들의 남편들이 서로 알고 지내는 사이는 아니다. 물론, 남편들 중에 5인이나 법조인들이라 안면과 이름 정도는 알지만 그렇다고 왕래가 이뤄지는 사이까진 아니다. 특히, 동희의 남편과는 한강대학교 경영학과교수라 전혀 모르는 사이다.

그러나 그게 중요한 게 아니고 대략 이 시기를 노리고 있었다는 게 핵심이다.

여섯 명의 남편들 중, 오늘을 겨냥해 뒤를 밟아 볼 계획을 세워두었던 사람은 저번에 아내인 비희를 무참하게 때렸던 청환과 대문 앞에서 아내인 진자를 때리려고 했는데 갑자기 아들이 나타나 말리는 바람에 미수에 그쳤던 사광, 이렇게 두 남자이다.

두 남자는 아까 아내인 비희, 진자가 집에서 나올 때, 그는 집 주변에 잠복하고 있다가 그녀가 가는 방향으로 뒤따라 차를 운전했다. 그래서 지금 신도림 YP노래방 앞에 와 있다. 차 안에서 이런저런 상념에 젖는다. 집사람이 노래방으로 들어갔다는 것에 대해 여러 생각들이 머릿속을 꽉 채운다. 무척 궁금하고 의문도 생긴다.

안 되겠다 싶어 차에서 내려 노래방으로 들어간다. 손님인 것처럼 그렇게 해본다.

그러는 중, 사광은 깜짝 놀란다.

왜냐면 청렴맑은당 박청환 국회의원을 문에서 부딪치게 되니 말이다. 평소 잘 알고 지내진 않았다고 하더라도 낯익은 인물이 아닌가!

반대로 청환도 깜짝 놀란다. 왜냐면 대법관 이사광을 문에서 부딪치니 말이다. 이 또한 만남의 기회는 거의 없었지만 그래도 낯익은 인물이 아닌가!

이들은 서로 당황하고 있었다. 그러나 무슨 말은 하지 않는다. 멋쩍은가 보다.

그러면서 방 안을 이곳저곳을 훑어보는데 사장이 다가와 한마디 한다.

"아! 노래를 부르시려고요?"

"아아! 아닙니다. 누구를 좀 찾으려고 하는데… 중년 나이 든 아줌마들을 찾습니다."

"아! 여자 도우미가 필요하신가요?"

"아니, 그게 아니라… 방금 전에 이곳에 들어온 아줌마손님을 찾고 있어요. 제가 남편이라서… 같이 노래를 부르든가, 데리고 집으로 가든가, 해야 할 것 같은데…."

그러자 노래방 사장은 너무 놀라 눈을 휘둥그레 뜨면서 당황한다. 그러면서 얼굴이 굳어져 버린다. 좋지 않은 상황임에 틀림없다.

"아니, 그… 그런 아줌마 손님은 들어오지 않았는데요."

"아하! 내가 이곳으로 우리 집사람이 들어오는 걸 봤는데 어째서 안 들어왔단 말입니까? 비켜 봐요. 어디 한번 방 좀 확인해보게…"

"아아아… 안 돼요. 안 된단 말이에요."

그러자 청환, 사광은 이곳저곳 방들을 열어본다. 여는 순간, 각각 6군데 방에서 그 짝들은 서로서로 끌어안고 입을 부딪치고 있었다. 그중, 청환, 사광의 부인들도 있다. 남편들은 끌어 오르는 분노와 격분을 참지 못하고 부인을 향해 달려들기 시작했다. 그러자 파트너인 하철, 장순은 그들을 가로막으며 떼어 놓고 있다.

"넌, 뭐야? 이 새끼야. 이런 어린놈들이… 너희들 이젠 죽었어! 이런 후레자식아!"

"아아! 아저씨 우리에게 그렇게 욕을 막 하면 안 되지! 우리도 다 먹고 살려고 그러는 건데 말이야! 나도 당신에게 욕 좀 해볼까! 나도 욕할 줄 알아"

"아니, 이이 이게 정말 이런 개자식 봐라!"

이들이 이렇게 실랑이가 벌어지고 있는 틈에 그녀들은 쏜살같이 노래방을 빠져나갔고 하철, 장순도 그들을 밀어버리고 재빨리 빠져나가 각각의 차에 그녀들을 태우고 어디론가 차도로 닿는 대로 도망쳤다. 청환, 사광은 황급히 뛰어나와 차를 타고 달아나던 맨 뒤차를 향해 맹추격전을 펼쳤으나 끝내 잡지 못했다.

신도림 테크노마트 주변에서 놓쳤는데 사광은 차를 세우고 한숨을 푹 쉬고 있는데 바로 얼마 떨어지지 않은 곳에 청환도 차를 세우고 서 있었다.

사광은 차에서 내려 그쪽으로 걸어간다. 그러자 청환도 차에서 내려 그를 바라본다.

"아니, 박청환 국회의원님 아니십니까? 어쩌다가 저와 같은 일이 벌어졌군요."

"아아! 어떻게 그렇게 됐네요. 저도 이사광 대법관님을 자주 뵌 적은 없었는데 여기서 이런 문제로 뵙게 되니 민망하기도 하군요."

"아니, 아닙니다. 그러실 것 없습니다. 이게 다 마누라를 잘못 둔 사주팔자 아니겠어요? 박 의원님 저, 마음도 울적한데 어디 가서 소주나 한잔 하실까요?"

"아! 그거 좋지요. 갑시다."

이들은 서로서로 위로의 의미로 갈비집에 들어가 소주와 갈비를 먹어가며 울분을 토하며 정신적 상처를 하소연하는 장이었다.

"아까 보셨죠? 세상에 여편네들이 그게 뭡니까? 여자들은 그저 집 구석에 틀어박혀서 살림 잘하고 깨끗하게 청소도 하고 설거지 잘해 놓으면 되지! 딴생각은 하지 말고… 근데 노래방에 가서 남자들과 껴안고 노래를 부르고… 그래서 내 위치와 위신과 체면을 완전 구기도 다닌 짓, 이게 대역죄지 뭐가 대역죄겠어요? 이건 대역죄인들이라고요. 절대 그냥 둘 수 없죠. 이런 추잡하고 더러운 것들."

"아! 박 의원님 말씀이 백번 맞습니다. 그래서 그런데 아까 그놈들 보아하니 남자 노래 도우미 같은 느낌이 드는데… 이번 기회에 그런

놈들 더 이상 발붙이지 못하게 야당과 협의하여 예를 들어 남자 도우미 근절법이나 남자 도우미방지법 같은 특별법을 제정해서 한 번 시행해 보는 게 어떨까요?

그래야 그놈들을 집어넣어 버릴 수 있지 않을까요? 콩밥 좀 먹어봐야 세상 무서운 줄 알지! 그런 시건방진 놈들은… 저희 부인이 자꾸 그러고 다녀서 제 체면과 위신도 말이 아닙니다. 으윽 흑흑흑."

"오! 그거 너무 좋은 생각입니다. 제가 내일 당장 동료의원들 만나서 의논해 보겠습니다. 역시 우리 이사광 대법관님은 법리에 해박하고 사리판단이 탁월하십니다. 존경스럽습니다."

"아니, 아닙니다. 우리 박청환 의원님이 저보다 더 뛰어나시지요. 자! 한잔 하시지요. 법이 바로 서야 이 세상이 의원님의 당명처럼 청렴 맑은 세상이 되지 않겠어요."

"하하하. 너무 고맙습니다. 저희 당 이름이 청렴맑은당인데 너무 좋지요? 사실 저도 그렇게 청렴하고 맑게 인생을 살아왔습니다."

이들은 자신들의 부인들이 노래방에 가서 남자 도우미들을 만나 유회를 즐긴 것에 격분해 쳐들어갔지만 놓치자 서로 위로하고 있다. 그러다가 술에 만취하자 사광은 청환에게 피곤도 풀 겸, 인근의 안마시술소에 가자고 제의를 한다.

"박 의원님 우리 이렇게 짜증 나고 힘든데 저기 있는 안마시술소에 가서 시원하게 안마도 받고 또 거기에 마음에 드는 아가씨 있으면 한 번 회포도 풀고… 뭐! 세상 살아가는 게, 다 그런 거 아니겠어요.

솔직히 우리끼리 얘기지만 남자가 그런 재미없으면 이 세상 뭔 낙으로 살겠어요. 다 좋은 게 좋은 거 아니겠어요. 이런 얘기는 다른

데 가면 쉿, 쉿, 쉿… 특급비밀입니다. 아셨죠? 우리 존경하는 국회의
원님!"

이사광 대법관이 이렇게 말하자, 박청환 의원은 살며시 미소를 지
으며 그의 손을 잡는다. 그리고 귓속말로 소곤소곤거린다.

"그건 그런데 솔직히 이 대법관님 그런 곳에 몇 번이나 갔습니까?
다 좋은 게 좋은 게 맞긴 해요."

"아아아! 뭐, 몇 번인지 셀 순 없고 21살 때, 군대 가기 전부터 갔으
니까! 꽤 됐죠. 솔직히 결혼하고 나서도 계속 자주 갔죠. 어떻게 콩
나물만 먹고 삽니까? 명란젓도 좀 먹어줘야지!

안 그래요? 근데 다시 한 번 당부… 쉿, 쉿, 쉿… 특, 특급비밀입니
다. 아셨죠? 우리 존경하는 의원님!"

"아아아! 그런 건, 걱정 마세요. 제가 누구입니까? 현역의원 중에
가장 입이 무거운 사람 아닙니까? 하하하."

"그 비용은 제가 쏠 테니까! 그만 갑시다."

이들은 차를 인근에 주차해 두고 한참을 걸어서 갔다. 그러다 보니
간판에 BX안마라고 씌어있는 곳이 나왔다. 그곳으로 들어갔다. 두
사람은 이곳에서 여자종업원과 빨간색 장미꽃을 검은색 장미꽃으로
검붉게 색칠을 했다. 그리고 한숨 푹 자고 새벽녘에 나왔다.

한편, 어젯밤 그 노래방에서 황급히 도망친 그녀들은 6인 남자 도
우미들과 곧바로 강남구 청담동 쪽으로 갔다. 그곳으로 간, 이들은
호프에 들어가 맥주를 마셨다.

오늘은 왠지 불길하다는 생각이 들어 장미꽃을 꺾기 위해 모텔로

들어가는 부분은 다음으로 보류했다. 술은 마시고 있지만, 그녀들은 무척 불안하고 괴로웠다. 남편들에게 사실이 알려졌으니 말이다. 집에 들어가는 게, 두려워 사우나로 갔다. 남자들은 각자 돌아갔다.

아침이 되자, 사광, 청환은 해장국 집으로 들어가 한 그릇씩 먹었다. 주말이라 근무를 해야 하는 부담감은 없었지만, 어젯밤 신도림 노래방에서 있었던 참담했던 장면을 생각하니 분하고 억장이 무너지는 듯했다.

그래서 계속 부인들에게 전화를 건다. 그런데 계속 받지 않는다. 사광은 순간 아이디어를 짜낸다. 용서해 줄 것처럼 말이다. 그렇게 해서라도 일단 집으로 들어오게 하려는 술책이다. 그런 의미의 회심의 문자를 보낸다.

이사광 대법관이 부인에게 보내는 유인구
하하하. 당신 말이야, 뭐! 다 그럴 수도 있지. 나는 그런 거 다 이해하는 사람이야!
내가 누군데 나는 당신의 모든 것을 좋아하고 사랑하는 사람이야! 난 마음이 태평양처럼 넓은 남자라고 나는 지금 당신을 보고 싶어 기다리고 있다가 망부석이 됐음!

이런 내용이었다.
진자는 이 문자를 보고 깜짝 놀란다. 어제는 노래방에 처들어와 난리를 쳤는데 오늘 아침 이런 문자가 온다는 것에 대해 당황스럽지만 다른 한편으론 우리 남편의 마음이 갑자기 태평양처럼 넓어졌나! 이런 생각도 하며 우매하게도 그 유인구에 헛스윙을 하고 만다. 그래서 보낸 답장은 이렇다.

진자가 속아 넘어가 보낸 답장 내용
호호호. 알겠어요. 원래 세상은 다 그런 게 맞긴 맞아요. 이따가 점심 때 집에 들어갈 때 당신 좋아하는 오리고기를 사서 들어가 우리 오붓하게 구워 먹자고요.

이렇게 맥없이 속아 헛스윙을 해 버린다.
이 답장을 보고 사광은 회심의 미소를 짓는다. 그러면서 속으로 이를 갈고 또 간다. 그리고 속으로 외친다.
'그래 점심 때 들어오기만 들어와 봐라! 내 체면을 구기다니 이제 넌 반 죽었어! 이런 추잡하고 더러운 계집.'

이제 사광은 청환에게 힌트를 준다. 자신의 부인인 진자가 보낸 문자를 그에게 보여준다. 그러자 청환은 이를 보고 자신도 한번 그 수를 써먹어 보려고 한다.
그래서 그는 사광이 보낸 문자 내용 그대로 글자 하나 안 틀리게 똑같이 보낸다.
그랬더니 부인인 비희에게서 문자가 왔다.

'일단 저녁때, 집에 들어가서 대화를 해 봅시다.'

이런 내용이었다. 비희도 맥없이 속아 헛스윙을 해 버린다. 이 답장을 보고 청환은 회심의 미소를 짓는다. 그러면서 속으로 이를 갈고 또 간다. 그리고 속으로 외친다.

'그래 저녁때 들어오기만 들어와 봐라! 내 명예를 더럽히다니, 넌 이젠 완전 죽었어! 완전 쓰레기 같은 X.'

이렇게 이들은 꼼수를 쓰고 해장국집에서 나왔다. 그곳에서 나온 시간이 오전 10시쯤 되었는데 더 얘기하려고 카페빈으로 들어가서 아메리카노를 한 잔씩 시켜서 먹는다. 그러다가 청렴맑은당 박청환 국회의원은 국민밖에모르는당 최청순 국회의원에게 전화를 건다. 그 이유는 어젯밤 노래방에서 청순의 부인을 봤기 때문이다. 일러바쳐서 공동대응을 하겠다는 포석이다.

국회에선 여와 야라서 서로 으르렁거렸지만 이런 부분에 있어선 일사불란한 모습을 보인다.

실제로 으르렁거렸는지는 아무도 알 길이 없다.

"아! 최청순 의원님, 안녕하시지요? 별일은 없으시고요?"

"아네, 어떻게 이렇게 일찍 박청환 의원님께서 전화를 다 하셨어요? 하하하."

"근데 전화상으로 이런 얘기해도 될지 모르겠지만… 저도 그렇지만 최 의원님도 속 꽤 썩으셨을 것 같네요. 참 내! 너무 힘들군요. 체면과 위신이 말이 아닙니다. 이걸 어쩌지요."

청환이 이렇게 말하자 청순은 어느 정도는 감을 잡고 있다. 자신의 부인에 대한 문제로 그가 전화했다는 것을 이미 알고 있다.

국민밖에모르는당 최청순 의원은 잠시 머뭇거린다. 그러다가 말을 이어간다.

"어어! 아니 무슨 일로 그러십니까? 제게 어떤 안 좋은 일이 생겼나요?"

"아! 사실 제가 어제 이상하다 싶어 제 부인이 갑자기 어디로 가는 걸 보고 따라갔는데 신도림에 있는 노래방으로 가더군요. 근데 그 안에서 최 의원님의 사모님도 오셔서, 뭐! 이건 좀… 그그 그게… 말씀드리기가 송구하기도 하고… 그그 그게… 흠흠흠."

청렴맑은당 박청환 의원이 자꾸 이렇게 머뭇거리자, 국민밖에 모르는당, 최청순 의원이 말을 한다.

"아! 박 의원님, 뭐! 괜찮습니다. 사실 저도 어느 정도 알고 있습니다. 그냥 말씀하십시오."

"흠흠 흠… 그게 말이죠. 그랬는데, 아! 글쎄, 남자 노래 도우미들과 같이 막 노는 장면을 보는 너무 가슴 아픈 일을 겪었습니다. 제 체면과 위치가 흔들립니다. 전, 솔직히 괴롭습니다."

"아아아… 그랬군요. 그 가슴 아픈 심정 공감합니다. 예에… 알고 있습니다. 저도 엄청 참고 있고 벼르고 있습니다.

근데 이렇게 거기까지 가셔서 상황을 보시고 무척 힘드시겠어요. 아무튼 그런 정보를 알려 주셔서 너무 고맙습니다. 다음에 시간 내어 식사라도 같이하시지요."

"예예, 그래요."

이렇게 박청환 의원은 얼른 이 정보를 흘리고 최청순 의원을 우군으로 끌어들이려 하고 있다. 그런데 사광도 어제 노래방에서 어디선가 많이 본 듯한 얼굴의 여인들이었는데 정확히 기억이 나질 않아 몹시 힘들어하고 있다.

그러던 중, 시간은 흘러 점심때가 다가오고 있었다. 바로 사광과 그의 부인인 진자가 집에서 만나기로 한 시간이 다가왔다.

그래서 이들은 그만 일어나자고 제의한다.

그리고 청환도 저녁때, 그의 부인인 비희와 만나기로 되어 있어서 가야 한다고 생각하고 있다. 각자 자신들의 차가 있는 쪽으로 가서 차를 타고 집으로 향한다.

이사광 대법관의 집, 대림동 신광아파트 17동 305호에 그가 들어선다. 이미 진자가 와 있었다. 그녀는 남편을 보자마자 환하게 웃는다. 왜냐면 아까 사광이 다 이해하겠다고 말했기 때문이다. 그래서 그에게 주려고 오리 고기도 사들고 왔다.

그런데 이게 무엇인가! 자충수인가, 아님 다른 무엇인가! 사광은 번개같이 진자에게 달려가 인정사정 봐주지 않고 마구 때린다. 그것도 있는 힘을 다해서 후려친다.

진자는 순식간에 얼굴 부위를 강하게 얻어맞아서 피를 흘리며 쓰러졌다.

"에잇, 어디서 건방지게 남자 노래 도우미들을 만나고 다녀… 이런 개 같은 X…"

"아아악… 으윽 흑… 어어억…"

"너, 조만간에 이혼당하는 줄 알고 있어."

"맘대로 해!"

"이게 에잇 버릇없는 X야…"

"으으윽흑… 아아아…"

진자는 이사광 대법관에게 철저하게 속아 넘어가 유린을 당하는 순간을 겪었다. 사광은 그 후, 쓰러진 부인을 향해 귀싸대기를 연속으로 휘갈긴다. 참혹한 장면이었다. 한참이 지나자 사광은 분을 가라앉히며 소파에 걸터앉는다. 그리고 담배를 하나 꺼내어 피운다.

진자는 얻어맞은 얼굴의 아픈 부위를 감싸 쥐고 눈물을 흘리고 만다. 보복성으로 의자든 뭐라도 들고 남편을 향해 내리찍고 싶지만 참고 참는다. 가정폭력으로 경찰에 신고해야겠다고 생각은 했지만, 무척 망설이고 망설인다.

그러다 눈물을 흘리며 밖으로 나가 버린다.

그녀가 나간 후, 사광은 계속 줄담배를 피우며 흥분을 감추지 못하고 있다.

밖으로 나간, 그녀는 아파트 놀이터 벤치에 앉아 통한의 아픔을 겪었다. 119를 부르려 하였으나 괜찮을 듯하여 참아본다.

한편, 시간은 흘러 저녁이 되자, 이젠 박청환 국회의원의 차례가 왔다. 청환은 자신의 집인 서소문동 선경빌라 11동 311호에 들어선다. 마찬가지로 부인도 이미 와 있다.

박청환 국회의원은 저번 달, 6일에 부인을 무자비하게 때린 적이 있었다. 오늘도 그날 같은 일이 벌어질 것인가! 벌어지고 말았다. 그는 부인을 보자마자 맹수같이 달려들었다.

그녀는 깜짝 놀라 뒤로 쓰러졌는데 위에 올라타 귀싸대기를 마구 때린다. 인정사정없었다. 강타를 당한 그녀의 얼굴에 피가 흘렀지만 그는 개의치 않는다.

더욱 충격적인 일은 이렇게 피범벅이 된 그녀를 일으켜 세워 놓고 무릎을 꿇으라고까지 하며 마치 중고교 선생이 학생에게 기합을 주는 듯한 행동도 서슴없이 자행했다는 것이다.

"에잇, 이 X야 어서 무릎 꿇어… 이씨… 확… 어휴 이걸… 내 체면을 금가게 만들고 다녀."

"으으 으으으윽 흑… 흑흑…."

부인은 그야말로 참혹하고 처절한 아픔을 당하게 됐다. 그래서 도 저히 분함을 가눌 길이 없어 얼른 경찰에 가정폭력으로 신고했다. 그 러자 얼마 있어 경찰관 두 명이 출동하여 초인종을 누른다.

"아니, 이게 어떻게 된 일입니까?"

"남편이 날 아무 이유도 없이 때렸어요. 그래서 신고한 겁니다. 얼 른 남편 좀 붙잡아 가세요. 으흑흑흑…."

그러자 경찰관 두 명은 남편을 쳐다본다. 그러더니 순간 깜짝 놀란 다. 왜냐면 집권당 청렴맑은당 박청환 의원이기 때문이다. 그러나 청 환은 대수롭지 않게 생각하는 얼굴 표정을 짓는다. 부인을 우습게 생각하는 것만큼 경찰도 그렇게 생각하기 때문이다.

"어! 박청환 의원님께서 어떻게 이런 일이 저지르셨나요? 그 그게… 아아…."

"아! 왜? 뭘 어떻게 하려고?"

그러자 경찰들은 몹시 당황해 하며 말을 이어간다.

"가정에서 벌어진 일이라 저희가 뭐라고 말할 수가 없군요. 두 분 께서 잘 화해하시고 원만하게 지내십시오. 저흰 이만 물러가겠습니 다. 안녕히 계십시오."

이렇게 말하고 경찰관 두 명은 쏜살같이 빠져나갔다. 이 사회의 현 실을 나타내는 거울 그림자였다. 부인만 찢어지게 눈물을 흘리고 말았다.

사실, 그녀도 남편인 청환이 아주 오래전부터 스폰서로부터 로비를 받아 고급 룸살롱에 들락거린다는 것을 알고는 있었지만 이를 악물고 참았다. 화를 낸다고 되는 일도 아닐 뿐더러 남편의 위신과 위치를 생각하여 그저 이해해 주는 쪽을 택했던 것이다.

근데 지금 벌어지는 상황을 보면 더 많이 지저분하게 살아온 남자가 최근에 조금 지저분해진 여자를 향해 융단폭격을 가하는 형국이다.

비희도 나름대로 자존심이 강하고 고집도 센 편이다. 그래도 금서대학교 교수로서 할 말을 다 하고 다니는 강경소신파이다. 스스로 똑똑한 여자라고 생각하고 있다.

아무튼, 어떻게 대응할지 궁금하다. 이혼소송을 할지, 여러 가지 대응수가 있을 것 같다.

아마, 오늘 점심때, 이사광 대법관에게 심하게 언어맞은 진자와 이 부분에 대해 의논할 것으로도 보인다. 그런데 다른 한편, 청환, 청순, 사광은 이번 9월 정기국회에서 남자 노래 도우미 근절법을 발의하여 3일 신도림 노래방에서 목격했던 그 남자들을 법에 따라 엄벌에 처하려고 논의를 구체화할 것으로 보인다.

어쨌든, 상황이 이렇게 첨예한데 센영슈트 봉제공장 출신 5인 남자들은 앞으로도 손쉽게 돈을 벌겠다고 노래 도우미를 계속하려고 하니, 심각한 일이 아닐 수 없다.

그런데 연숙, 동희, 채화는 남편들에게 심한 의심은 받고는 있으나 아직 진자, 비희, 지선처럼 유희생활이 구체적으로 남편들에게 알려진 것은 아니었다.

그렇지만 어디 그게 완벽할 수 있겠는가? 하늘 아래에서 살아가는 일인데 다 드러나게 되어있다.

연숙, 동희, 채화는 아직까진 정신적으로 다소 자유로울 수도 있겠다. 아직, 진자, 비희 같은 처참한 꼴을 안 당했으니 말이다.

그래서 더욱 날뛴다. 그런 기분으로 다음 날, 일요일엔 엊그제 밤에 황급히 도망쳤던 하철, 장순, 영선과 양재동 꽃시장 입구 쪽에 있는 호프에서 오후 3시에 만나 외국 맥주를 마시고 있었다.

그녀들은 무슨 여유에서인지 그들과 맥주도 먹고 꽃구경까지 할 생각이다. 물론, 맨 마지막 단계는 모텔로 들어가 서로 장미꽃을 꺾는 일이겠지만 그러기 전에 워밍업으로 꽃구경을 하려는 것일까!

오늘도 온통 남자 3명은 그녀들에게서 수고료를 더 많이 받아내려는 생각만 하고 있으니 너무너무 어두운 검은색 진흙탕 거울 그림자가 아닐 수 없다.

또 오늘은 그녀들은 각각 값비싼 외제차를 한 대씩 몰고 왔는데 이 차들이 세워져 있는 장면을 빤히 바라보는 장순의 눈가엔 촉촉한 행복의 이슬이 방울방울 맺힌다.

매일 화물차만 타고 다녔던 그로선 선망의 대상이었으리라!

오후 5시가 되자, 호프에서 나와 이들은 보란 듯이 서로서로 손을 잡고 꽃구경을 시작했다.

그런데 이 시간에 이 관 검사장이 볼 일이 있어 이곳을 지나가다 자신의 부인의 차가 세워져 있는 것을 보고 이리저리 돌아다니다가 아내가 한 남자와 손을 잡고 돌아다니는 모습을 보게 됐다.

이사관 검사장은 이 장면을 보고 무척 놀랐는데 더 놀란 것은 이 경주 변호사의 부인인 김채화도 다른 한 남자와 그렇게 손을 잡고 걸으며 꽃구경을 하고 있다는 것이었다.

사관이 경주의 부인의 얼굴을 아는 이유는 이사관 검사장과 이경주 변호사는 예전에 부장검사 시절에 부부 동반하여 여행을 떠났던 적도 있었기 때문이다.

안 되겠다 싶어, 사관은 얼른 경주에게 전화를 건다.

"아! 친구, 나 사관이야. 지금 시간 되면 빨리 여기 양재꽃시장으로 와야겠는데…"

"어! 왜 그래?"

"아! 일단 와보면 알게 돼!"

"그래 알았어."

사관의 전화를 받자마자 경주는 번개같이 신분당선 양재시민의숲역 4번 출구로 가서 그가 기다리고 있는 곳으로 뛰어간다.

"아니, 사관아, 무슨 일인데 그래?"

"야! 저기, 저기 좀 봐!"

사관이 가리키는 곳을 본 후, 경주는 얼굴이 굳어져 버린다. 자신의 부인인 채화가 한 남자와 손을 잡고 장난을 치며 꽃구경을 하고 있는 게 아닌가! 이들은 더 이상 두 눈 뜨고 볼 수 없다는 마음에 그들에게 맹수처럼 달려간다.

그리고 사관은 연숙을 사정없이 때리고 경주는 채화를 때린다.

"당신 여기서 뭐 하는 짓이야! 에잇… 이런 XX야."

"으으으악… 아아아악…."

그녀들은 남편에게서 소나기 같은 귀싸대기를 맞고 그 자리에 픽 쓰러진다. 순식간에 벌어진 일이라 이들도 미처 막을길이 없었다. 그러자 하철, 장순, 영선은 그들을 가로막고 세게 뒤로 확 밀어버린다. 그러면서 고함을 지른다.

"아니, 당신들 뭐야? 왜 이 여자들을 막 때리는 거야? 이 자식들이 왜 지랄이야?"

"야! 이 자식아, 내 마누라다. 너희들 이젠 죽었어! 겁대가리가 없는 새끼들…."

"뭐라고… 그런데 왜? 이 아줌마들은 우리의 손님들이다. 왜, 니들이나 죽을 줄 알아."

"이게 정말… 손님 같은 소리하고 있네! 이런 개자식들… 법정구속감이다."

"웃기고 있네! 미친 개새끼들."

하철, 장순, 영선과 사관, 경주가 서로 밀며 엉키기 시작했다. 서로 큰 폭행은 발생하지 않았지만 거친 욕설과 밀고 당기는 몸싸움이 벌어진 것이다. 그러자 그녀들은 소리를 지르며 울먹이고 있다.

"아아아, 우린 얼른 도망치자고. 안 되겠어!"

그녀들은 안 되겠다 싶어 다른 곳으로 도망쳐 버렸다.

그런데 이때, 이 길을 지나가던 행인 한 명이 이 장면을 보고 곧바로 경찰에 신고했다. 얼마 있지 않아 경찰이 출동하여 이들 남자 5명을 연행해 간다.

인근 파출소로 들어간 이들은 조사를 받게 되었는데 이사관 검사장, 이경주 변호사는 몹시 난감한 표정과 심경을 감추지 못했다.

왜냐면 자신들은 일류법조인이라고 생각하고 있기 때문이다. 그런데 경찰에게 조사를 받는다는 것 자체가 어쩌면 수치일 수도 있다고 생각하니 말이다. 그래서 그랬는지, 사관, 경주는 이 선에서 끝내자고 제의를 했다. 그러자 하철, 장순, 영선도 동의했다. 서로 몸싸움이 벌어진 것에 대해 화해가 이뤄져 버렸다.

그래서 훈방으로 나오게 됐지만, 앞으로 또 어떤 불상사가 일어날지 아무도 모른다.

사실 이사관 검사장, 이경주 변호사도 최근 들어 부인들의 행동을 줄기차게 의심은 했지만, 그것을 뒷받침해 주는 구체적 상황은 오늘이 처음이다. 그러니 당연히 앞으로 경계와 감시가 강화될 것은 확실시된다.

그리고 이미 이사광 대법관, 박청환 국회의원은 부인들과 법정이혼을 하려고 준비 중이다.

아마 그 후로 이사관 검사장, 이경주 변호사, 최청순 국회의원, 조명환 교수까지도 같은 결정을 하지 않을까 예상된다.

아까 남자들끼리 실랑이가 벌어졌을 때, 얼른 도망쳐 버린 경주의 부인인 채화, 사관의 부인인 연숙은 밤늦은 시간에 집에 들어왔다.

그러나 의외로 남편들은 화를 내지 않고 태연한 모습을 보인다. 속으론 더 큰 결정적 증거를 포착하여 끝장내 버리겠다는 복안인 것 같다. 그래서 조용히 누워서 잠을 이룬다.

사관, 경주가 이렇게 나오자 연숙, 채화는 더 그런 문제로 상관하지 않는 줄 알고 속아 넘어가 편안한 미소를 지으며 꿈나라로 고요히 들어갔다.

어쩌면, 지금 남편들의 태연한 모습도 유인구인데 부인들은 맥없이 헛스윙하는 순간인 것 같다.

며칠 후, 진자, 비희가 주도하여 다 같이 청담동에서 만나 자신들의 이혼문제에 대해 4명의 친구들과 대화를 나누자고 한다. 그래서 만나게 됐다.

6명은 청담동 학동사거리에 있는 BN호프에서 오후 3시에 만났다. 그녀들은 만나자마자 서로 최근에 벌어진 일들에 대해 하소연을 시작했다.

그런데 그녀들의 만남의 장소 뒤편에서 섬뜩한 일이 벌어지고 있었다. 그것은 바로 이들의 남편 6인들이 마누라의 뒤를 밟았던 것이다.

남편들은 BN호프 주차장에 차를 세워두고 그 주변에서 담배를 한 대씩 피우려고 차에서 나오고 있다. 그런데 여기서 너무 기이하고 공교로운 일이 발생하고 말았다. 6명의 남편들은 오늘 이 시간에 서로 이곳에서 만나자고 약속은 하지 않았는데 우연의 일치로 모이는 순간을 맞이했다. 그것은 최근 그만큼 부인들에 대한 감시태세가 무척 강화됐다는 방증이기도 하다.

그런데 서로서로 같은 시간에 보면서 자연스레 알게 되는 상황이다.

이미, 청순, 청환, 사광은 아는 사이이다.

지금 이 문제로 의논했던 사이였고 원래 왕래가 있는 사이이다. 나머지 세 명의 남편 중, 두 명인 사관, 경주를 보고 사광은 깜짝 놀란다. 요즘 자주 만날 수는 없었지만 아는 사이가 아닌가!

다 같은 법조인들이다. 이사관 검사장, 이경주 변호사였다. 그런데 그중, 한 명은 전혀 모르는 인물이다. 바로 한강대학교 경영학과 조명환 교수인데 그는 혼자서 이리저리 걸어서 왔다갔다 반복했다. 그래서 사광이 다가가 명환에게 묻는다.

"저! 실례지만 이곳에 어떻게 오셨어요? 혹시 저 호프에 있는 여자들 문제 아닌가요?"

그러자 명환은 눈을 휘둥그레 뜨면서 무척 당황해 한다. 그러면서 말을 이어간다.

"아예, 그런데요. 그 그걸 어떻게 아셨죠?

"아아… 솔직히 저희도 그 문제로 이곳에 온 겁니다. 엄청 괴롭습니다."

"어! 그러셨어요. 으흑흑… 정말 힘든 일이죠."

"근데 혹시 무슨 일을 하십니까?"

"아! 한강대학교 교수로 있습니다."

그러자 사광은 눈을 크게 뜨며 매우 놀라는 표정이다. 한강대학이라면 최고 대학이 아닌가! 또 자신도 그 대학을 나왔으니 말이다. 이번엔 사광이 자신의 신분을 밝힌다.

"저는 대법관입니다. 근데 요즘 마누라 문제로 속을 엄청나게 썩혔습니다. 힘들죠."

"아예, 아니 아아… 아니 대법관이세요? 이럴 수가…."

"아니 그게 말이죠. 지금 제가 대법관이라는 게 중요한 게 아닙니다. 마누라가 제 속을 썩이고 있다는 게 핵심사항문제입니다. 제 위신과 체면을 손상시키고 다닙니다. 미칠 지경입니다. 으윽 흑흑흑…"

이들이 이런 얘기를 하고 있을 때, 청렴맑은당 박청환 의원은 걸어와 말을 한다.
"우리 여기서 이럴 때가 아니야! 저 호프 안에서 무슨 일이 일어나는지 자세히 관찰해야 할 것 아니겠어요?"
"아 네, 맞습니다."

이렇게 되어 이들 6명은 오늘 이 시간에 이곳 주차장에서 서로가 서로를 알게 되는 상황을 맞고 있다. 그리고 살며시 걸어가 그 BN호프 안을 유심히 바라보며 관찰을 하고 있다. 눈이 빠져나갈 정도로 예의주시하였으나 이곳엔 다른 남자들은 나타나지 않았다. 한참이나 있어 보아도 마찬가지였다. 그러다 지쳐 돌아갔다.
그런데 그녀들이 호프에서 오고 간 얘기는 내일 금요일에 스트레스도 풀 겸, 해서 삼성동 선릉에 있는 뷔페에서 술을 먹고 그곳에 있는 노래방에 가자고 제의를 한다.

예전에 신도림 YP노래방에서 안 좋은 일이 있었기 때문에 그곳은 철저하게 피하기로 하고 다른 장소로 하자는 것이다. 그리고 하철, 장순, 영선, 완수, 홍철에게 전화하여 선릉에 있는 뷔페 위치를 알려주고 그곳으로 오라고 하는 방법을 택하는 것이다. 다음 날이 되자, 그녀들은 어제 오고 간 얘기 그대로 한다.
진자는 하철에게 전화를 건다.
"그래, 하철아, 이따가 밤 7시에 선릉역에 있는 화란 뷔페로 올 수 있어? 술 한잔 하고 거기에 있는 노래방이나 가자고. 화끈하게 놀아야지!"

"아니, 그래요. 알겠어요. 근데 수고료는 많이 주셔야 해요."

"야! 그건 걱정하지 마! 알아서 줄 테니까! 다 데리고 나와."

"아네, 알겠어요."

하철은 나머지 네 명에게 연락을 취하여 같이 그 시간에 그곳으로 갔다. 그곳에 도착한 남자들은 여섯 명의 그녀들과 신나게 술을 먹고 맛있는 뷔페의 음식들도 먹고 2차로 인근 노래방으로 직행했다. 이들 열한 명은 대형단체손님 방에서 신나게 노래를 부르고 맥주도 더 시켜 먹으며 완전 살판났다.

왜냐면 이곳은 저번에 남편들에게 들켰던 신도림 YP노래방도 아니고, 그곳에서 멀리멀리 떨어진 곳이라서 완벽한 안전지대라고 생각하기 때문이다.

그곳에 들어가자마자 서로는 끌어안고 입을 맞추며 난리를 떨었다. 두 시간가량을 신나게 놀고 밖으로 나오고 있었다.

그들이 선릉역에 있는 ZK노래방에서 하나둘씩 서로서로 손을 잡고 나오는 도중, 날벼락이 떨어졌다.

왜냐면 바로 길 건너 앞쪽에 있는 룸살롱에서 그녀들의 남편들이 술집종업원들과 2차를 나가기 위해 서로서로 손을 잡고 나오고 있었기 때문이다.

그러니까, 그녀들은 남자 도우미들과 2차를 가기 위해 노래방에서 나왔다면, 그 남편들은 룸살롱 종업원들과 2차를 나가기 위해 룸살롱에서 나오고 있었다.

그런데 그녀들의 최악의 불운이었을까! 6명 남편들의 시선에 그녀들의 모습이 그대로 포착되어 버렸다.

6명의 남편들에게 이곳 룸살롱은 예전부터 개인적으로 단골로 다니던 곳이었다.

최근 벌어진 부인들의 일탈에 대해 엄청난 스트레스를 받아오던 차에, 오늘 이들은 불금 저녁을 맞이하여 서로 의논도 하고 멋지게 회포도 풀 겸 해서 왔던 것이다.

그러나 남편과 부인들은 서로 최악의 공교로움 속으로 빠져든다.

남편이든 부인이든 서로서로 유희를 즐겨보겠다는 취지는 똑같은데 어쨌든, 이때, 남편들은 엄청난 분노를 느낀다.

순간, 옆에 손을 잡고 있던 술집 아가씨들의 손을 놓고 고함을 지르며 부인들에게 일제히 달려든다.

그리고 사정없이 귀싸대기 연타를 때린다. 그러자 부인들은 퍽 쓰러진다. 이 광경을 본 남자 도우미 5인은 깜짝 놀란다. 이들도 술에 취해 있었고 갑자기 벌어진 일이라 미처 손을 쓸 수가 없었다.

이미 그들이 남편들이라는 건, 알고 있다.

예전에 신도림 YP 노래방에서 봤기 때문이다. 또 며칠 전에도 양재 꽃 시장에서도 실랑이가 있었기에 알고 있다.

그건 그렇다 치고 이들은 그래도 화가 났다.

자신들은 이게 돈버는 수단일 뿐이었고 또 그들도 룸살롱에서 여자들을 데리고 나오는 주제에 이 부인들을 때린다는 것은 누가 봐도 앞뒤가 안 맞는 행동이기 때문이기도 하다.

그래서 하철이 먼저 달려들어 진자의 남편인 사광을 향해 스트레이트를 날린다.

그러자 다른 이들도 그들을 향해 한 방씩 후려친다.

강편치를 얻어맞은 남편들은 비틀거리기 시작했다. 그러자 이들은 더 강하게 남편들에게 스트레이트를 날린다.

이들에게 강편치를 맞고 남편들은 비명을 지르며 픽 쓰러졌다.

"아아아아아아 악악, 으으으으으 으으윽 흑흑흑. 어어어어 어어억 억억."

그래도 이들은 귀농을 했고 농촌에서 일을 많이 했던 사람들이라 몸의 파워가 엄청 센 편이다. 그러니 매일 국회, 법원, 검찰청, 변호사로 근무만 했던 사람들이 그 파워 있는 주먹을 버텨내기란 어려운 일이었다.

바닥에 쓰러진 그들은 충격을 받아 일어나진 못하고 분노의 고함을 지를 뿐이었다.

"야! 이놈들아 내가 누군지 알아…. 나는 청렴맑은당 대한민국국회의원이다. 이 새끼야…. 너희들 이젠 박살 나는 줄 알아! 으윽 흑흑 흑…."

"아아, 으윽, 난 국민밖에모르는당 국회의원이란 말이야, 이 자식들 우리 같은 높은 분들에게 천한 거지 같은 새끼들이…"

"이런 개새끼들아, 난 대법관이란 말이야!"

"이런 후레자식들아, 난 검사장이란 말이야! 니들 다 집어넣어 버릴 거야!"

"이 새끼들아, 난 변호사다. 감히 이런 못 배운 것들이, 무식한 새끼들이…"

"이 개새끼들아, 난 한강대학교 교수야! 이런 돼 먹지 못한 것들…

개돼지 같은 것들"

남편들은 자신들이 생각할 때, 아주 천하게 느껴지는 사람들에게 스트레이트를 맞고 쓰러진 게 너무너무 분하고 원통하여 쓰러진 채, 울분을 토하고 있다.

또 그렇게 자신들의 고위직 신분을 말하면 이들이 기가 꺾여 주춤할 줄 알았다.

그러나 장순은 한술 더 떠, 크게 소리를 지르며 더 강력한 욕설을 내뱉는다.

"야, 인마!… 너네가 국회의원이든, 대법관이든, 검사장이든, 변호사든, 대학교수이건, 나하고 뭔 상관이냐?

난, 그냥 돈 벌려고 노래 도우미 할 뿐이고 또 우리 여성 고객들에게 성실하게 최선을 다해 일만 할 뿐이다. 그 이상도 그 이하도 없다. 됐냐? 그리고 니들이 지금 네 부인들에게 화를 낼 자격이나 돼?

너희들도 지금 저 룸살롱에서 아가씨 데리고 나오는 주제에 말이야! 똥 묻은 개가 재 묻은 개에게 화를 내면 천벌받는 거야! 알았어? 몰랐어? 어서 대답해 이 개자식들아… 확 이것들을 죽여 버릴까!"

이들이 그들과 난타전이 벌어지자 그 부인들 여섯 명은 안 되겠다 싶어 쏜살같이 다른 곳으로 도망쳤다. 그리고 룸살롱의 종업원들도 다시 룸으로 들어가 버렸다.

장순은 여성 고객들이 도망치자 이것으로 화가 풀리지 않자, 쓰러져있는 그들의 엉덩이를 사커킥으로 아주 세게 걷어차 버린다.

그러자, 장순의 옆에 서 있던 일행들도 같이 사커킥으로 아주 세게 걷어찬다.

이렇게 이들이 동시에 남편들을 걷어차자, 그들은 쓰러진 채, 너무 아파 데굴데굴 뒹굴었다.

그러자, 이들은 더 거칠게 달려가 사정없이 연속으로 엉덩이를 향해 사커킥 연타를 날린다.

퍽퍽퍽퍽. 팍팍팍팍. 착착착.

"아아아, 으윽 아아, 으윽, 너무 아파, 으악 악악, 어어어."

"야! 다른 데 차면 죽을 것 같아서 거기를 차 버린 거야! 우리 농촌에 가서 옥수수, 포도, 복숭아, 수박, 사과, 고추, 오이 갖다가 너희들 머리통에다 던져 박살 내 버리고 싶지만 그건 내가 참는다. 그 수확물들을 그렇게 쓰기엔 그조차도 너무 아깝다.

니들은 룸살롱으로 놀러 다니는 거지만, 우린 본업은 치킨 배달원이고 부업으로 한 푼 더 벌려고 노래 도우미 하러 다닌다. 알아?

이 더러운 새끼들 쓸데없이 나타나 우리 여성 고객들이나 도망치게 만들고… 앞으로 조심해! 앞으론 우리 눈에 나타나지 마라… 재수 없으니까!… 또 나타나면 그땐 정말 죽여 버릴 거야!"

"그만 아아아, 으윽 흑흑흑. 용서해줘, 한번만 봐줘요. 아아악. 아아악."

"어어 어어어 어어어 억억억억, 흑흑흑 흐 흐흐 흐흐흐 흑흑흑."

남편들은 쓰러진 채, 이들의 연속 사커킥을 맞고 심한 통증을 느껴 비명을 지르며 울기도 한다.

그러나 장순은 인정사정 봐주지 않고 주변을 이리저리 훑어보더니 바닥에 나뒹구는 소주병이 하나 있자, 그걸 들고 그들의 얼굴을 향해 아주 세게 집어던진다.

그 병은 그들을 강타한 후, 바닥에 떨어져 깨졌다.

팍팍팍. 창창창.

그것으로도 분이 풀리지 않자, 바닥에 있던 맥주병까지 집어 들고 아주 세게 던진다.

그 병도 그들을 강타한 후, 바닥에 떨어져 깨졌다.

팍팍팍. 창창창.

쓰러진 그들의 얼굴은 소주병을 맞아 찢겨서 피가 줄 줄줄 줄 흐르고 있다.

장순은 예전 4월 7일에 고성에서 상미 문제로 그녀의 집, 동발동 청구 1차아파트 11동 앞에서 홍선과 격돌할 때, 소주병을 깨서 막 휘두른 적이 있다. 오늘 바로 그때, 그 심정으로 부딪치는 것 같다.

그야말로 비장한 생계형 남자 노래 도우미의 절규였다.

이들 5명은 쓰러져 있는 그들을 바라보며 유유히 다른 데로 갔다. 아직 바닥에서 일어나지 못하고 있는 그들은 서서히 몸을 추스르며 일어나고 있다.

그들은 일어나자마자 빨리 경찰에 폭행을 당했다고 신고를 해야 한다고 하는 측과, 그렇게 되면 우리가 룸살롱에 왔다는 단서가 되기 때문에 약점이 잡히는 것이라 조금 신중해져야 한다는 측 사이에 소동이 벌어지기도 했다.

이 사람들은 워낙 위신과 위치와 체면을 중시하는 이들이라 신중해져야 한다는 의견이 우세했다. 그 남자 놈들에게 스트레이트와 사커킥으로 엉덩이를 심하게 강타당하고 소주, 맥주병으로 얻어맞은 것은 분하지만, 대의를 위해 감내하자는 쪽으로 합의가 났다.

그들은 재빨리 약국으로 달려가 약품을 구입하여 바르고 붙인다.

"아니, 대법관님, 병원에 가시지 않아도 될까요?"

"아예, 의원님, 약을 바르고 밴드를 붙이면 될 듯합니다. 괜찮아요."

남자 노래 도우미 근절 특별법 발의

하지만 치밀어 오르는 분을 억누르지 못하고 그들은 소주와 회를 먹으러 횟집으로 들어갔다. 그곳에 들어가 있는 소주 없는 소주를 마구 닥치는 대로 막 들이붓는다.

이젠 그들의 분노를 다잡을 수 있는 길은 부인들과의 법정이혼과 이번 9월 정기국회에서 조속히 남자 노래 도우미 근절법을 통과시켜 아까 자신들에게 폭행을 가하고 달아난 이들을 구속시켜 버리는 방안이다.

이런 절차를 밟아가려고 단단히 벼르고 있다. 사광, 사관, 명환, 경주, 청환, 청순 이렇게 6인은 하철, 장순, 완수, 영선, 홍철 5인을 섬멸시켜 버리려고 이를 악문다.

"아아, 그놈들에게 맞은 얼굴 부위가 몹시 아프고 통증이 몰려옵니다. 이가 조금 흔들리는 느낌도 들고요. 으윽, 내일 상황 봐서 병원에 가봐야겠어요."

"아! 말이야, 그 새끼들 완전히 깨끗하게 확 쓸어버리자고요. 그리고 여편네하곤 깨끗하게 갈라서 버리고 말이야! 자자… 한잔 씩 마시자고… 마셔요."

"그래요. 확 밀어붙여 박살 내버립시다. 자, 건배 우리를 위하여…
위하여… 위하여…"

앞으로 며칠 있으면 정기국회인데 엄청난 회오리가 일어날 것으로
보인다.

이렇게 여섯 명의 남편들과 부인들 그리고 다섯 명의 남자들이
현재, 색욕, 물욕, 교만으로 엎치락뒤치락 하고 있는 시간을 보내고
있다.

이즈음 다른 한편으로 수원 연무동에서 필리핀 여성인 이라니와
동거하며 함께 분식집을 경영하는 철수는 저번 달에 그녀가 다른 남
자 두 명과 입을 부딪치는 장면을 보았기에 마음은 무척 괴로웠지만,
뚝심으로 그녀를 향한 사랑을 쏟고 있다.

찢긴 자존심의 상처는 수원천의 흐르는 물로 하루하루 깨끗이 씻
어가며 이겨낸다.

가끔 광교저수지 물속에 자신의 그림자를 비춰보며 마음을 닦
는다.

맑은 물속에 비친 하얀 그림자를 본다.

참된 사랑의 정신력으로 승화한다. 그럴수록 그녀에게 이래라저래
라 절대 말하지 않는다. 그렇게 말하지 않는 게, 진정한 사랑임을 확
신한다.

그러던 중, 12일 일요일에 안양 동안구 평촌동에서 전국노래자랑
예심이 열리고, 14일 화요일에 본선이 열린다.

철수는 이라니와 그날 예심장소에 갔다.

그 결과 본선에 진출했다.

그래서 화요일에 본선에 출전했는데 또 여기에서도 대상을 받았다. 그녀는 너무 기뻐했고 또 12월 연말결선에 출전할 수 있는 자격을 얻었다. 만약 그때, 또 대상을 받게 되면 지금처럼 수원에서만 할 수 있는 지역가수에서 벗어나 명실공히 전국가수로 도약할 수도 있게 된다. 그래서 더욱더 기쁨과 흥분을 감추지 못하였다.

철수와 이라니는 그런 일이 있은 후, 더 힘이 나서 분식집 일을 하게 됐다. 그러던 어느 날, 하철이 철수에게 전화를 걸었다. 그 5인 남자들도 자신들의 앞날을 생각하니 갑갑했을 것이다. 그래서 좋아진 날씨에 광교산도 갈 겸, 또 수원에 있는 철수와 만날 겸 해서 연락했다. 그리고 그 부인들과 연락이 두절되어 버렸기에 VIP 고객들이 사라진 아쉬움이 몰려왔는지도 모른다. 그래서 더욱 갑갑했을 것 같다.

저번 달 28일에 이어, 이번 주 일요일에 또 광교산을 가면 옛 센영 슈트 봉제공장 6인 멤버들은 두 번째로 그 산에 오르는 셈이 된다.

"철수 형, 이번 주 일요일에 광교산에 가자고…. 시간 되나?"

"그래, 좋은 생각이다. 전날 전화해."

며칠이 지나 토요일이 되자, 하철은 다시 전화를 한다. 만남의 시간과 장소를 정하기 위해서이다.

"철수 형, 그때 그곳 산 입구에서 만나는 게 낫겠지? 시간은 오전 10시로 하고…"

"그렇지! 그 정도가 괜찮은 시간이야!"

그날 일요일이 되자, 그 시간에 철수는 산 입구에 나갔다. 그 5인은 이미 도착한 상태였다. 이들은 서서히 오르기 시작했다. 한주의 피로가 풀리는 듯했다.

정상에 갔다 내려와 저번처럼 막걸리 집으로 또 들어갔다. 산행 후에 먹는 막걸리는 보약 같았다. 꼭 뭐든지 술이 많이 들어가면 말이 많아지고 실수를 한다는 게 문제 중의 문제가 된다.

그렇다고 안 먹을 수는 없겠지만 적당히 마셔야 할 것 같다. 그런데 먹다 보면 그게 그리 쉬운 게 아니라는 것이 또 문제가 된다.

참, 문제가 많은 세상에 살고 있다.

"철수 형, 저번에 우리가 너무 황당해서 더 말을 안 했지만 어떻게 세상에 여자가 다른 남잘 만나고 다니는데도 그걸 다 이해하며 계속 교제를 하는 거야! 난 도무지 이해가 안 돼.

그리고 그 여자, 앞으로 분명 그 남자들 중에 한 명하고 나가 버릴 거라고… 그것도 철수 형의 돈을 훔쳐서 나갈 거야! 우리도 예전에 그런 꼴을 당했잖아! 지금에라도 하루 빨리 그 여잘 내보내라고… 얼른 끊어버리라고… 그게 형을 위해서 최상의 선택이야! 형을 위해서 해 주는 말이니까, 오해는 하지 말고…."

영선이 철수에게 이렇게 말을 했다. 그러자 철수의 얼굴이 굳어지며 일그러지기 시작했다. 그는 웬만한 건, 참는 성격이지만 내 사랑 이라니를 비난하는 건, 도저히 참을 수 없었다.

"아아… 그래, 그런데 영선아, 넌 말을 너무 심하게 하는구나! 현재 벌어진 일도 아닌 것을 미리 그럴 거라고 단정 지으면서 그렇게 말을 막 하면 결국 날 모독하는 것밖에 안 되는 것 아니냐? 그런 말은 삼가해 줬으면 좋겠다."

철수도 더 이상 가만히 있을 수 없었다. 그랬는데 이번엔 홍철도 영선을 두둔하면서 비슷한 말을 한다. 그러자 철수는 화가 치밀어 올랐다.

"철수 형, 영선이 형의 말이 맞는 것 같아! 뭐든 신중해질 필요가 있는 것 같아!"

철수는 잠시 침묵을 지킨다. 격분됐을 땐, 침묵이 보약이 된다. 그러자 이번엔 완수도 영선, 홍철을 두둔해 버린다.

"철수 형, 영선이 홍철이 말을 귀 기울여 들을 필요가 있을 것 같아! 다 쓰라린 경험이 있는 사람들이잖아! 다 형을 위한 말들인 것 같으니까!"

이런 연합공세에 철수는 계속 침묵을 지키다가 드디어 폭발하고 말았다.

왜냐면 자신들이 아무리 그런 쓰린 경험을 했다 하더라도 그저 경험일 뿐이지, 이 세상 모든 여자들이 꼭 그렇게 되리라고 속단해 버린다는 것은 지나친 편견이고 선입견의 극치가 아닌가!

"야! 너희들 이러려고 나하고 같이 등산하자고 했냐?

너네가 날 위해서 그런다면 고마운 일인지도 모르지만. 사람이 사람을 판단하는 문제는 전적으로 자신이 하는 거야! 너희들이 지금 하는 말의 명분은 날 위한다는 것이지만 실상은 나의 사생활과 판단과 인생에 대한 시비 내지 간섭밖에 안 돼! 그만하길 바라.

니들 인생에 대해 숙고하는 시간을 갖도록 해!"

"아니, 철수 형, 우리들의 조언을 무시하는 거야? 형을 위해서 이런 말을 해줄 사람이 이 세상에 어디에 있어? 우리밖에 없지!"

"야! 그만들 하라니까!…."

철수는 화가 치밀어 올라 갑자기 크게 소리를 지른다.

"내가 좋으면 그만이야! 니들은 사람을 의심만 하고 살아왔냐? 내면의 맑은 심성이 더 중요한 거야! 그 여자가 누구를 만나든 말든 내가 그걸 이해하면 끝이고… 더 뭐가 필요한 거냐고…"

철수와 그들 5인들 사이에 심한 언쟁이 벌어지더니 급기야 철수는 격분해 소주병을 바닥에 집어던져 깨 버린다.

쨍그랑 쨍그랑 착착 퍽퍽.

소주병이 깨져 산산조각이 나 버렸다. 오랜만에 옛 센영슈트 봉제 공장 멤버 6인의 산행이 있었지만 서로 불미스러운 감정만을 남긴 채, 돌아서게 됐다.

그들 5인들은 자신들의 최근 벌어진 남자 노래 도우미 문제라든가, 아줌마들과의 문제, 그리고 그 남편들과의 사건들 이런 부분들에 대해선 스스로 자책을 하진 않고 오로지 철수에 대한 개인적인 문제들에 대해서 말의 꼬리를 잡고 늘어지며 시비를 거는 시간들을 이어갔다.

인간이란 이 세상에서 가장 지저분한 존재들인 것 같다.

왜, 자신의 문제들은 깊이 반성을 하지 않으면서 타인의 아주 소소한 일이라든가 철학적 가치관에 대해서만 물고 늘어지려는 본능과 아집을 지니고 있다. 오물 쓰레기나 다름없다.

왜, 자신들의 검은 진흙탕 거울은 바라보지 못하는가? 남의 거울에 미세한 먼지가 끼어 있다고 흉이나 보고 있고 자신의 거울엔 도저히 모습조차 알아볼 수 없을 만큼 굵고 두꺼운 때가 끼어 있는 데도 말이다. 거울에 검은 그림자가 수북이 쌓여 있다.

한편, 이라니는 전국 노래자랑 연말 결선을 대비하여 분식집에서 일을 하면서도 계속 흥얼흥얼 노래를 부른다. 앞으로 석 달 남은 기간을 최선을 다한다는 계획이다.

이에 철수는 그녀에게 '노래대회를 위해 당분간 분식집 일을 하지 말고 노래 연습에만 전념하라'고 말하며 자신이 혼자서 알아서 하겠다는 뜻을 전한다.

그의 이 말에 그녀는 눈시울이 뜨거워지고 있다.

자기를 위한 배려에 감동을 받는다.

사실, 그녀는 철수 몰래 두 남자를 만나고 다녔는데 이 부분도 조금씩 죄책감이 몰려오기 시작했다. 마음이 정돈되기 시작해서일까! 아님, 집중적인 노래연습을 위한 일환일까!

그녀는 지금 만나고 있는 두 남자와 헤어져야겠다는 생각 쪽으로 굳어져 가고 있었다. 그래서 먼저 아셀에게 전화를 했다. 그 뜻을 말하자 그는 '한번 만난 후에 헤어지자'고 제의한다.

그러자 그녀도 '그러겠다'고 말했다.

아셀은 차를 몰고 월요일 저녁에 연무시장 쪽으로 와서 이라니에게 전화했다.

그녀는 시장 쪽으로 갔다. 아셀은 이라니가 결별의 뜻을 전화로 말했기에 그녀를 보자마자 눈물이 글썽글썽했다.

아셀은 이라니와 헤어지는 것이 너무 마음이 아파 이것을 아쉬워하며 좋은 추억 속의 그녀에게 주는 선물을 준비했다.

그 선물은 강아지 인형이다.

그것을 건네며 갑자기 눈물을 펑펑 흘리며 그녀의 입술을 향해 자신의 입술을 대고 꾹 누른다. 그런데 문제는 이때, 철수가 어떤 물건을 사기 위해 마트로 들어가다가 그 장면을 보게 된 것이다. 이라니는 입술을 떼고 아셀의 눈물을 닦아 주고 있는데 문득 옆쪽을 바라보니 철수가 서 있는 것이다. 철수는 얼른 고개를 돌리며 피한다.

그러나 이미 그녀는 그의 모습을 봤다.

그녀는 몹시 괴로웠다.

그래서 철수가 피했던 그 지점으로 달려간다.

그러나 이미 철수는 재빨리 다른 곳으로 피한 후였다.

그녀가 다시 아셀에게 돌아가지 않자 그는 잠시 기다리다가 그냥 돌아서 갔다. 완전히 그녀의 곁에서 떠났다.

그녀는 철수가 분식집에 갔을 거라고 생각하고 그곳으로 가 보았으나 보이지 않았다. 그러더니 몇 분 후에 그가 들어왔다.

그녀는 몹시 미안해하며 죄책감을 느끼는 표정으로 얼굴을 제대로 들지 못하며 말을 하고 있다.

"철수 오빠, 정말 미안해! 방금 전, 다 내 잘못이야! 앞으론 그런 일은 없을 거야! 오빠에게 보여선 안 될 모습을 보여줘서… 으윽 흑흑 흑…"

이 말을 들은 철수는 마트에 가다가 연무시장 골목에서 그 장면을 봤기에 속으로 괴로움이 몰려왔지만, 겉으론 태연한 척하며 오히려 미소를 짓는다.

그러면서 다른 데로 대화의 초점을 맞추려고 애를 쓴다.

"아니, 왜 그러는데? 난 계속 여기 분식집에 있었는데 네가 내게 뭘 보여선 안 될 모습을 보였다는 거야! 난 계속 여기에 있어서 아무것도 본 게 없는데…. 지금 무슨 말을 하는지 모르겠네!

아니, 요즘 노래연습 하느라 힘들 텐데 저녁 먹을 때가 됐으니 배고
플 텐데 밥이나 먹자고…"

"…"

철수가 이렇게 말하자 이라니는 우두커니 말이 없다. 그를 계속 빤
히 바라보며 서있다. 그러면서 속으로 생각하며 말한다.

'아! 철수 오빠가 아까 그 장면을 보고도 지금 내가 그걸 말하니
날 위해서… 얼마나 끔찍이 나만 생각하면 내 마음 상하지 않게 하
려고 그 대목을 아예 말을 안 하는 거지…'

그녀는 이렇게 속으로 말하고 속으로 미안함과 회한과 죄책감의
눈물을 속으로 흘린다. 그러나 겉으론 그의 얼굴만 물끄러미 바라
본다.

"그래, 오빠, 밥 먹자! 내가 잠시 졸려서 졸음을 깨려고 바람 쐬러
나갔는데 오빠하고 너무 닮은 사람을 보았나 봐. 세상엔 닮은 사람
도 많긴 해!"

"그렇지 뭐! 어서 밥 먹자고…"

그녀도 이런 분위기를 맞추고자 위와 같은 말을 한다.

그녀가 움직이기 전에 철수가 얼른 냉장고 안의 반찬을 꺼낸다. 그
리고 밥통에 들어있는 밥을 두 그릇 푼다. 그리고 탁자 위에 올려놓
는다.

그녀는 지금 이 순간, 그에게서 진한 사랑과 위로를 받는다. 외도
를 알면서도 모른 체하며 그녀를 어떻게든 감싸주려는 진한 푸른색
애정의 몸짓이 그녀의 가슴을 세게 누른다.

이들은 이곳에서 저녁을 먹고 집으로 들어갔다.

다음 날이 되자, 이젠 그녀가 자처하여 저번 달, 27일에 권선종합시장에서 독거노인위문공연을 하러 갔을 때, 행사진행요원으로 일했던 홍강석에게 결별을 통보하는 전화를 건다.

그때, 눈이 맞아 데이트를 했는데 이젠 청산하려는 마음으로 정리가 됐다.

그만큼 철수의 지극정성이 하늘과 맞닿아 이라니도 큰 감동을 받아 그녀도 이제부터 그를 위해 모든 것을 다 하는 시간들로 채우고 싶은 것이다.

하늘은 스스로 돕는 자를 돕는다고 했다. 이젠 그녀가 하늘 같은 마음으로 그를 위한 삶으로 들어가려고 하고 있다.

홍강석은 이라니의 결별통보를 받고 그리 대수롭지 않게 생각하는 느낌이다. 왜냐면 그는 그녀를 그렇게 깊게 생각하며 데이트를 한 건, 아닌가 보다.

어쨌든, 그녀는 올 연말에 치러지는 전국 노래자랑 연말 결선에서 기필코 대상을 받아 그 모든 영광을 철수에게 돌린다는 마음으로 하루하루 최선을 다해 노래연습을 하는 중이다.

다른 한편, 다음 주 월요일에 개원하는 9월 정기국회에서 기필코 남자 노래 도우미 근절법을 통과시켜서 그때, 그 남자 노래도우미 5인을 어떻게든 구속시켜 버리고야 말겠다고 결의에 결의를 다짐하는 그 6인 남편들은 구체적인 계략을 짜기 위해 이번 주 금요일에 그때, 만났던 선릉역에 있는 그 룸살롱에서 만나기로 했다.

이곳이 최청순, 박청환 국회의원이 15년 전부터 자주 갔던 단골술집이다. 그런데 세상사 모든 일은 순조로운 일은 아무것도 없다. 굴

곡이 있기 마련이다. 지금 이 상황에서 그런 조짐이 나타나고 있다.

그것은 다름 아닌, 저번 10일에 선릉역 주변에서 남자 노래 도우미들과 나오다가 남편들에게 들켜 황급히 도망쳤던 그 6명의 부인들이 집에는 무서워서 들어가지 못하고 그녀들끼리 지금껏 모텔을 얻어 생활하며 앞으로 벌어질 일에 대해 주시하고 있었다는 것이다.

그런데 그녀들도 이젠 더 무서워할 것도 없다고 생각하고 집으로 들어가 당당히 법적 절차를 밟아 이혼을 강행해 버린다는 결의였다. 그래서 무려 13일간의 모텔 은신 생활을 접고 각자 집으로 향하고 있다.

23일 목요일을 기해 일제히 자신들의 집에 거의 다 도착했을 때, 시간이 저녁 7시쯤 됐다. 진자는 대림동 신강아파트 입구에 들어설 때, 남편인 사광이 놀이터에서 누군가와 전화통화 하는 소리를 듣게 됐다.

그래서 숨어서 집중하고 듣는다.

그랬더니 이사광 대법관이 그때 선릉역에서 함께 있었던 자신의 일행들에게 내일 그 룸살롱에서 저녁 8시에 만나자는 말을 하는 것을 듣게 됐다.

"내일 꼭 룸에서 만납시다. 고급 술도 좀 먹고 아가씨하고 놀기도 하고 다 그런 게 좋은 거 아니겠어요.

또 그때, 남자 노래 도우미 근절법에 대해 깊이 있게 의논도 해 봅시다. 그리고 그때 옆에 있는 노래방에서 우리 여편네하고 같이 손잡고 나온 자식들을 감옥에다 집어넣어 버릴 철저한 대책도 세워야 하고 말이죠. 그리고 우리 여편네하곤 이혼해 버릴 거고요. 내일 봅시다. 하하하하."

이런 전화통화였다.

진자는 발길을 멈추며 이 소리를 듣고 심장이 덜컹했다. 그래서 안 되겠다 싶어 집에 들어가는 것을 접고 얼른 연숙, 동희, 채화, 비희, 지선에게 전화를 건다. 그리고 이 상황을 알렸다.

그리고 다시 이 시간에 사당역 주변 호호 카페에서 만나자고 했다. 결국엔 그녀들은 집에 들어가지 않고 그곳에서 만났다.

그녀들은 어찌 됐든 간에, 그 남자 도우미였던 이들을 보호해야 한다는 쪽으로 방향을 잡는다. 자신들의 이혼 문제는 차후의 문제라고 생각했다.

그렇다면 그 남자들에게 어디로 피하든지 아니면 노래 도우미를 안 했다고 끝까지 우기라고 알려 주든가, 무조건 모른다고 하여 만약에 그 법이 통과되어 시행되더라도 묵비권을 행사해 증거불충분 같은 상황을 만들어야겠다는 복안, 이런 것이다.

그래서 이 시간에 진자는 하철에게 전화를 건다.

"하철아, 오랜만이야!"

"아니, 누님들 왜 그렇게 전화도 안 되고 어디에서 뭐 하고 있었어? 우리가 기다렸잖아, 보고 싶기도 하고…."

"야, 그게 문제가 아니다. 우린 뭐, 숨어 있었지! 그건 그렇고 지금 여기 사당역 쪽 호호 카페로 좀 올래? 급한 문제이니까, 다 같이 와."

"아이, 그럼 누님이 오라고 하면 어디든 달려가야지! 기다려요."

하철은 전화를 끊자마자 영선, 완수, 장순, 홍철에게 전화를 하여 사당역 쪽으로 가자고 말을 한다. 그러자 그들도 좋다고 했다. 번개 같이 그곳에 도착했다.

그리고 호호카페를 찾아 들어선다.

"누님들 너무 오랜만인데… 왜, 요즘 연락을 안 했어?"

"일단 앉아 봐! 이렇게 급하게 너희들을 찾은 이유는 내일 말이야, 그때, 선릉역 그 노래방 앞의 룸에서 내일 저녁 8시에 우리 남편들이 만나서 너희들을 구속시켜 버리려는 대책을 세우려고 한단 말이야, 뭐, 우리는 그들과 이혼해 버리면 끝이지만 니들은 감옥으로 들어가 버리면 신세가 참 불쌍하고 암담하다."

이 말을 듣자 5인 남자들은 얼굴이 충격적인 얼굴이 되면서 완전 굳어 버렸다.

"뭐야! 우리를 구속시켜버리는 대책을 세워? 그게 뭔데? 우리가 그들을 때렸다고 폭행으로 그런단 말인가?"

"야, 그게 아니라… 남자 노래 도우미 근절법인 특별법을 만들어 니들을 감옥에 집어넣어 버리려고 한단 말이야, 너희들은 지금 먹고 사는 생계문제도 골치 아픈 사람들이잖아!

그런데 한번 걸려 들어가면 어떻게 하냐? 우리는 그래도 너희들과 정도 들었던 사람들인데 니들을 위해서 이런 사실은 알려줘야지!"

정치 지도자 및 권력층, 하늘의 벌을 받다

진자가 이렇게 말하자 5인 남자들은 더욱더 상기되는 얼굴과 당황스러운 표정으로 말없이 우두커니 앉아 있다.

그러더니 장순이 침묵을 깨고 말을 한다.

"그래, 어차피 이렇게 된 마당에 우리도 이판사판이다. 우리가 먼저 선제공격을 해 버리는 거야! 아예 그런 뚱딴지같은 생각을 하지 못하도록 초전박살을 내 버리자고… 에잇, 못 돼 먹은 새끼들…"

"맞아, 맞아, 장순이 형 말이 맞는 말이야,

그런 자식들은 깨끗하게 보내줘야 돼! 이 사회에 오물 쓰레기 같은 것들이야! 지들이 어디 스폰서 받아서 고급 술집에 가서 환대받고 신나게 노는 것은 멋진 인생이고 멋진 사나이지,

여기 누님들은 집구석에서 매일 대청소나 하고 설거지나 해야 되는 거고… 누님들 그렇게 살다가 늘그막에 노래방 와서 우리 같은 남자들 한번 만났다고 때리고 이혼이 어쩌고저쩌고 하고, 뭐, 이젠 남자 노래 도우미 근절법을 만들어 우리를 집어넣겠다고….

어디 마음대로 해 보라고 해봐! 우리가 그렇게 가만히 당하고 있을 줄 알아, 먼저 쳐 버리자고… 쳐부숴 버리자고."

"그래, 홍철아, 참, 좋은 말인데… 먼저 쳐야 하는데… 어떻게 쳐야

할까? 뭐, 좋은 아이디어 있으면 말을 해봐!"

"…"

홍철은 잠시 말없이 생각에 잠긴다. 그러다가 문득 좋은 아이디어가 떠올랐는지, 갑자기 자신의 무릎을 '탁' 친다.

"와우! 너무 좋은 생각이 떠올랐어, 너무 완벽하고 깨끗한 방법이야! 완전히 박멸시켜 버릴 수 있는 통쾌한 메가톤급이지!"

"어어! 그건 뭔데? 말해봐."

홍철은 눈을 크게 뜨며 주먹을 불끈 쥐고 힘을 주어 말하기 시작했다.

"우리 강원도 홍천에 깊은 산에 가면 멧돼지가 많아, 그걸 잡아서 내일 그들이 모이는 룸살롱에다 집어넣어 버리는 거야! 그럼 그 멧돼지가 그들을 알아서 해결하겠지, 그렇게 해서 확실하게 보내버리자고…"

"아니, 뭐야? 멧돼지를 그곳에 넣는다고… 어어!… 그건 쉬운 일이 아닌 것 같은데…. 어떻게 멧돼지를 잡아서 그걸 가져다가 그곳에다 넣을 수가 있단 말이야?"

"…"

홍철은 순간 고민에 빠진다.

내일 저녁 8시까지 멧돼지를 잡아서 가져와 그곳에 넣어야 한다는 현실적인 어려움에 직면하는 것이다.

잡기도 힘들뿐더러 그럴 수 있는 시간도 부족하다는 점을 느낀다. 그래서 이리저리 궁리하더니 말한다.

"뭐, 못할 것도 없지, 내가 아는 분이 홍천에서 멧돼지 사냥을 하고 계신데… 혹시 지금 잡아 놓은 게 있느냐고 물어보면 될 것 같은데…

내가 멧돼지를 사야 할 일이 생겼다고 말하면서 말이야!… 만약에 있다고 하면 우리가 지금 얼른 장순이 형의 화물차를 타고 가서 거기다 싣고 오면 되잖아!

그랬다가 내일 그 룸살롱에 그 자식들이 온 시간에 가서 그곳 안에다 밀어 넣어 버리면 될 것 같아, 하하하하. 오호…나이스!"

"와아! 우리 홍철이는 정말 무섭기도 하고 화끈하기도 하고 멋진 데가 있어!"

그러자 6인 아줌마들은 매우 놀랍고 당황스러운 표정을 짓는다. 그렇지만 마음속으로는 무척 통쾌하다는 생각도 하게 된다.

하지만, 이 부분에 대해선 뭐라고 말하진 않는다. 그냥 꼴만 보겠다는 생각인 것이다.

홍철은 이 시간에 홍천의 멧돼지 사냥꾼에게 전화를 건다.

"안녕하세요. 아저씨, 별일 없으신가요? 혹시 잡아 놓은 멧돼지 있나요?"

"아! 있지. 그건 왜?"

"아니, 그게 필요해서 그러는데요. 있다면 지금 가면 가져갈 수 있죠?"

"아! 그래 아무 때나 와, 얼마든지 있으니까! 언제 오려고?"

"지금 늦은 시간인데… 괜찮을까요?"

"아아! 신경 쓰지 말고 와, 내가 준비해 놓을 테니까! 근데 몇 마리가 필요한데?"

"두 마리는 있어야 할 것 같아요."

"어어! 두 마리나… 그래, 그래 알았어! 일단 와…"

"예, 갈게요."

홍철은 전화를 끊자마자 영선, 장순, 완수, 하철과 화물차를 타고 홍천으로 달려간다. 그리고 그녀들은 다시 자신들의 숙소인 모텔로 갔다. 지금 시간은 밤 9시가 다 됐다. 그들은 홍천에 도착하여 멧돼지 사냥꾼으로부터 두 마리를 받고 값을 지불했다.

그리고 화물차에 싣고 다시 서울로 올라왔다.

올라온 이들은 대림동 완수의 집에서 잤다. 하철은 봉제 공장을 다니기 때문에 내일 하루 결전을 대비하여 하루 연가를 냈다. 다른 이들은 치킨 배달을 하고 있기 때문에 그런 것은 없다.

이윽고, 날이 밝아 결전장으로 향하는 시간만이 남았을 뿐이다. 장순의 화물차에 실은 멧돼지는 밖에서 보이지 않게 천막으로 가렸다.

그들 남편들이 저녁 8시에 그곳에 온다는 정보를 어제 들었기에 넉넉하게 9시쯤에 그 룸에다 이 멧돼지를 밀어 넣어 버리면 될 것으로 본다.

이들은 이 험난한 과업을 성공적으로 이루어 내야 한다는 의미로 화물차 안에서 아주 크게 파이팅을 외쳤다.

"파이팅… 파이팅… 파이팅…"

드디어, 결전의 시간 저녁 8시가 됐다. 이 시간이 되니 그 남편들이 고급 외제차를 타고 한 명씩 한 명씩 들어와 주차장으로 들어가고 있었다.

지금 당장 저 문을 열고 이 멧돼지를 밀어 넣어 버리고 싶지만 이럴수록 침착성을 잃지 말아야 한다고 거듭 다짐했다.

시간은 흘러 9시가 다 되어 간다.

지금이 적시라고 판단하고 이들은 화물차 뒤에 있는 문을 열고 그 엄청난 멧돼지 두 마리를 내렸다. 짐승들이 도망친다거나 물어뜯을 수도 있기에 다리 쪽을 쇠밧줄로 단단히 묶어 놓았었다.

그들은 힘겹게 그 두 마리를 내렸다.

그리고 얼른 그 문에 넣고 쇠밧줄을 풀었다. 혹시나 짐승들이 다시 문밖으로 나오려고 할지도 몰라, 아예 화물차로 막아 버린다.

그랬더니 그 멧돼지 두 마리는 룸살롱 지하계단으로 쏜살같이 내려갔다. 지하로 들어간 두 마리는 이리저리 뛰어다니며 문이고 뭐고 닥치는 대로 부수었다.

쨍그랑 쨍그랑, 짝짝짝, 파 파팍, 퍽 퍽퍽, 푹, 착착착, 쿵쿵쿵, 쿵쾅, 쿵쾅…

그러던 멧돼지 두 마리는 더 거칠 게 여기저기 뛰어다녔는데 방 안에 있던 그 6인 남편들과 여종업원들은 밖에서 요란한 소리가 나자, 술에 만취한 누가 들어와 그러는 줄 알고 무엇일까 싶어 여종업원들이 문을 열고 나왔다.

그러자 그녀들은 난데없이 멧돼지 두 마리가 주방을 뛰어다니는 것을 보고 너무 놀라 기절할 지경이었다.

그래서 일단 살고 보자는 심정으로 후문 비상구 쪽으로 재빨리 허겁지겁 도망쳤다. 그리고 이곳의 주인이나 일하는 사람들, 다른 손님들도 이 광경을 보고 정신없이 빠져나간다.

그러나 이 룸 안에 지금 남아 있는 사람들은 그 여섯 남편들뿐인데 그들은 여종업원이 계속 안 들어오자 의아하게 느꼈지만, 그냥 오겠지, 라고 생각하고 있을 때, 느닷없이 그 멧돼지 두 마리가 그들이 앉아 있는 방 안으로 거칠게 들어왔다.

더군다나 그들은 술도 어느 정도 먹은 상태라서 알딸딸한 기분이었는데 이 무지막지한 짐승들이 들어오니 보는 순간 큰 충격과 엄청난 공포 그 자체를 느꼈다.

그들은 온몸이 완전 얼린 동태처럼 딱딱하게 굳어버렸다.

허겁지겁 자리에서 일어나 도망치려고 안간힘을 다 써 보았지만 술까지 취했고 또 6명이 서로 빠져나가려고 하다 보니 서로 엉키고 부딪쳐 쓰러지기도 했다.

그 짐승 두 마리는 거침없이 달려들어 그들을 물어뜯고 할퀴었다.

그들의 멧돼지에게 뜯긴 몸에서 엄청난 피가 나고 옷도 이리저리 다 찢어져 버렸다.

옷은 피범벅이 되어 버렸다.

"아아아, 이게 뭐야, 뭔 짐승들이 들어와 아악악악, 아악악악악, 으윽윽 흑흑흑흑."

"어서 피해요. 얼른 어서요. 피하세요. 빨리요."

그러자 그들은 어떻게든 살겠다고 소파 뒤로 숨어 소파로 짐승들을 막으며 버텼다.

그러자 그 짐승 두 마리는 다시 밖으로 나가 또 이리저리 뛰어다니다가 열려 있는 후문비상구로 빠져나갔다.

멧돼지 두 마리가 선릉역 주변 도로에 이리저리 뛰어다니자, 이를 본 행인들도 너무 놀라서 얼른 119에 신고했다.

그러나 그 짐승들은 어느새 빠르게 삼성역 방향으로 달렸다. 제보를 받고 출동한 119대원들은 그 짐승들이 달아났다고 하는 방향을 행인들에게 물어보며 뒤를 쫓아갔다.

그러나 삼성역에 다다라 대원들이 멧돼지를 생포하려고 총을 쏘려는 순간, 그 짐승들은 다리 아래 한강물로 뛰어들어버렸다.

이에 119대원들도 한강 쪽으로 내려가 짐승들을 생포하려고 움직였으나 멧돼지들이 너무 빠르게 헤엄쳐 도망치는 바람에 속수무책이었다.

이렇게 뛰어든 짐승들은 수영선수들 저리 가라 할 만큼, 가공할 속도로 번개같이 헤엄쳐 하남시 쪽으로 간다.

한강변 벤치에 앉아 있던 산책하는 사람들과 자전거를 타며 운동을 하던 사람들도 이 광경을 보고 충격 속으로 빠져든다.

"어떻게 멧돼지가 한강에서 수영을 다 할까!"

"와아, 멧돼지가 수영선수들보다 수영을 더 빠르게 한다. 신기하다. 하하하하."

"이건 정말 기네스북감인데"

어떤 이는 역사적인 일이라며 얼른 스마트 폰을 꺼내어 동영상을 찍기도 했다. 또 어떤 이는 맹렬히 헤엄쳐 가는 멧돼지에게 응원의 박수를 보내기도 했다.

그러자 119대원들도 속수무책으로 멧돼지 생포를 포기한 채, 바라만 볼 수밖에 없었다.

한편, 룸살롱에서 멧돼지에게 물어 뜯겨 중태에 빠진 6인 남편들은 다른 119차에 실려가 인근 종합병원으로 후송되어 응급치료를 받게 됐다.

불행히도 이들 다 심각한 상태이다.

이들 중에 2명은 다음 주, 월요일에 정기국회 개회식에 참석해야 하지만 엄청난 부상의 여파로 불참할 수밖에 없는 상황이 되고 말았다.

다른 사람 4명도 중태라서 당분간 자신들의 일을 할 수 없는 처지가 됐다. 사건 발생 직후, 경찰이 출동하여 현장 조사를 실시하였으나 이렇다 할 단서를 발견하지 못했다. 그 당시 목격자도 없었고 CCTV 오작동, 그리고 사람이 아닌 짐승들이 그랬기에 더욱 힘들었다.

물론 피해자 6인에게 혹시 그 남자들 5인이 하지 않았을까 의심하는 마음이 조금은 있지만, 결정적 단서가 나오지 않았기에 그렇다고도 할 수 없는 상황이다.

한마디로 미궁에 빠져버린 사건이 되고 말았다.

더군다나 지금 종합병원에 입원 중인 국회의원 2명은 다음 주 월요일에 개회하는 이번 정기국회에서 남자 노래 도우미 근절법이라는 특별법을 다른 동료의원에게 의뢰하여 발의한다는 생각조차 접게 됐다. 그만큼 큰 부상으로 정신이 없는 것이다.

이날 이 사건이 터지고 나서 모든 방송, 언론은 1면에 앞다투어

【선릉역 룸살롱에 멧돼지출몰. 청렴맑은당 박청환 의원, 국민밖에 모르는당 최청순 의원, 이사광 대법관, 이사관 검사장, 조 명환 한강 대학교 교수, 이경주 변호사, 중태】……

이런 기사가 전면을 차지했다.

이 소식을 듣자, 많은 시민들은 별일이 다 벌어진다며 황당하다고 말하거나, 또 안타깝다고 말하거나, 천벌이라고 말하고, 또 진도 7.5 지진을 보는 느낌이라는 말하는 시민도 있었다.

이들 6명이 인근 종합병원에서 중태에 빠져 앓고 있을 때, 그들의 부인들 5명과 그 남자들 5명은 그 기사를 접하고 제주도로 밀월여행을 떠나며 환호성을 터뜨렸다.

그 6인 환자들은 엎친 데, 덮친 격으로 병실에서 밤에 잠을 자려고 누워도 그 멧돼지 두 마리가 나타나 자신들을 물어뜯는 꿈을 계속 꾸게 된다.

그래서 완전히 심각한 공포와 불안증과 우울증에 걸려 버리고 만다.

위의 중환자 6인 같은 놈들이 사라져야 이 사회가 맑아진다. 이 자들은 오로지 자기 자신밖에 모르는 후안무치한 놈들이다.

자신만을 위한 색욕과 물욕과 교만이 더욱 심각하다고 강조되는 이유는 모든 범죄와 사회문제는 다 이것에 기인하기 때문이다. 남 생각 안 하고 자기 자신 한 사람 유희를 만끽해 보겠다고 이리저리 궁리를 한다는 것은 비단 이 한 부분으로 끝나는 게 아니다. 인간이란 어떤 한 가지 성향을 보면 그 외에 전체적 성향이 보이기에 그렇다.

이기심이 지배하여 나타난 사회지도층의 색욕과 물욕은 이것으로 한정되는 것이 절대 아니고 다른 영역에도 큰 파장을 일으킨다.

즉, 그 두 가지 욕심을 채우기 위한 다른 불법적인 탈선이 나온다는 것이다. 그것을 채우기 위한 도구가 필요한 것이다.

그 도구는 무엇인가? 바로 돈이 아니겠는가? 그래서 결론적으로 색욕과 물욕을 사회지도층들이 버리지 않으면 이 사회는 끊임없이 어두운 수렁으로 빠질 것이다.

한편, 아줌마들과 제주도로 밀월여행을 떠난 그 5인 남자들은 그녀들과 신나게 놀고 유희를 만끽했다. 5인 남자들은 그 6인 남편들의 악마의 굴레에서 그녀들을 구출해 줬다고 생각했고 그녀들의 생각도 같았다.

그래서 5인 남자들은 그녀들에게 더 많은 무리하게 높은 액수의 수고료를 요구하기에 이른다.

그러자 그녀들은 이들을 조금씩 멀리하기 시작했다.

뭐든지, 어떤 일이든지 끝에 가서는 돈 때문에 무너지는 경우가 얼마나 많던가?

이들 남자들과 여자들도 이런 문제로 균열이 생기고 말았다. 그래서 제주도여행을 마치고 돌아온 그녀들은 5인 남자들과 관계를 끊어버리고 그들에게서 전화가 걸려 와도 받지도 않는다.

그리고 그녀들은 다른 곳의 호스트바나 노래방남자 도우미들을 찾아 나선다. 그 후, 한 달쯤 지나 남편들이 병원에서 퇴원하자 합의 이혼을 해 버렸다.

남편들 6인은 퇴원은 했지만 부상 후유증으로 계속 병원으로 통근 치료를 하며 고통을 겪게 됐다.

담당 의사의 말에 따르면 앞으로 최소 3년 이상은 신체적, 정신적으로 지속적인 치료를 받아야 한다고 한다.

어느덧, 세월은 흐르고 흘러 10월 말로 접어든다.

그 5인 남자들은 저번 달에 그 부인들과 헤어지게 된 후에도 고척동 쪽에 있는 노래방으로 계속 노래 도우미를 하러 다녔는데 이런 식으로 돈 있는 복부인들을 만족시켜 주고 많은 돈을 수고료로 받아내려고 하는 계략은 그 언젠가는 덫에 물리는 수가 있을 수 있을 것이다. 그러나 이들은 너무 돈에 혈안이 되어 있어 앞에 아무것도 보이는 게 없다. 오로지 거액의 2차 수고료밖에 없다.

그러던 어느 날, 10월의 마지막 밤이 왔다. 날씨도 너무 좋았고 또 분위기도 좋은 개봉동에 있는 노래방으로 5인 남자들은 도우미를 하러 갔는데 이곳에서 구로구 최고의 복부인들을 만나게 됐다. 일단 겉으론 그렇게 보였다. 사실 그런지는 모른다.

"안녕하세요. 누님 만나게 되어 반가워요."

"그래요. 재미있게 놀아 봅시다. 호호호."

신나게 함께 노래를 부르고 예전처럼 또 그렇게 2차를 나갔다.

그녀들은 예전에 5인 남자들이 만났던 진자, 연숙, 동희, 채화, 비희, 지선이란 여자들보단 한참 젊어 보였다. 그래 봐야 50대 초반이다.

어쨌든, 오늘 새로 만난 여자들과 2차로 모텔로 빨간색 장미꽃을 검은색 장미꽃으로 검붉게 물들이러 들어가서 이곳에서 이리저리 장미꽃을 꺾고 있었는데 어느 누군가가 문을 거칠게 두드리는 것이다. 그러면서 고함을 지른다.

"이 개새끼들아, 얼른 나오지 못해, 남편 모르게 여기 들어와서 지금 뭐하는 짓이야, 때려죽여 버리기 전에 빨리 나오란 말이야!"

그런데 의아한 것은 5인 남자들이 같은 모텔에 방만 다를 뿐이었는데 그것도 똑같은 시간대에 5개 방에서 같은 일이 벌어진 것이다.

5개 방 모두 위와 같은 내용으로 고함을 지르는 것이다. 5인 남자들은 일제히 너무 놀라 당황해 하며 몸이 굳어져 버린다. 이게 무슨 날벼락이란 말인가!

하지만, 그녀들은 태연한 얼굴들이었다. '꽃뱀이었구나!' 남자들은 직감했다. 그러나 때는 늦었다.

그대로 당하게 생겼다. 결국엔 문을 열고 그녀들의 남편들과 대면했다. 남편들은 '현행법대로 처리하겠다'고 말했다.

그래서 5인 남자들은 노래 도우미 생활하면서, 번 돈이 문제가 아니라 치킨 배달까지 해서, 번 돈까지 다 잃을 위기에 몰렸다. 그래도 어쩌겠는가? 부정행위를 저질렀으니 손해배상책임을 물어야지!

결국 위자료를 엄청나게 물었다. 10월 마지막 밤의 악몽이었다.

11월은 날씨도 점점 추워지는데 이들 5인 남자들은 몸과 마음이 피폐해져 버렸다.

이들은 지금 이 시간이라도 유희로써 손쉽게 복부인들에 돈을 얻어내려 했던 그릇된 과거를 반성하고 서로 알아서 힘을 모아 정진해야 할 것으로 보인다.

옛 센영슈트 봉제공장 멤버 6인 중, 5인이 이렇게 꼬여 있을 때, 지금 수원 연무동에서 살고 있는 나머지 1명인 철수는 다음 달 이라니가 전국 노래자랑 연말 결선에 출전하기 때문에 그녀에겐 노래연습할 시간만을 부여했기에 자신이 혼자서 분식집 일을 다 해야 해서 무척 피곤하고 몇 배 더 힘이 든다.

그러나 그는 행복하다. 그녀가 그 대회에 나가서 우승을 하고 그 기뻐하는 모습을 옆에서 지켜보는 것만으로도 더 바랄 게 없다.

어느덧, 11월은 다 가고 이젠 이라니가 출전하는 전국 노래자랑 연말 결선 날이 다가왔다.

12월 17일 토요일이 대망의 결선의 날이다. 중구 장충체육관에서 치러졌다.

"철수 오빠, 오빠를 위해서 혼신의 힘을 다할 거야, 대상 먹으면 상금은 다 오빠에게 줄게! 기다려…."

"아니, 아니야! 대상 먹으면 그 돈은 다 이라니를 위해서 써야지, 내 생각은 하지 말고 부담 갖지 말고… 잘해! 파이팅…."

"그래, 나도 파이팅…".

그녀의 차례가 되어 노래를 하였다. 선곡은 '단장의 미아리 고개'를 택했다.

그녀가 노래가 시작했을 때부터 끝날 때까지 이곳에 모인 모든 이들은 몸이 완전히 굳어 버렸다.

왜냐면 음정, 박자, 목소리, 감정이 하늘을 찔렀기 때문이다.

다 끝나고 돌아서 걸어갈 때도 모든 이들이 그녀의 엄청난 가창력에 일제히 크게 환호성을 터뜨렸다.

심사 결과 그녀의 대상이었다. 이라니는 대상을 받자 복받쳐 흐르는 눈물을 참지 못하고 펑펑 울었다. 지금 마음속에는 철수에 대한 고마움이 진하게 묻어 있었고 그가 자신에게 쏟아준 참된 진정한 사랑에 대해 오늘 전국 노래자랑 연말 결선 대상으로써 답례를 한 것 같아 그녀로서도 나름 뿌듯했다.

사회자인 정혜철이 다가와 대상 수상의 소감을 묻는다.

"아아! 이라니 씨, 먼저 오늘 이렇게 전국 노래자랑 연말결선에서 대상을 수상하셨는데 소감 한마디 해 주시죠."

"아네, 으윽 흑흑흑… 흠흠흠…."

"아, 우리 대상수상자이신 이라니 씨가 너무 감격한 나머지 말씀을 잘 못하시는군요. 다시, 한번 오늘의 우승자 이라니 씨에게 뜨거운 축하의 박수를 부탁드립니다."

와아아아아… 짝짝짝짝짝… 우아아아아아… 앙코르, 앙코르, 앙코르.

"아네, 이라니 씨, 이곳에 모인 모든 분들이 앙코르를 외치는데 한 번, 더 하실 수 있겠습니까?"

"아네, 하겠습니다. 그리고 소감을 말씀 못 드렸는데 말씀드리겠습니다. 이곳에 가까이 있는 철수 오빠에게… 오빠 난 그대를 다시 태어나도 죽도록 사랑할 거고… 다음 생은 이곳 한국에서 태어나게 해 달라고 하늘을 보며 빌 거야!

그래야만, 그래야만 철수 오빠를 다시 만나게 될 거니까.

그래서 행복할 거니까, 빌어야지!

하늘에게 그렇게 다시 만나게 해 달라고 말이야!

오빠, 난 다 알아! 그대가 날 얼마만큼 좋아하고 사랑하는지를… 오빠 부모님께 날 인사시키겠다고 용인 남사면에 갔을 때, 어머니가 우리를 향해 꺼지라고 물을 뿌리며 물대포를 막 쐈고 그때 오빠는 내가 그 물에 맞지 않게 날 막으며 가렸고 또 도망친 후로 계속 날 위로했고.

또 내가 오빠와 연무동에 있을 때, 난 정신 나간 여자처럼 남자들을 두 명이나 만나고 다녔는데도 그대는 그걸 알면서도 날 위해서 날 신경 쓰이지 않게 하려고….

내게 '노래 연습하느라 힘들고 배고플 텐데 밥이나 먹자.'라고 말하며 따뜻한 미소를 보내주었던 그 철수 오빠의 지극정성이 너무 미안하고 앞으론 난 그대만을 위한 삶을 살아갈 것이라는 것을 이 자리를 통해 서약합니다. 사랑해! 철수 오빠….”

그녀는 이렇게 말하면서 계속 흐느꼈다.

그녀가 이렇게 아주 길게 소감과 각오를 말하자 사회자인 정 혜철도 눈시울이 뜨거워지고 만다.

“아니, 그건 그렇고 그 철수 오빠는 어디에 있습니까? 있으면 한번 이 무대로 올라오시지요.”

그러자 철수가 무대로 올라왔다. 사회자가 그에게 한마디 부탁했다. 철수는 말한다.

“저는 내 사랑, 이라니 씨가 오늘 대상을 받은 것에 대해 이 모든 기쁨과 영광은 제 앞으로 신부 될 이에게 전합니다. 이상입니다.”

“아하! 그렇군요. 아예, 그럼 오늘 전국 노래자랑 연말 결선의 주인공 이라니 씨의 앙코르송을 다시, 한번 듣는 것으로 모두 마치겠습니다. 여러분 안녕히 계세요.”

그러자 그녀는 오늘의 대상을 받은 선곡인 '단장의 미아리 고개'를 다시, 한번 눈물을 흘리며 흐느끼면서 불렀다. 그녀는 이번 대회의 대상을 계기로 전국가수가 됐고 그 후, 음반을 처음으로 냈는데 1,300만 장 이상 판매하는 기염을 토해 냈다.

그리고 트로트, 발라드를 석권하며 대기록을 세웠다.

그 후, 두 사람은 2013년 4월 봄에 철수의 집, 용인시 남사면에 찾아가 그의 부모님께 결혼을 올리겠다는 뜻을 밝혔고 이에 그의 부모는 과거의 자신이 그녀에게 대한 냉대에 대해 진심으로 사과하였다.

그리고 다음 달, 두 사람은 5월에 용인시 기흥구 동백동에 있는 행복웨딩홀에서 결혼식을 올리게 되었다. 철수와 이라니 부부의 사랑이 아름답고 우아한 행복 꽃으로 피어나길 기원하겠다.

작가의 말

이 세상을 살다 보면 다양한 종류의 수많은 거울을 보며 하루가 그렇게 지나간다.

그러나 정말 제대로 된 거울, 깨끗한 거울을 바라볼 수 있는 사람은 거의 없다.

내가 바라본 거울은 깨끗하고 잘 닦여 있어 투명하다고 할지 모르나 실은 먼지가 많이 끼어 있다. 그저 형식적으로 닦는다고 닦이는 게 아니다.

밝고 맑은 거울을 간직하기 위해선 표현으로 겉으로 말로 하는 게 더욱 아니다.

속으로 늘 외쳐야만 한다.

이렇게 외쳐야만 한다. 나는 색욕, 물욕을 갖지 않겠다고. 그것이 영혼으로 싹터 독버섯처럼 자라나 육신을 지배해 들어오더라도 다시, 한번 외쳐야 한다.

속으로만, 속으로만, 외쳐야 한다.

드러나 행세하더라도 기쁨도 아니고, 행복도 아니고, 아무것도 아닌 걱정거리 하나 더 추가될 것이라고 말이다.

그냥 말하기 좋은 말로 긍정이라 표현하고 있다. 그렇게 보려고 애쓰면 된다고 한다. 하지만 그건 위선이 된다.

　왜냐면 부정으로 드러나는 현실을 외면하고, 그것조차 긍정이라 표현하며 빠져나가려고 하면, 부정을 미화하여 이름만 살짝 바꿔 긍정이란 이름으로 탈을 씌워 더욱더 고착된 부정, 즉 부패와 타락으로 들어가 버리겠다는 의지로밖에 볼 수 없다.

　솔직하게 말하여 부정을 부정이라 말할 수 있어야 이것이 긍정으로 나아갈 수 있는 초석이 된다.

　듣기 좋은 말이나 달콤한 글은 발전은 없고 퇴보만 있다. 계속 덮어주려고만 하니까 그렇다. 탈바꿈을 할 수 없다는 것이다.

　그렇다면 참된 진정한 탈바꿈과 변화와 혁신을 하려면 나 자신을 버려야만 하겠다.

2019년 2월 16일
박종삼 올림